FREDRIK BACKMAN

Né à Stockholm en 1981, Fredrik Backman enchaîne les petits boulots avant de devenir journaliste. En 2012, il publie son premier roman, *Vieux, râleur et suicidaire – La Vie selon Ove* (Presses de la Cité, 2014), qui remporte un succès retentissant en Suède. Cette nouvelle comédie qui vient du froid est traduite dans une quinzaine de langues. Son deuxième roman, *Ma grand-mère vous passe le bonjour*, a paru en 2015 chez le même éditeur.

VIEUX, RÂLEUR
ET SUICIDAIRE

LA VIE SELON OVE

FREDRIK BACKMAN

VIEUX, RÂLEUR ET SUICIDAIRE

LA VIE SELON OVE

Traduit du suédois
par Laurence Mennerich

PRESSES DE LA CITÉ

Titre original :
EN MAN SOM HETER OVE

© Fredrik Backman, 2012

© Presses de la Cité, un département de place des éditeurs 2014,
pour la traduction française
ISBN : 978-2-266-25476-2

Pour Neda.
Parce que c'est pour te faire rire. Toujours.

1

Ove achète un ordinateur qui n'en est pas un

Ove a cinquante-neuf ans et roule en Saab. Quand quelqu'un lui déplaît, il a la manie de brandir l'index à la façon de l'agent de police qui pointe sa torche sur un cambrioleur. Debout, face à la caisse d'une boutique où les conducteurs de voitures japonaises viennent acheter des câbles blancs, il observe longuement le vendeur avant d'agiter une boîte en carton.

— Dites-moi, c'est bien un Ail-pad, ça ? s'enquiert-il.

Mal à l'aise, le jeune homme, avec un indice de masse corporelle à un chiffre, combat de toute évidence l'envie d'arracher le carton des mains d'Ove.

— C'est bien ça. Un iPad. Mais si vous pouviez éviter de le secouer comme ça...

Ove examine la boîte avec autant de méfiance que si elle roulait en scooter, portait un survêt et venait de l'appeler « mon pote » en essayant de lui refourguer une montre.

— Je vois. Et donc, c'est un ordinateur ?

L'employé acquiesce, avant de se corriger, hésitant :

— Oui… enfin, c'est-à-dire, c'est un iPad. Certains l'appellent « tablette », d'autres préfèrent « ardoise électronique ». Tout dépend du point de vue…

Ove le dévisage avec la même expression que si le vendeur s'exprimait en chinois.

— Je vois.

Le maigre hoche la tête, indécis.

— Voilà…

Ove agite de nouveau le carton.

— Il est bon, celui-là ?

Le jeune homme se gratte la tête.

— Oui. Enfin… comment ça ?

Ove soupire, puis répète en articulant comme si son interlocuteur était dur d'oreille.

— Il-est-bon ? C'est un bon ordinateur ?

L'employé se frotte le menton.

— Eh bien… oui… il est très bon… mais ça dépend du genre d'ordinateur que vous cherchez.

Ove le fusille du regard.

— J'en veux un normal !

Les deux hommes s'observent en silence, puis le vendeur s'éclaircit la voix.

— C'est-à-dire que ce n'est pas tout à fait un ordinateur normal. Vous pensez sûrement à…

Il cherche un terme que ce genre de client reconnaîtrait. Il suggère :

— … un PC portable ?

Ove secoue frénétiquement la tête et se penche au-dessus de la caisse, menaçant.

— Non, ce n'est pas à ça que je pense, NOM de Dieu ! Je veux un ordinateur !

Le jeune homme acquiesce, l'air bienveillant.

— Un PC portable est un ordinateur.

Offensé, Ove tambourine sur le comptoir avec son index-torche pour accentuer ses propos.

— Je le sais bien !

Le vendeur hoche la tête.

— D'accord…

Ils se taisent, comme deux gangsters qui viennent de s'apercevoir qu'ils ont oublié leurs armes à la maison. Ove étudie le carton, l'air d'espérer des aveux de sa part.

— Comment on sort le clavier ? finit-il par murmurer.

L'employé passe nerveusement les paumes sur le rebord de la caisse et se balance d'un pied sur l'autre, attitude typique de celui qui se rend compte que sa tâche va exiger beaucoup de patience.

— Eh bien, celui-ci n'a justement pas de clavier.

Ove hausse les sourcils.

— Ah oui ? Je suppose que je vais devoir l'acheter séparément, c'est ça ? Et à un prix SCANDALEUX ?

Le maigre se cramponne au comptoir.

— Non… mais… enfin… cet ordinateur n'a pas de clavier. On travaille directement sur l'écran.

Ove secoue la tête comme s'il avait surpris son interlocuteur en train de lécher la vitrine réfrigérée d'un marchand de glaces.

— Mais vous ne comprenez pas ? J'ai besoin d'un clavier.

Le vendeur pousse un profond soupir, le temps de compter jusqu'à dix.

— D'accord. Je comprends. Mais je ne crois pas que cet ordinateur vous conviendra. Je pense que vous devriez acheter un MacBook.

Ove est sceptique.

— Un mak-bouc ?

L'employé a un regain d'énergie, comme s'il avait franchi une étape dans les négociations.

— Oui.

Ove fronce les sourcils, pensif.

— C'est une de ces maudites « liseuses » dont tout le monde parle ?

Le vendeur pousse un soupir digne d'une tragédienne.

— Non. Un MacBook est... c'est un... portable. Avec un clavier.

— Ah oui, je vois ! s'écrie tout de suite Ove.

Le jeune homme hoche la tête, passe les mains sur la caisse.

— Voilà.

Ove regarde autour de lui, remue de nouveau le carton.

— Et il est bon ?

Le maigre baisse les yeux en repoussant l'envie de s'arracher les cheveux. Soudain, il relève la tête avec un large sourire.

— Écoutez, je vais aller voir si mon collègue a fini de s'occuper de son client et je vais lui demander de venir vous faire une démonstration !

Ove regarde sa montre, désapprobateur.

— Vous savez, certains d'entre nous ont mieux à faire que passer leur journée ici !

L'employé fait oui de la tête et disparaît quelques instants derrière la caisse. Il revient, accompagné d'un collègue arborant l'air réjoui de celui qui débute dans le métier.

— Bonjour, en quoi puis-je vous aider ?

Ove martèle le comptoir de l'index.

— Je veux un ordinateur !

Le nouveau s'assombrit subitement. Il se tourne vers le premier vendeur avec une expression signifiant que ce dernier ne perd rien pour attendre.

— Bien sûûûr, un ordinateur, c'est ça ? Dans ce cas, allons faire un tour au rayon des ordinateurs personnels pour commencer, propose-t-il avec peu d'enthousiasme.

Ove le fusille du regard.

— Peuh ! Pas besoin de dire « ordinateur personnel », je sais ce qu'est un PC portable, bon sang !

Le collègue hoche obligeamment la tête. Le maigre lui souffle : « J'en peux plus, je prends ma pause. »

— Une pause, hein ? Les gens n'ont que ce mot à la bouche de nos jours, grommelle Ove en reniflant de dédain.

— Quoi ? fait le collègue.

— Une p-a-u-s-e ! articule Ove.

2

(Trois semaines plus tôt)

Ove fait la tournée d'inspection du quartier

Ove et le chat se sont rencontrés un matin à six heures moins cinq. Le chat a détesté Ove sur-le-champ. Le sentiment était plus que réciproque.

Ove s'est levé dix minutes plus tôt, à son heure habituelle. Il n'a aucune indulgence pour les gens qui traînent au lit et prétextent que « le réveil n'a pas sonné ». Ove n'a jamais utilisé de réveille-matin de sa vie ; il a toujours ouvert l'œil à six heures moins le quart pour se lever immédiatement.

Il a mis en marche la cafetière en mesurant la quantité de café exacte que sa femme et lui ont bue ensemble chaque matin pendant presque quarante ans dans ce lotissement. Une dose par tasse et une pour la cafetière. Ni plus ni moins. Plus personne ne sait faire le café correctement, pas plus qu'écrire à la main. À présent, on ne jure que par les ordinateurs et les machines à expressos. Où va donc le monde quand les gens ne savent plus écrire ni préparer le café ? Où ?

Tandis que sa tasse de café véritable se remplissait, il a enfilé une veste et un pantalon bleus, et chaussé des sabots. Les mains dans les poches à la manière d'un homme d'âge mûr qui n'attend que des déceptions d'un monde extérieur pas à la hauteur, il a entamé sa tournée d'inspection du quartier. Comme chaque matin,

Le lotissement, encore silencieux, était plongé dans le noir. Cela n'a pas surpris Ove. Il sait bien que personne ici ne se lève plus tôt que nécessaire. Le quartier ne compte que des auto-entrepreneurs et autres individus peu recommandables.

Le félin était nonchalamment assis au milieu de la rue. Il n'avait qu'une moitié de queue, une seule oreille et, par endroits, de larges plaques de peau nue comme si on lui avait arraché des poignées de fourrure. Il correspondait à peine à la définition du mot, a pensé Ove.

Il s'est avancé d'un pas lourd vers l'animal. Ce dernier s'est levé, Ove s'est arrêté. Ils se sont affrontés quelques instants du regard, avec l'allure de deux ivrognes dans les secondes qui précèdent leur bagarre tard le soir dans un bar miteux. Ove avait bien envie de lui lancer un sabot ; le chat semblait furieux de ne pas avoir de sabots à lui renvoyer.

— Ouste ! a tonné soudainement Ove, faisant tressaillir son adversaire.

Celui-ci a reculé d'un pas, jaugé l'homme de cinquante-neuf ans et ses sabots, puis s'est éloigné au petit trot. Ove aurait presque juré qu'il avait levé les yeux au ciel.

Sale bête, a pensé Ove en jetant un coup d'œil à sa montre. Six heures moins deux. Il devait se dépêcher s'il ne voulait pas donner au chat le plaisir d'avoir retardé sa ronde. Ç'aurait été du propre.

Comme tous les matins, il a longé la rue jusqu'aux garages. Arrivé près du panneau qui interdisait le lotissement aux voitures, il a asséné quelques coups de pied énergiques au poteau. Pas pour le redresser, non. Pour s'assurer de sa stabilité. Ove procède toujours à ses contrôles à coups de pied.

Il a fait quelques allers et retours le long des garages pour s'assurer qu'aucun n'avait été forcé ou vandalisé pendant la nuit. Ça n'est jamais arrivé, mais Ove n'a jamais manqué une tournée d'inspection. Trois fois, il a secoué la poignée de son propre garage, où dormait sa Saab. Comme chaque matin.

Il a ensuite fait le tour des places de stationnement limité à vingt-quatre heures. Il a noté méthodiquement les numéros d'immatriculation des voitures dans un calepin qu'il garde dans sa poche et les a comparés avec ceux qu'il avait relevés la veille. Si jamais l'un d'entre eux apparaît deux fois de suite, de retour chez lui, Ove appelle les services de l'Agence des transports, pour découvrir à qui appartient le véhicule. Il téléphone ensuite à l'intéressé et se charge de lui faire comprendre qu'il est un saligaud doublé d'un empoté incapable de lire les panneaux suédois. Bien entendu, Ove se moque de savoir qui gare sa voiture là, c'est juste une question de principe. Si le panneau dit vingt-quatre heures, on doit s'y tenir. Que se passerait-il si tout le monde stationnait la journée entière ? Ove subodore que ce serait l'anarchie ; les gens se gareraient n'importe où.

Aucun véhicule n'était en infraction ce jour-là, et après avoir pris ses notes, Ove est passé à l'inspection du local à poubelles. Il s'était immédiatement opposé haut et fort à cette bêtise de collecte sélective fastidieuse que de nouveaux voisins avaient fait voter par la copropriété. Néanmoins, maintenant que le tri était obligatoire, quelqu'un devait s'assurer du respect des règles. Personne n'a confié cette mission à Ove, mais il est convaincu que, sans son initiative, le chaos l'emporterait. Les gens jetteraient leurs ordures n'importe où.

Il a administré quelques coups de pied aux poubelles, juré, et repêché un bocal dans le conteneur à verre en bougonnant « incapables » ; il a dévissé le couvercle, remis le bocal à sa place et jeté le couvercle dans le conteneur à métal.

Lorsqu'il présidait la copropriété, Ove avait longuement plaidé pour l'installation de caméras de surveillance dans le local afin d'empêcher qu'on jette des « détritus non autorisés ». À son grand regret, ses voisins avaient rejeté la proposition parce qu'ils trouvaient l'idée d'avoir des caméras « désagréable » et l'archivage des vidéos un casse-tête. Pourtant, Ove avait répété avec véhémence que ceux qui avaient « les mains propres » n'avaient rien à craindre de la « vérité ».

Deux ans plus tard, quand Ove avait été démis de ses fonctions de président (un « coup d'État », selon ses termes), la question était revenue sur le tapis. Le nouveau conseil syndical de la copropriété avait envoyé à tous les habitants une lettre enthousiaste à propos d'une caméra ultramoderne actionnée par un détecteur de mouvements et qui enregistrait les vidéos directement sur Internet. Elle permettrait de surveiller le local à poubelles, mais aussi les garages, et de lutter contre le vandalisme et les cambriolages. Les vidéos seraient automatiquement effacées au bout de vingt-quatre heures pour éviter « toute atteinte à la vie privée ». La décision d'installer ces caméras devait faire l'unanimité. Une seule personne vota non.

Ove ne fait pas confiance à Internet. Il écrit le nom avec une majuscule et persiste à le prononcer « Inter-né », ignorant sa femme qui n'arrête pas de le reprendre. Le conseil syndical avait vite compris qu'Ove vivant, jamais Internet ne l'épierait en train de jeter ses poubelles. On avait renoncé aux caméras. C'était aussi bien, pensait Ove. De toute manière, il préférait ses tournées quotidiennes : on savait qui faisait quoi et on gardait le contrôle de la situation. N'importe qui pouvait comprendre ça.

Une fois son inspection finie, Ove a verrouillé la porte avant d'éprouver la poignée d'une secousse, répétée deux fois, comme chaque matin. Un vélo était appuyé contre le mur de la remise à l'intérieur de laquelle il aurait dû être rangé, sous un grand panneau annonçant « Stationnement interdit aux vélos ». Un voisin avait collé à côté une note manuscrite : « Ce n'est pas un parking à vélos ici, apprends à lire les panneaux. » Ove a grommelé « idiots », ouvert la remise, poussé avec précaution le vélo près des autres et s'est assuré par trois fois de la résistance du verrou.

Il a ensuite arraché la note véhémente. Il avait bien envie de déposer une motion pour la pose d'un panneau « Défense d'afficher ». Aujourd'hui, les gens croient qu'ils peuvent coller des papiers n'importe où. Nom de Dieu, ce mur n'est pas un tableau d'affichage !

Ove a refait le chemin en sens inverse ; devant sa maison, il s'est penché sur l'allée de dalles et a inspiré un bon coup. Ça sentait la pisse. Avec cette certitude, il est rentré chez lui et a bu son café.

Cela fait, il a résilié en deux coups de fil son abonnement téléphonique et celui de son quotidien du matin. Puis il a réparé le robinet mélangeur dans la petite salle de bains ; huilé le plan de travail de la cuisine et resserré les vis de la poignée de la porte vitrée ; mis de l'ordre dans les caisses au grenier, trié ses outils dans la remise et monté les pneus neige sur sa Saab. La journée touchait à sa fin.

Sa vie n'était pas censée prendre cette tournure. Voilà ce qu'Ove pense.

Un mardi de novembre, seize heures. Ove a éteint toutes les lampes, les radiateurs et la cafetière. Il a huilé le plan de travail dans la cuisine, ignorant les ânes de chez IKEA qui lui ont affirmé que c'est inutile. Chez lui, nécessaire ou pas, on graisse les surfaces en bois deux fois par an. Quoi qu'en dise la fille en polo jaune, maquillée à la truelle, dans le magasin en libre service.

Ove regarde par la fenêtre du salon de son pavillon à un étage et petit grenier. Le frimeur d'une quarantaine d'années et à la barbe de trois jours de la maison d'en face, un dénommé Anders, fait son jogging. Il ne vit pas ici depuis très longtemps, quatre ou cinq ans au plus, mais il a déjà réussi à entrer au conseil syndical. Le serpent. Il s'imagine que la rue lui appartient. Ça ne fait aucun doute qu'il a emménagé ici après un divorce en payant un prix exorbitant pour la maison. Grand classique : ce genre de types débarque et fait augmenter la valeur foncière au détriment des honnêtes gens, comme si c'était un quartier friqué. Ove a aussi remarqué qu'il conduit une Audi. Le reste a été facile à deviner. Seuls les auto-entrepreneurs et autres idiots du même acabit roulent en Audi. Aucune jugeote.

Ove enfonce les mains dans les poches de son pantalon bleu et administre quelques coups de pied vigoureux aux plinthes. Il doit admettre que le pavillon est un peu grand pour lui et sa femme, mais ils ont fini de le payer. Ils ont remboursé leur emprunt jusqu'à la dernière couronne. Le frimeur d'en face ne peut certainement pas en dire autant. Aujourd'hui, les gens vivent à crédit, on sait bien comment ça se passe. Ove a respecté ses échéances, s'est acquitté de ses tâches, est allé au travail sans jamais manquer un seul jour pour maladie. Il a apporté sa pierre à l'édifice, accepté quelques responsabilités. Ce que plus personne ne veut. Aujourd'hui, on ne jure que par les ordinateurs, les consultants et les magouilleurs qui fréquentent les boîtes porno et font des contrats de location bidon. Les gens rêvent de paradis fiscaux et de portefeuilles d'actions ; plus personne ne veut travailler ; le pays est rempli d'incapables qui aimeraient faire une pause toute la journée.

« Ça vous ferait du bien de prendre un peu de repos », avaient dit ses chefs la veille. Le manque de travail les forçait à « raboter l'ancienne génération ». Trente ans de fidélité à la même compagnie, et voilà ce qu'il était : une fichue « génération ». Aujourd'hui, ils ont tous trente et un ans, portent des pantalons moulants et ne boivent plus de vrai café. Et fuient les responsabilités. Une foule d'hommes à la barbe de trois jours soigneusement taillée, qui changent de boulot, de femme et de marque de voiture au gré de leurs envies.

Ove observe avec exaspération le frimeur qui continue son jogging. Non pas qu'il se sente provoqué, loin s'en faut. Il se fiche royalement que les gens fassent de l'exercice. Il ne comprend simplement pas pourquoi on en fait toute une histoire, ni pourquoi ils affichent le sourire suffisant de celui qui relève d'un emphysème pulmonaire. Tout ce que font les joggeurs, c'est marcher vite ou courir lentement. Cet homme de quarante ans crie ainsi à la face du monde qu'il n'est pas fichu d'accomplir quoi que ce soit d'utile. Et puis a-t-il vraiment besoin de se déguiser en gymnaste roumaine d'à peine douze ans ? Doit-on ressembler à un athlète olympique pour faire le traîne-savates pendant trois quarts d'heure ?

Et sa copine, avec ses dix ans de moins au compteur ! Ove l'appelle la bécasse blonde. Quand il la voit tanguer sur des talons de la taille d'une clé à douille, maquillée comme une voiture volée, avec des lunettes de soleil aussi larges qu'un casque, elle lui fait penser à un panda ivre. Elle a un chien ridiculement petit qui court partout, aboie sans interruption et pisse sur l'allée devant la maison d'Ove ; elle s'imagine qu'Ove ne remarque rien.

Sa vie n'était pas censée prendre cette tournure. Vraiment pas.

« Ça vous fera du bien de prendre un peu de repos », lui avaient-ils dit la veille. Ove reste debout devant le plan de travail huilé. Ce n'est pas normal de n'avoir rien à faire un mardi.

Par la fenêtre, il contemple le pavillon d'en face, identique au sien, où vient d'emménager une famille avec de jeunes enfants. Des étrangers, paraît-il. Ove ne sait pas ce qu'ils ont comme voiture. Pourvu que ce ne soit pas une Audi, ou pire, une marque japonaise.

Ove hoche la tête, en parfait accord avec lui-même. Il observe le plafond de la salle de séjour. Il va y fixer un crochet aujourd'hui. Et pas n'importe lequel. La camelote habituelle est bonne pour les consultants en informatique avec un trouble dyslexique et un gilet de laine qui donne une allure androgyne. Mais Ove ne cédera pas à la facilité. Il vissera si solidement le crochet adéquat que celui-ci tombera en dernier si la maison s'écroule.

Un jour prochain, un frimeur d'agent immobilier avec un nœud de cravate gros comme le crâne d'un bébé viendra lui parler « potentiel de rénovation » et « rentabilisation de l'espace ». Le fumier pourra dire ce qu'il veut d'Ove, mais il ne trouvera pas le moindre défaut au crochet. Il sera bien obligé de lui concéder cela.

La petite caisse à tout faire d'Ove est maintenant posée dans la salle de séjour. Voilà comment se répartissent les objets dans la maison. Ceux qu'a choisis la femme d'Ove sont « jolis » ou « sympas » ; ceux qu'a achetés Ove sont pratiques et fonctionnels. Il les range soit dans la petite caisse à tout faire, soit dans la grande. La petite contient vis, clous, clés à douille et autres outils de ce genre. Aujourd'hui, les gens n'ont que du fatras inutile. Vingt paires de chaussures mais pas de chausse-pied. Ils s'encombrent de fours à micro-ondes et de télés à écran plat, mais personne n'arriverait à poser une cheville dans un mur, même sous la menace d'un cutter.

Dans sa caisse, Ove a un casier rempli de chevilles béton, qu'il contemple aussi attentivement que si c'était des pièces d'échecs. Quand il cherche une cheville, il n'aime pas prendre de décision hâtive. Il préfère choisir calmement. Chaque cheville représente une procédure, chacune a son utilisation. Les gens ont perdu tout respect pour le rôle des objets, il suffit que tout soit propre et informatisé. Ove, lui, fait les choses comme il faut.

« Le repos vous fera du bien », ont-ils dit au travail. Ils ont attendu le lundi parce qu'ils ne voulaient pas lui « gâcher le week-end » en venant lui parler le vendredi. « Ça vous fera du bien, non ? de prendre un peu de repos », ont-ils répété. Savent-ils seulement ce que ça fait de se réveiller un mardi et de ne plus avoir de rôle à jouer ? Avec leur Internet et leurs expressos, est-ce qu'ils savent seulement prendre des responsabilités ?

Ove examine le plafond en plissant les yeux. Il devra faire attention à bien centrer le crochet.

Debout dans la salle de séjour, perdu dans ses pensées, il est soudain interrompu, sans la moindre considération, par un grand fracas. Un peu comme si un empoté dans une voiture japonaise avait raté sa marche arrière et raclé tout le mur de la maison d'Ove avec sa remorque.

3

Ove fait marche arrière avec une remorque

Ove écarte les rideaux verts à fleurs que sa femme parle de changer depuis quelques années. Il voit une étrangère d'environ trente ans, de petite taille, aux cheveux noirs, faire de grands gestes furieux à l'intention d'un grand lourdaud blond du même âge, coincé au volant d'un coupé japonais, beaucoup trop exigu pour sa taille. La remorque de sa voiture a raclé le mur de la maison d'Ove sur toute sa longueur.

Le maladroit essaie d'expliquer par des gestes subtils que l'exercice n'est pas aussi facile qu'il en a l'air. La femme lui répond par des signes bien moins subtils que la manœuvre serait plus aisée s'il n'était pas un imbécile.

— Bon sang, c'est pas vrai… rugit Ove quand une roue de la remorque s'enfonce dans sa plate-bande.

Il lâche sa caisse à tout faire, serre les poings, et quelques secondes plus tard la porte d'entrée semble sortir elle-même de ses gonds comme si elle redoutait que son propriétaire passe à travers.

— Qu'est-ce que vous fichez ? hurle Ove à la femme aux cheveux noirs.

— Je me pose la même question ! rétorque-t-elle sur le même ton.

Décontenancé, Ove la foudroie du regard. Elle riposte par une mine furieuse.

— Le lotissement est interdit aux voitures ! Vous ne savez pas lire les panneaux non plus ?

L'étrangère de petite taille fait un pas vers lui, et Ove remarque qu'elle est enceinte, ou que son obésité est très localisée.

— Ce n'est pas moi qui conduis !

Ove la dévisage quelques secondes puis se tourne vers le grand dadais qui s'est extirpé de la voiture japonaise, les mains levées en signe d'excuse. Il porte un gilet de laine et a la posture d'une personne carencée en calcium.

— Et vous êtes qui, vous ? l'interroge Ove.

— Celui qui conduit, répond l'homme avec un air réjoui.

Il doit mesurer presque deux mètres. Ove éprouve une méfiance instinctive face aux gens de plus d'un mètre quatre-vingts. Selon son expérience, le sang ne monte pas jusqu'à leur cerveau.

— Ah oui ? Eh bien, on ne dirait pas ! lance la femme enceinte en assénant des claques sur le bras de son compagnon qui fait deux têtes de plus qu'elle.

— Et c'est qui, elle ? demande Ove en l'examinant.

— C'est ma femme, le renseigne aimablement le maladroit.

— Pour l'instant, rétorque-t-elle d'un ton mordant.

Son ventre monte et descend au rythme de ses paroles.

Le blond reprend :

— Ce n'est pas aussi facile que ça en a...

— J'ai dit à DROITE et tu as continué à GAUCHE ! le coupe-t-elle. Mais tu ne m'écoutes pas ! Tu n'écoutes JAMAIS !

Elle se lance dans une longue harangue qu'Ove suppose être une ribambelle de jurons arabes.

Le lourdaud se contente de hocher la tête avec une expression incroyablement paisible. Exactement le genre de sourire qui donne envie de distribuer des paires de claques aux moines bouddhistes, songe Ove.

— Au fait, je suis désolé. Il y a eu un petit accident, mais nous allons arranger ça, promet gaiement le blond quand sa femme finit par se taire.

Il sort une boîte de sa poche et se coince sous la lèvre une boule de tabac à chiquer de la taille d'un ballon de handball. Ove s'attend presque à recevoir une vigoureuse tape dans le dos.

Il dévisage le lourdaud comme s'il venait de se soulager sur le capot de la Saab.

— Arranger ça !? Vous avez roulé sur ma plate-bande !

Le grand blond jette un coup d'œil à la roue de la remorque.

— Ce n'est pas une plate-bande, ça, dit-il avec un sourire désinvolte avant de caler le tabac du bout de la langue.

— Si, c'est une p-l-a-t-e-b-a-n-d-e !

L'homme regarde le sol, puis Ove, l'air de se demander si c'est une blague.

— Nan, mais attendez, c'est juste de la terre !

Ove plisse le front en une seule ride menaçante.

— C'est. Une. Plate. Bande.

L'empoté se gratte la tête. Du tabac s'accroche à ses cheveux.

— Mais vous n'avez rien planté…

— J'ai bien le droit de faire ce que je veux avec ma plate-bande !

Le lourdaud acquiesce immédiatement, désireux de ne pas fâcher encore plus son nouveau voisin. Il se tourne vers sa femme, l'air implorant, mais celle-ci ne semble en rien disposée à venir à son secours. Il s'adresse de nouveau à Ove.

— C'est qu'elle est enceinte. Les hormones, vous comprenez… tente le maladroit avec un petit rire.

Sa femme, elle, ne rit pas. Ove non plus. Elle croise les bras. Ove met les poings sur les hanches. Le blond ne sait visiblement pas quoi faire de ses mains ; penaud, il balance les bras comme un drap dans le vent.

— Je redémarre et je réessaie, capitule-t-il en lui offrant un autre sourire enjôleur.

Ove répond par un regard intraitable.

— Le lotissement est interdit aux voitures, c'est indiqué sur les panneaux.

Le blond hoche la tête avec enthousiasme et file s'entasser dans sa voiture japonaise bien trop petite pour son corps bien trop grand. « Seigneur », soupirent en même temps Ove et l'étrangère ; Ove révise à la hausse son opinion d'elle.

Le grand dadais avance de quelques mètres sans réussir à corriger l'axe de la remorque et fait marche arrière, droit dans la boîte aux lettres d'Ove, pliant la tôle verte.

— Non… mais faites attention… s'étrangle Ove en ouvrant violemment la portière.

Le lourdaud lève de nouveau les mains et se répand en excuses.

— Pardon, pardon ! *Sorry*, je ne l'avais pas vu dans le rétroviseur. Ce n'est pas facile avec la remorque, je ne sais jamais dans quelle direction je dois braquer…

Ove abat son poing noueux sur le toit du coupé, faisant sursauter le type blond qui se cogne contre le cadre de la portière. Ove se penche vers lui, si près qu'il lui parle presque à l'oreille.

— Sortez de la voiture !

— Quoi ?

— Je vous ai dit de sortir de la voiture !

Le lourdaud lui lance un regard apeuré mais n'ose protester. Il se poste à côté du véhicule comme un écolier que l'instituteur a mis au coin. Ove désigne la rue entre les maisons, en direction du local à vélos et des garages.

— Mettez-vous quelque part où vous ne serez pas en travers du chemin.

Le grand blond le fixe d'un air confus.

— Seigneur ! Même un manchot aveugle aurait fait mieux, murmure Ove en s'installant au volant.

Comment peut-on rater une marche arrière avec une remorque ? Est-ce si difficile de distinguer sa gauche de sa droite et d'inverser en manœuvrant ? Comment les gens se débrouillent-ils dans la vie ?

Bien entendu, la boîte de vitesses est automatique. Ove aurait dû s'y attendre. Ces incapables ne conduisent même plus eux-mêmes, pense-t-il en avançant le véhicule. Ils aimeraient que leur voiture se pilote toute seule, comme un robot. Plus besoin d'apprendre à faire un créneau ; dans ce cas, mérite-t-on vraiment d'avoir le permis ? Ove ne le pense pas : une personne incapable de se garer en créneau ne devrait pas avoir le droit de vote.

La remorque redressée, il passe la marche arrière comme n'importe qui d'un peu civilisé. La voiture fait instantanément entendre un bip indigné. Ove regarde autour de lui, furieux.

— Mais qu'est-ce qu'il y a ? Pourquoi tu fais un bruit pareil ? lance-t-il rageusement au tableau de bord en martelant le volant. Arrête ça tout de suite ! rugit-il, en direction d'un voyant rouge qui clignote avec obstination.

Au même moment, le grand blond toque prudemment à la fenêtre. Irrité, Ove baisse la vitre.

— C'est le radar de recul, explique le grand blond.

— J'avais compris, merci !

Le maladroit s'éclaircit la gorge :

— Elle est assez spéciale, cette voiture. Je devrais peut-être vous montrer les boutons de commandes et le reste…

Ove renifle avec dédain.

— Ne me prenez pas pour un imbécile !

Le lourdaud secoue vigoureusement la tête.

— Non, non, bien sûr que non.

Ove jette un regard furibond au tableau de bord.

— Et ça, c'est quoi ?

L'homme se lance dans des explications enthousiastes.

— C'est l'indicateur de charge de la batterie. On démarre avec le moteur électrique et on bascule vers le moteur à essence… vous savez… vu que c'est un hybride…

Ove remonte la vitre sans rien dire, abandonnant le lourdaud, bouche bée, à côté du coupé. Coup d'œil au rétroviseur gauche, puis au droit. Ignorant le piaulement terrifié de la voiture, Ove fait marche arrière ; la remorque décrit un axe parfait entre les deux maisons.

Ove descend de la voiture et lance les clés à son propriétaire.

— Radar de recul, aide au stationnement, caméras et compagnie. Si on a besoin de tout ça pour faire une marche arrière avec une remorque, autant laisser tomber.

Le grand dadais se contente d'un hochement de tête réjoui.

— Merci pour le coup de main, lance-t-il, oubliant qu'Ove lui a hurlé dessus pendant dix minutes.

— On ne devrait même pas vous laisser rembobiner une cassette, répond Ove en passant près de lui.

L'étrangère a toujours les bras croisés, mais ne semble plus vraiment fâchée.

— Merci, dit-elle avec un sourire oblique, l'air de se retenir de rire.

Ove n'a encore jamais vu d'aussi grands yeux bruns.

— La copropriété défend de circuler en voiture dans le quartier, nom de Dieu. Vous allez devoir l'accepter, répond-il.

Elle remarque qu'il prononce « assepter », mais ne fait pas de commentaire. Avec un air dédaigneux, Ove se hâte en direction de sa porte.

Au milieu de l'allée entre sa maison et sa remise, il plisse le nez à la manière des hommes de son âge, avec un froncement qui semble se propager jusqu'à son torse. Il se baisse vers les dalles qu'il change tous les deux ans, peu importe leur état, renifle et se relève avec un air entendu.

La femme enceinte et son mari l'observent.

— Il y a de la pisse partout ! gronde Ove en indiquant les dalles avec de grands gestes.

— Ah… bien… hasarde l'étrangère aux cheveux noirs.

— Non, ce n'est fichtrement pas bien ! réplique Ove.

Sur ces mots, il claque la porte derrière lui.

Affalé sur un tabouret dans l'entrée, il essaie de se calmer avant de reprendre ce qu'il avait laissé en plan. « Foutue bonne femme. » Que vient-elle faire ici avec sa famille si aucun d'entre eux n'est capable de lire des panneaux bien en vue ? Tout le monde sait que les voitures sont interdites dans le lotissement !

Ove suspend sa veste bleue parmi les innombrables manteaux de sa femme, murmure « idiots » après s'être assuré que la fenêtre est bien fermée et retourne étudier le plafond de la salle de séjour.

Il ignore combien de temps il reste planté là. Perdu dans ses pensées, il flotte dans un brouillard. Ça ne lui ressemble pas ; il n'a jamais été un rêveur, mais, ces derniers temps, il a de plus en plus de mal à se concentrer, comme si une partie de lui s'était envolée. Ça ne lui plaît pas du tout.

Quand la sonnette retentit, il a l'impression d'émerger d'un agréable sommeil. Il se frotte vigoureusement les yeux en regardant autour de lui comme s'il craignait qu'on l'ait observé.

On sonne à nouveau. Ove fixe la porte avec une expression de reproche avant de faire quelques pas dans l'entrée, le corps raide comme un piquet. Il n'est pas certain que les craquements proviennent des lattes du parquet.

— Qu'est-ce que c'est cette fois ? demande-t-il comme s'il attendait une réponse de la porte fermée. Qu'est-ce que c'est ? répète-t-il en ouvrant à toute volée.

Déstabilisée par la bourrasque, une petite fille tombe sur les fesses avec une mine stupéfaite.

La fillette plus âgée qui l'accompagne est terrifiée. Toutes deux ont les cheveux noirs et les plus grands yeux bruns qu'Ove ait jamais vus.

— Eh bien ?

Pleine d'espoir, l'aînée lui tend une boîte en plastique dont Ove se saisit, peu enthousiaste. La boîte est chaude.

— Du riz ! s'écrie joyeusement la première enfant en se relevant avec vivacité.

— Au safran. Avec du poulet, poursuit la plus grande avec un regard sceptique.

Ove les observe, méfiant.

— Vous sonnez chez moi pour me vendre ça ?

L'aînée est visiblement offensée.

— Non, on HABITE ici !

Après quelques secondes de silence, Ove hoche la tête, comme s'il acceptait leur explication.

— Je vois.

La benjamine, satisfaite, agite les manches trop longues de sa combinaison d'hiver.

— Maman dit tu l'air faim !

Ove la regarde sans comprendre.

— Quoi ?

— Maman dit que tu as l'air d'avoir faim, alors, on t'apporte à manger, traduit l'aînée, agacée. Allez, viens, Nasanin, dit-elle en attrapant la main de sa sœur et se détournant avec un regard désapprobateur.

Ove passe la tête par l'embrasure de la porte pour les suivre du regard. Sur le seuil de la maison d'en face, la femme enceinte aux cheveux noirs lui sourit tandis que les enfants rentrent en courant. La plus jeune lui fait un signe joyeux de la main, imitée par sa mère. Ove referme le battant.

Seul dans l'entrée, il fixe la boîte de poulet et riz au safran avec la même expression que si elle contenait de la nitroglycérine, puis la met au frigo. Non pas qu'il ait l'habitude de manger ce que des petites étrangères viennent poser sur le pas de sa porte, mais chez lui, on ne jette pas la nourriture. C'est une question de principe.

Il retourne contempler le plafond de la salle de séjour, les mains dans les poches. Il réfléchit un long moment à la question de la cheville béton la mieux adaptée, les yeux plissés jusqu'à en avoir mal au crâne. Légèrement confus, il regarde sa montre cabossée ; un coup d'œil par la fenêtre lui apprend qu'il fait nuit. Il secoue la tête, résigné.

Il ne peut pas commencer à manier la perceuse à la nuit tombée, n'importe qui peut comprendre ça. Il serait obligé d'allumer les lampes sans savoir à quel moment on viendrait les éteindre. Ove ne compte pas donner ce plaisir à la compagnie d'électricité. Si elle s'imagine qu'il va laisser sa facture atteindre un millier de couronnes, elle peut toujours rêver.

Ove referme sa caisse à tout faire, la pose sur le palier à l'étage et retourne prendre la clé du grenier à sa place habituelle, derrière le radiateur de l'entrée. Il se dresse sur la pointe des pieds pour ouvrir la trappe et déplie l'échelle ; au grenier, il remet la caisse derrière les chaises de cuisine que sa femme l'a obligé à remiser sous prétexte qu'elles grincent, alors qu'elles ne font pas le moindre bruit. Ove sait parfaitement que sa femme avait simplement envie d'en acheter d'autres. À croire qu'il n'y avait que ça dans la vie, acheter de nouvelles chaises, manger au restaurant, et ainsi de suite.

Il redescend l'escalier, remet la clé à sa place. « Prenez un peu de repos », ont-ils dit. Des prétentieux de trente et un ans qui ne travaillent que devant un ordinateur, ne boivent qu'une pâle imitation de café et ne savent plus faire marche arrière avec une remorque, mais qui ont le culot de dire qu'ils n'ont plus besoin de lui. À croire qu'ils sont tombés sur la tête.

Ove allume la télé dans la salle de séjour. Non pas que le programme l'intéresse, mais il ne va pas passer sa soirée à fixer le mur bêtement. Il sort du frigo le poulet cuisiné par l'étrangère et mange à même la boîte avec une fourchette.

Ove a cinquante-neuf ans. On est mardi soir et il a résilié son abonnement au quotidien du matin. Il a éteint toutes les lampes.

Demain, il vissera le crochet au plafond.

4

Ove ne paie pas des frais de trois couronnes

Ove lui tend les deux fleurs. Bien sûr, il n'avait pas prévu d'en acheter autant. Après tout, la modération est une vertu. Mais c'est une question de principe. Voilà la raison des deux pots.

— Rien ne va quand tu n'es pas là, murmure-t-il en grattant du bout du pied la terre gelée.

Sa femme ne répond pas.

— Il va neiger cette nuit, précise-t-il.

La télévision a annoncé un temps clair et, selon Ove, c'est le meilleur moyen de savoir qu'on peut s'attendre au contraire. Voilà pourquoi il la prévient. Elle garde le silence. Ove met les mains dans les poches de son pantalon bleu et hoche brièvement la tête.

— Ce n'est pas normal de passer la journée à tourner en rond dans la maison vide. Voilà ce que j'en pense. Ce n'est pas une vie.

Elle ne réagit toujours pas.

Il baisse le front, remue de nouveau la terre. Il ne comprend pas les gens qui ont hâte de prendre leur retraite. Comment peut-on aspirer toute sa vie à devenir inutile ? Quel genre d'individu rêve d'être un fardeau pour la société ? De rester chez soi et d'y mourir à petit feu ? Ou pire, d'être placé en maison de retraite parce qu'on ne peut plus se débrouiller tout seul ? Ove ne peut rien s'imaginer de plus abominable. Dépendre d'autres personnes simplement pour aller aux toilettes. La femme d'Ove rétorque toujours avec un petit rire exaspérant qu'il est la seule personne de sa connaissance qui préférerait être le défunt dans le cercueil plutôt que le vieil ami qui se rend à l'enterrement en minibus pour personnes âgées. Ce n'est pas entièrement faux.

Au fait, ce fumier de chat était de nouveau là ce matin. Pratiquement sur le pas de la porte. Si on peut appeler ça un chat.

Ove s'est levé à six heures moins le quart et a préparé du café pour sa femme et lui. Il a fait le tour de la maison pour vérifier qu'elle n'a pas augmenté le chauffage en cachette. Les radiateurs étaient réglés sur la même position que la veille, mais il les a quand même baissés un peu. Pour plus de sûreté. Puis il a décroché sa veste de la seule des six patères du couloir qui ne disparaissait pas sous les manteaux de sa femme. Il a fait sa tournée d'inspection, noté les numéros d'immatriculation dans son carnet et contrôlé les portes des garages. Le temps avait commencé à fraîchir. Il devrait bientôt remplacer son manteau d'automne bleu par celui d'hiver bleu.

Il sait toujours quand la neige approche ; c'est la période où sa femme insiste pour augmenter le chauffage dans la chambre à coucher. Inconscience, décrète chaque année Ove. Il ne compte pas permettre au directeur d'une compagnie d'électricité de se remplir les poches juste parce que la saison est un peu fraîche.

Ove a fait le calcul : augmenter le chauffage de cinq degrés représente une dépense de plusieurs milliers de couronnes par an. Alors, chaque hiver, il descend du grenier un petit générateur diesel qu'il a échangé aux puces contre un vieux tourne-disque, et y branche un système de chauffage auxiliaire acheté au rabais pour trente-neuf couronnes. Une fois réchauffé par le générateur, le chauffage fonctionne une demi-heure avec la petite batterie qu'Ove a installée dessus ; la femme d'Ove peut le mettre en route plusieurs fois sous le lit de son côté avant d'aller se coucher. Bien entendu, Ove lui rappelle systématiquement d'éviter tout gaspillage inutile. Le diesel n'est pas gratuit. Et, fidèle à son habitude, elle hoche la tête en disant qu'il a raison, puis passe l'hiver à augmenter discrètement le chauffage dès qu'il a le dos tourné. Comme chaque année.

Ove gratte encore la terre. Il hésite à mentionner le chat. L'animal était de nouveau là quand Ove est revenu de sa tournée d'inspection. Ove a regardé le chat. Le chat a regardé Ove. Le doigt tendu, Ove lui a crié de fiche le camp, si fort que le son de sa voix a rebondi entre les maisons comme un ballon. Le chat a observé Ove un moment, puis s'est levé avec une lenteur délibérée, sans aucun doute pour lui signifier qu'il ne lui obéissait pas, mais qu'il avait des choses à faire. Il a ensuite disparu derrière la remise.

Ove décide de ne pas en parler à sa femme. Il est certain qu'elle sera fâchée qu'il l'ait chassé. Si elle avait son mot à dire, la maison serait remplie de vagabonds, à fourrure ou sans.

Il porte son costume bleu sur une chemise blanche boutonnée jusqu'au col. Elle lui dit toujours de laisser le premier bouton ouvert s'il ne met pas de cravate, ce à quoi Ove rétorque à chaque fois qu'il n'est pas un « fichu patron de location de transats en Grèce ». Il porte au poignet sa vieille montre cabossée, que son père avait reçue de son propre père à ses dix-neuf ans, et dont Ove a hérité à son tour, quelques jours après son seizième anniversaire.

La femme d'Ove aime ce costume. Elle dit toujours qu'il donne à Ove un air très chic. Bien sûr, Ove pense comme n'importe quelle personne sensée que seuls les frimeurs portent leur costume du dimanche en semaine. Mais ce matin, il s'est autorisé une exception. Il a même enfilé ses chaussures noires du dimanche, qu'il a astiquées avec la quantité correcte de cirage.

En décrochant son manteau d'automne bleu de la patère du couloir, il a jeté un regard songeur à la collection de vêtements de sa femme. Il se demandait comment quelqu'un d'aussi petit pouvait avoir besoin d'autant de manteaux. « On croirait presque qu'on pourrait se rendre à Narnia en passant à travers », avait plaisanté une amie de sa femme. Évidemment, Ove n'avait pas compris à quoi elle faisait allusion. En tout cas, c'était une montagne de manteaux.

Il a quitté la maison alors que le lotissement dormait encore. Sur le parking, il a déverrouillé son garage avec sa clé. Il a bien une télécommande pour la porte, mais n'a jamais saisi à quoi elle servait quand on peut ouvrir à la main. Il a déverrouillé la Saab, également avec la clé. Ove n'a pas de raison d'abandonner une méthode qui fonctionne depuis tant d'années. Il s'est assis derrière le volant, a tourné le bouton de l'autoradio de cent quatre-vingts degrés dans un sens, puis dans l'autre, et ajusté tous les rétroviseurs, comme chaque fois qu'il s'assied dans sa voiture. À croire que des vandales forcent régulièrement la Saab pour s'amuser à dérégler les rétroviseurs et l'auto-radio.

Lorsqu'il a avancé sa voiture hors du garage, il a aperçu l'étrangère enceinte de la maison voisine. Elle tenait sa plus jeune fille par la main. Le grand dadais blond les accompagnait. Tous trois ont adressé un signe de la main à Ove. Il ne le leur a pas renvoyé. Il avait bien envie de dire à cette femme que, dans ce lotissement, on ne laisse pas les enfants courir sur le parking comme sur un terrain de jeu. Mais il a décidé qu'il n'a pas le temps.

Il a roulé jusqu'à la route qui borde le lotissement et longé plusieurs rangées de maisons identiques à la sienne. Quand Ove et sa femme avaient emménagé, il n'y avait en tout que six pavillons. Leur nombre atteint maintenant quelques centaines. Autrefois, ils vivaient en lisière d'une forêt, à présent ils sont encerclés de maisons. Toutes achetées à crédit, bien sûr, comme chacun fait de nos jours. On emprunte, on roule en voiture électrique et on appelle le technicien pour changer une ampoule. On installe du parquet clipsé, une cheminée électrique et ainsi de suite. Au point que, maintenant, cette société ne sait plus faire la différence entre une bonne cheville béton et une paire de gifles.

Ove a mis quatorze minutes pour atteindre la boutique du fleuriste du centre commercial. Il respecte scrupuleusement les limitations de vitesse, même si quelques idiots fraîchement arrivés dans le lotissement font du quatre-vingt-dix à l'heure sur la route limitée à cinquante. Évidemment, ils installent autour de leurs propres maisons des panneaux « Attention enfants » et des ralentisseurs à ne plus savoir où donner de la tête, mais ils ne sont pas aussi prudents quand ils circulent dans d'autres rues. Ove l'a répété à sa femme chaque fois qu'ils sont passés par là les dix dernières années. Et ça empire, ajoute-t-il ensuite, au cas où elle ne l'aurait pas entendu les premières fois.

Ce jour-là, il n'a pas fait deux kilomètres qu'une Mercedes noire se met à lui coller aux fesses. Ove a actionné trois fois ses feux stop. La Mercedes a riposté par des appels de phares outrés. Ove a reniflé de dédain en regardant dans le rétroviseur. Comme si les gens étaient tenus de se jeter dans le bas-côté dès qu'un de ces idiots décidait de dépasser les limitations de vitesse ! Et puis quoi encore ? Ove ne s'est pas déporté sur la droite. La Mercedes a fait de nouveaux appels de phares. Ove a levé le pied. La Mercedes a klaxonné. Ove a ralenti un peu plus. La Mercedes a klaxonné plus fort. Ove est descendu jusqu'à vingt kilomètres-heure. Alors qu'ils s'approchaient d'une crête, la Mercedes a dépassé Ove en vrombissant. Le conducteur, un homme d'une quarantaine d'années avec une cravate et des câbles lui sortant des oreilles, a dressé le majeur en direction d'Ove. Celui-ci a riposté à la manière de tous les hommes de cinquante-neuf ans bien élevés : il s'est frappé la tempe de l'index. L'homme a postillonné sur la vitre de la Mercedes, écrasé l'accélérateur et disparu.

Deux minutes plus tard, Ove s'est arrêté à un feu rouge. La Mercedes était juste devant lui. Ove lui a fait des appels de phares. L'homme a tourné brusquement la tête en faisant voltiger ses écouteurs sur le tableau de bord, à la plus grande satisfaction d'Ove.

Le feu est passé au vert. La file n'a pas bougé. Ove a klaxonné. Rien n'est arrivé. Ove a secoué la tête. C'était probablement une bonne femme. Ou des travaux de voirie. Ou une Audi. Au bout de trente secondes, quand personne n'a avancé, Ove est passé au point mort, puis est sorti de la Saab en laissant le moteur en marche. Il s'est posté sur la chaussée pour scruter l'extrémité de la file, les poings sur les hanches, avec l'allure d'un Superman coincé dans les embouteillages.

Le conducteur de la Mercedes a klaxonné. « Idiot », s'est dit Ove. Au même instant, la file a commencé à bouger, et les premières voitures se sont mises en mouvement. La Volkswagen derrière Ove a klaxonné. Le conducteur a fait un signe impatient à Ove, qui lui a renvoyé un regard irrité. Il s'est assis sans hâte au volant de sa voiture et a fermé la portière. « Il n'y a pas le feu au lac », a-t-il lancé à son rétroviseur avant de se remettre en route.

Au feu rouge suivant, il s'est retrouvé de nouveau derrière la Mercedes. Deuxième file d'attente. Ove a regardé sa montre et tourné à gauche. Ce trajet était plus long, mais comptait moins de feux rouges. Ce n'est pas qu'Ove est pingre, mais tout le monde sait que rouler en continu consomme moins de carburant que laisser tourner le moteur au point mort. La femme d'Ove dit souvent : « On pourra au moins écrire dans la nécrologie d'Ove qu'il "veillait toujours à économiser l'essence". »

En arrivant au centre commercial par l'ouest, Ove a vu tout de suite que le parking ne comptait plus que deux places libres. Il ne comprend naturellement pas ce que tout ce monde peut bien faire là un jour de semaine. Visiblement, personne ne travaille ces derniers temps.

La femme d'Ove soupire toujours quand ils arrivent sur un parking pareil à celui-ci. Ove veut toujours se garer près de l'entrée. « Comme si c'était une compétition pour avoir la meilleure place », dit-elle tandis qu'il sillonne chaque rangée en insultant tous ces empoisonneurs qui prennent de la place avec leurs voitures étrangères. Parfois, ils parcourent six ou sept allées, et si Ove est forcé de se contenter d'une place à vingt mètres de l'entrée, il est de mauvaise humeur pour le reste de la journée. Sa femme n'a jamais compris son entêtement, mais de toute façon elle ne comprend pas vraiment les questions de principe.

Cette fois aussi, Ove avait d'abord l'intention d'explorer quelques rangées, pour être sûr. Mais il a remarqué la Mercedes, qui venait du sud. C'était donc là que se rendait ce type à cravate avec des câbles dans les oreilles. Ove n'a pas hésité une seconde. Il a écrasé l'accélérateur et lui a coupé la route. L'homme en Mercedes a pilé, donné un coup de klaxon et suivi Ove. Le duel avait commencé.

La circulation vers l'entrée du parking se faisait sur la voie de droite, mais la Mercedes avait dû voir les deux places libres, car elle a essayé de dépasser Ove par la gauche. Ove a donné un coup de volant pour lui interdire le passage, et les deux voitures se sont poursuivies sur le bitume.

Dans le rétroviseur, Ove a vu une petite Toyota s'engager derrière eux, suivre les panneaux et faire lentement le tour du parking dans le sens des aiguilles d'une montre. Ove l'a suivie du regard tout en avançant à sa rencontre, serré de près par la Mercedes. Il aurait parfaitement pu se garer sur la place libre la plus proche de l'entrée et généreusement laisser l'autre à la Mercedes. Mais quelle victoire aurait-ce été ?

Au lieu de cela, Ove a pilé devant la première place et n'a plus avancé d'un millimètre. La Mercedes a klaxonné. Ove n'a pas bougé. La petite Toyota s'est approchée par la droite depuis l'autre extrémité de la rangée. La Mercedes l'a aperçue et compris, trop tard, le plan machiavélique d'Ove. Elle a klaxonné furieusement, essayé de se faufiler le long de la Saab, mais elle n'avait pas la moindre chance. Ove avait déjà fait signe à la Toyota de prendre une des places, et quand elle se glissa dans l'emplacement, il se gara à côté.

La vitre de la Mercedes était tellement maculée de postillons qu'Ove n'a pas pu distinguer le conducteur qui s'éloignait. Ove est sorti de la Saab avec l'air triomphant d'un gladiateur. Puis il a regardé la Toyota.

« Et merde », a-t-il ronchonné, soudain contrarié.

La portière de la petite voiture s'est ouverte.

« Salut ! » a claironné le lourdaud blond avec bonne humeur en s'extirpant de son siège.

Ove a secoué la tête.

« Bonjour ! » a fait l'étrangère enceinte de l'autre côté de la Toyota en soulevant sa fille.

Ove a regardé la Mercedes avec regret.

« Merci pour la place ! C'est vachement sympa », a continué le blond en souriant.

Ove n'a pas répondu.

« Comment t'appelles ? s'est écriée hardiment la petite fille.

— Ove, a répondu Ove.

— J'appelle Nasanin ! » a-t-elle dit joyeusement.

Ove a hoché la tête.

« Je m'appelle Pat... » a commencé le grand dadais.

Mais Ove s'éloignait déjà.

« Merci pour la place de parking ! » a lancé la femme enceinte derrière lui.

Ove a perçu le rire dans sa voix. Ça ne lui a pas plu du tout. Il a simplement bougonné « oui, oui » sans se retourner et franchi la porte à tambour du centre commercial. Il a emprunté la première allée sur la gauche et regardé plusieurs fois autour de lui, comme s'il avait peur que ses nouveaux voisins soient sur sa piste. Mais ils ont emprunté l'allée de droite.

Ove s'est arrêté devant le magasin d'alimentation, pensif, et a examiné les affiches publicitaires avec la promotion de la semaine. Non qu'il eût l'intention d'acheter du jambon dans ce magasin, mais suivre l'évolution des prix était toujours utile. S'il y a bien une chose qu'Ove déteste par-dessus tout, c'est qu'on essaie de l'escroquer. La femme d'Ove raconte toujours avec amusement que les trois pires mots qu'il connaisse sont « piles non comprises ». Cela fait toujours s'esclaffer les gens, mais pas Ove.

Délaissant la supérette, il est entré chez le fleuriste. Où il a commencé à « faire des histoires », de l'avis de sa femme, ou à « marchander », selon ses propres termes. Ove a posé sur la caisse un bon de réduction stipulant « 2 plantes à fleurs pour 50 couronnes ». Ove, qui n'en voulait qu'une seule, a entrepris de démontrer à la vendeuse, avec un parfait naturel, qu'il n'avait à débourser que vingt-cinq couronnes, puisque c'était la moitié de cinquante. Mais l'employée, une jeune fille d'une vingtaine d'années suspendue à son téléphone portable, avec de la guimauve dans le crâne, n'était pas d'accord. Elle a soutenu qu'une plante coûtait trente-neuf couronnes, et que la promotion « 2 pour 50 » n'était valable que sur un achat de deux. Elle a appelé le gérant de la boutique. Ove a mis un quart d'heure à lui faire entendre raison.

Pour dire la vérité, le gérant a fini par pester à mi-voix « vieil emmerdeur » en martelant la somme de vingt-cinq couronnes sur la caisse enregistreuse comme si elle était responsable. Ove pensait que ce n'était pas très éloigné de la réalité. Il sait parfaitement comment les commerçants s'y prennent pour rouler constamment les gens. Et on ne roule pas Ove impunément. Un carré est un carré, un point c'est tout.

Ove a présenté sa carte bancaire. Le gérant a secoué la tête avec dédain en indiquant une affiche annonçant que « pour tout paiement par carte bancaire inférieur à 50 couronnes, nous prélevons 3 couronnes de frais ». Ove n'a pas eu le choix.

Le voilà donc devant sa femme avec deux pots de fleurs dans les mains parce que c'était une question de principe.

— Il peut toujours RÊVER pour que je paie les trois couronnes, proclame-t-il, le regard baissé sur le gravier.

La femme d'Ove lui reproche de toujours faire des histoires, ce dont Ove se défend formellement. Il pense seulement qu'un carré est un carré, un point c'est tout. Est-ce si absurde ? proteste-t-il à chaque fois. Ove est convaincu du contraire.

Il lève les yeux vers elle.

— Tu es sûrement fâchée que je ne sois pas venu hier comme promis, murmure-t-il.

Elle garde le silence.

— Mais le quartier est en train de devenir un asile de fous, se justifie-t-il tout de même. C'est le chaos complet. Il faut les aider à faire marche arrière avec une remorque, maintenant. Et impossible de visser un crochet sans se faire embêter, poursuit-il comme si elle avait protesté.

Il s'éclaircit la gorge.

— Je ne pouvais quand même pas installer le crochet alors qu'il faisait déjà nuit, non ? On ne sait pas combien de temps les lampes vont rester allumées pendant que le compteur continue à tourner. Je ne pouvais pas faire ça.

Elle ne répond pas. Il remue la terre gelée, hésite, se racle la gorge.

— Rien ne va quand tu n'es pas là. Ce n'est pas normal de passer la journée à tourner en rond dans la maison vide. Voilà ce que j'en pense. Ce n'est pas une vie.

Elle ne dit rien. Il hoche la tête, lui tend les fleurs.

— Elles sont roses. Comme tu les aimes. Des persiennes. Le fleuriste a dit que ce sont des « pérennes », mais c'est des âneries. Ils ont dit aussi qu'elles ne supportent pas le froid, mais ils raconteraient n'importe quoi pour vendre de la merde aux gens.

Il attend manifestement son approbation.

— Ils mangent même du riz au safran, dit-il tout bas. Je parle des nouveaux voisins. Les étrangers. Ils cuisinent le riz avec du safran, et tout le toutim. Quel intérêt ? Comme si de la viande avec des pommes de terre et une sauce, ça ne suffisait pas.

Nouveau silence.

Sans rien dire, il fait glisser son alliance autour de son doigt, cherchant ses mots. Il trouve encore difficile d'être celui qui entretient la conversation. C'est l'une des choses dont elle se chargeait toujours. Lui se contentait de répondre. La situation est encore inédite pour eux deux. Finalement, Ove s'accroupit pour déterrer la plante morte de la semaine précédente, qu'il place délicatement dans un sac en plastique. Il plante les nouvelles fleurs en retournant soigneusement la terre gelée.

— Ils ont encore augmenté le prix de l'essence, l'informe-t-il en se redressant.

Il la regarde, immobile, les mains dans les poches. Enfin, il caresse le pourtour de la grande pierre tombale aussi tendrement que si c'était la joue de sa femme.

— Tu me manques, souffle-t-il.

Cela fait six mois qu'elle est morte, et Ove fait encore le tour de la maison deux fois par jour pour vérifier qu'elle n'a pas augmenté le chauffage en cachette.

5

La vie selon Ove

Ove savait pertinemment que ses amies ne comprenaient pas pourquoi elle l'avait épousé. Il ne le leur reprochait pas.

Les gens disaient qu'il était aigri. Peut-être avaient-ils raison ; il ne savait pas trop et ne s'était jamais penché sur la question. Ils l'appelaient aussi « insociable ». Ove supposait qu'ils voulaient dire par là qu'il n'aimait pas tellement ses congénères, et il leur donnait raison sur ce point. En général, les gens n'étaient pas très futés.

Ove n'était pas très bavard, même s'il avait compris que c'est maintenant un trait de caractère important. À présent, chacun doit être capable d'échanger des banalités avec n'importe quel ahuri qui se montre démonstratif avec le premier venu comme avec des intimes juste parce que c'est « plus sympa ». Ove ne savait pas comment s'y prendre. Peut-être était-ce une affaire d'éducation. Peut-être les hommes de sa génération ne seraient-ils jamais suffisamment préparés à une société où tout le monde parlait de faire beaucoup de choses, mais où agir ne signifiait plus rien.

Aujourd'hui, nombreux sont ceux qui fanfaronnent devant leurs maisons rénovées, aussi fiers que s'ils les avaient construites de leurs propres mains, alors qu'ils n'ont pas touché ne serait-ce qu'une visseuse. Et ils ne prétendent même pas avoir apporté leur pierre à l'édifice. Ils se vantent au contraire de n'avoir rien fait ! Savoir poser un vrai plancher, réparer la robinetterie, ou changer les pneus, tout cela n'a manifestement plus aucune valeur. Apprendre à faire les choses correctement est à présent superflu. Quel genre de personne est-on si, un beau jour, on ne sait plus qu'acheter ? Que vaut-on encore ?

Ove savait très bien que ses amies ne concevaient pas qu'elle ait choisi de se réveiller à son côté chaque matin et de passer ses journées avec lui. Lui non plus. Il fabriqua pour elle une bibliothèque qu'elle remplit de livres écrits par des gens capables de noircir des pages et des pages à propos de sentiments. Ove comprenait ce qu'il pouvait voir et toucher. Le béton et le ciment. Le verre et l'acier. Les outils. Les choses qu'on pouvait compter. Les angles droits et les instructions claires. Les maquettes et les schémas. Ce qu'on pouvait dessiner sur du papier. Il était un homme en noir et blanc.

Et elle était les couleurs. Toutes les couleurs.

La seule chose qu'on peut dire qu'il aimait, avant leur rencontre, c'était les chiffres. Il n'avait pas de souvenirs impérissables de son enfance en dehors de ça. Personne ne l'embêta et il n'embêta personne, il n'était pas très bon en sport, mais pas mauvais non plus. Il ne fut jamais au centre et jamais en marge, il était simplement là. Et il ne se souvient pas très bien non plus de son adolescence, puisqu'il ne se rappelait pas les choses complètement inutiles. Il sait qu'il était plutôt heureux et qu'ensuite, pendant quelques années, il ne le fut plus.

Et il se souvient des chiffres. Des nombres qui lui remplissaient la tête. À l'école, il attendait toujours avec impatience la leçon de mathématiques, alors que pour les autres élèves, ce cours était un calvaire. Il ne sait pas pourquoi, et n'essaie pas non plus de deviner. Il n'a jamais compris pourquoi il devrait passer son temps à chercher une raison à tout. Chacun est tel qu'il est, fait de son mieux, et peut y trouver son compte, pense Ove.

Il avait sept ans quand les poumons de mère arrêtèrent de fonctionner au petit matin, un jour d'août. Elle travaillait dans une usine de produits chimiques. À l'époque, on n'en savait pas autant qu'aujourd'hui sur la respiration et la sécurité au travail, comprit Ove plus tard. En plus, elle fumait sans interruption. C'est le souvenir le plus net qu'Ove a d'elle. Chaque samedi matin, elle s'asseyait à la fenêtre de la cuisine, dans leur petite maison en dehors de la ville, et, environnée d'un nuage de fumée, elle contemplait le ciel. Il se rappelle aussi qu'elle chantait parfois, et qu'il s'asseyait sous la fenêtre pour l'écouter, un livre de mathématiques sur les genoux. Évidemment, sa voix rauque s'éraillait parfois sur une note, mais il aimait ça quand même.

Le père d'Ove était cheminot. Il avait les paumes calleuses et tannées comme du cuir, et les rides de son visage étaient des canaux où la sueur ruisselait jusqu'à son torse pendant l'effort. Ses cheveux étaient raides et sa stature mince, mais les muscles de ses bras saillaient comme s'ils étaient taillés dans le roc. Un jour, alors qu'Ove était encore petit, il avait été autorisé à accompagner ses parents à une grande fête chez des collègues de son père. Après que son père eut bu quelques chopes, les derniers fêtards réussirent à l'entraîner dans une partie de bras de fer. Ove n'avait jamais vu de colosses de la taille de ceux qui défièrent son père, à califourchon sur le banc en bois. Certains devaient peser deux cents kilos. Le père d'Ove les battit tous. Sur le chemin du retour, il passa le bras autour des épaules d'Ove et lui dit : « Seuls les idiots croient que volume égale force, n'oublie jamais ça. » Ove n'oublia jamais.

Le père d'Ove ne leva jamais la main ni sur son fils ni sur qui que ce soit. Quelques camarades de classe d'Ove venaient parfois à l'école avec un œil au beurre noir ou des marques de ceinturon s'ils s'étaient mal conduits, jamais Ove. « On ne se bat pas, chez nous, constatait simplement son père. Ni entre nous ni avec les autres. »

Il était très apprécié à la compagnie de chemins de fer. Il était taciturne, mais généreux. « Trop généreux », jugeaient certains. Ove se souvient qu'il ne comprenait pas en quoi c'était un mal.

Puis sa mère mourut, et son père devint encore plus avare de paroles. Comme si elle avait emporté une partie du peu de mots qu'il possédait à l'origine.

Ove et son père ne parlaient pas énormément, mais chacun appréciait la compagnie de l'autre. Ils étaient heureux, assis en silence chacun d'un côté de la table de la cuisine. Ils s'occupaient à leur manière. Dans l'arbre mort derrière la maison nichait une famille d'oiseaux qu'ils nourrissaient un jour sur deux. Ove avait compris l'importance de ce rythme. Il n'en apprit jamais la raison, mais ne ressentait pas non plus le besoin de tout savoir.

Le soir, ils mangeaient des saucisses et des pommes de terre, puis jouaient aux cartes. Ils ne possédèrent jamais beaucoup, mais eurent toujours assez.

Les seuls mots que sa mère n'avait pas emportés en mourant étaient ceux concernant les moteurs. Le père d'Ove pouvait en parler pendant des heures. « Les moteurs donnent toujours ce qu'on mérite, avait-il coutume de dire. Traite-les avec respect et ils t'offriront la liberté, conduis-toi comme un salopard et ils te la reprendront. »

Longtemps, il ne posséda pas de voiture ; mais dans les années 40 et 50, quand les patrons et directeurs des chemins de fer commencèrent à acquérir des automobiles, le bruit se répandit vite dans les bureaux que cet ouvrier taciturne était un homme avec qui on gagnait à être en bons termes. Le père d'Ove n'était jamais allé à l'école et ne comprenait pas grand-chose aux chiffres des livres de son fils, mais il savait y faire avec les moteurs.

C'est lui qu'on appela quand la fille du directeur se maria, et que la voiture qui devait emmener les fiancés en grande pompe à l'église tomba en panne. Il arriva sur son vélo avec, sous le bras, une caisse à outils si lourde qu'il fallut deux hommes pour la soulever, et le moteur qui faisait des caprices à son arrivée ronronnait quand il s'en alla. La femme du directeur lui proposa de se joindre au repas de noces, mais le père d'Ove répondit simplement qu'un homme aux bras couverts de taches de cambouis si incrustées qu'elles étaient devenues indélébiles n'avait pas sa place au milieu de la belle société. En revanche, il accepterait volontiers un sac de pain et de la viande pour son garçon. Ove venait d'avoir huit ans. Ce soir-là, il se dit que leur repas était digne d'un roi.

Quelques mois plus tard, le directeur fit de nouveau appel au père d'Ove. Une vieille Saab 92 dans un mauvais état manifeste était garée devant les bureaux de la compagnie. C'était le premier modèle du constructeur. Il n'était plus produit depuis l'arrivée sur le marché de la version nettement améliorée, la Saab 93, mais le père d'Ove reconnut immédiatement sa traction avant et son moteur transversal qui ronflait comme une cafetière. Il était rescapé d'un accident, expliqua le directeur en jouant avec ses bretelles sous son veston. À l'avant, le capot vert bouteille était sévèrement froissé, et le spectacle sous la carrosserie n'était sûrement pas beau à voir, estima le père d'Ove. Il sortit un tournevis de la poche de son bleu de travail sale, et après avoir examiné la voiture un moment, il jugea que oui, avec un peu de temps et de réflexion et les bons outils, il devrait pouvoir la remettre en assez bon état.

— Elle est à qui ? demanda-t-il en se redressant et s'essuyant les mains avec un chiffon.

— Elle appartenait à un parent, répondit le directeur en prenant dans la poche de son pantalon une clé qu'il fourra dans la main de son employé. Et maintenant, elle est à vous.

Le directeur lui donna une tape sur l'épaule et retourna dans son bureau, tandis que, seul dans la cour, le père d'Ove reprenait son souffle. Ce soir-là, il expliqua plusieurs fois de suite à son fils émerveillé tout ce qu'il y avait à savoir à propos du trésor garé dans leur jardin. Assis au volant avec son garçon sur les genoux, il passa la moitié de la nuit à exposer l'assemblage du moteur. Il pouvait décrire la moindre vis et le moindre tuyau. Ove n'avait jamais vu quelqu'un d'aussi fier. Il avait huit ans, et c'est ce soir-là qu'il décida de ne jamais conduire autre chose qu'une Saab.

Les samedis où le père d'Ove était de repos, il allait dans le jardin et apprenait en détail à son fils le nom et la fonction des différentes pièces sous le capot. Le dimanche, ils allaient à l'église. Non pas qu'Ove et son père aient eu un rapport très étroit avec Dieu, mais la mère d'Ove y attachait de l'importance. Aussi s'asseyaient-ils tout au fond de l'église et regardaient-ils fixement une tache sur le sol jusqu'à la fin de la messe. Pour tout dire, ils consacraient plus de temps à regretter la disparue qu'à regretter Dieu. Le dimanche matin devint ainsi un moment dédié à leur épouse et mère, même si elle n'était plus avec eux. Après l'office, ils prenaient la Saab et faisaient une longue promenade à la campagne. C'était le moment de la semaine qu'Ove préférait.

La même année, il fut autorisé à suivre son père aux chemins de fer les jours où il n'avait pas école, pour ne pas rester seul à la maison. C'était un travail pénible et mal payé, mais aussi, ajoutait son père en grommelant, « un travail honnête, et ça n'est pas rien ».

Ove appréciait tous les cheminots, sauf Tom. L'homme était grand, bruyant, avec des mains larges comme des battoirs et des yeux qui semblaient toujours à l'affût d'un petit animal à tourmenter.

Un jour qu'Ove avait neuf ans, son père l'envoya aider le cheminot à balayer une voiture. Tom ramassa avec un cri de joie une serviette oubliée par un passager pressé. Elle avait répandu son contenu sur le sol en tombant d'un casier à bagages, et l'homme se jeta immédiatement à quatre pattes pour attraper tout ce qu'il pouvait.

54

— On garde ce qu'on trouve, dit-il en ricanant.

Son regard fit frémir Ove ; il avait l'impression que des insectes lui rampaient sous la peau.

Tom asséna au garçon une tape sur l'épaule qui lui meurtrit la clavicule. Ove se tint coi. En quittant la voiture, il trébucha sur un portefeuille au cuir aussi souple que du tissu. Il ne se fermait pas avec un élastique comme celui qui maintenait en un seul morceau le vieux portefeuille de son père, mais par un bouton d'argent qui cliquetait. Il contenait plus de six mille couronnes, une fortune pour n'importe qui à cette époque.

Lorsqu'il l'aperçut, Tom essaya de le prendre des mains d'Ove, mais animé par un sentiment de révolte instinctif, le garçon resserra sa prise. Il lut la stupeur sur le visage du cheminot et vit du coin de l'œil l'homme puissant fermer le poing. Ove sut qu'il n'arriverait jamais à esquiver le coup, alors il ferma les yeux et, se cramponnant au portefeuille, il attendit.

Ni l'un ni l'autre ne remarquèrent le père d'Ove avant qu'il ne s'interpose. Tom croisa brièvement son regard, la respiration chargée d'une telle colère qu'il poussa un râle involontaire. Mais le père d'Ove ne bougea pas d'un centimètre, et finalement Tom battit prudemment en retraite, baissant le poing.

— On garde ce qu'on trouve, on a toujours fait ça, gronda-t-il en montrant le portefeuille.

— Celui qui trouve décide, répondit le père d'Ove sans le lâcher du regard.

Les pupilles dilatées, Tom recula encore d'un pas, serrant toujours la serviette. Il travaillait aux chemins de fer depuis des années, mais Ove n'avait jamais entendu un seul des ouvriers parler de lui en bien. Il était malhonnête et malveillant ; voilà ce qui ressortait des conversations des cheminots après quelques bières. Pourtant, jamais Ove n'avait surpris son père à prononcer un seul mot contre lui. « Avec quatre enfants et une femme malade, même les meilleurs ne le seraient pas restés », répondait toujours le père d'Ove en regardant ses camarades dans les yeux. À ce moment-là, les gens changeaient généralement de sujet.

Il indiqua l'objet dans les mains de son fils.

— À toi de décider.

Ove garda résolument les yeux rivés au sol. Il sentait le regard brûlant de Tom sur son crâne. D'une voix basse mais déterminée, il déclara que la meilleure solution était d'apporter le portefeuille au service des objets trouvés. Son père hocha la tête sans mot dire et, main dans la main, ils suivirent les rails en silence jusqu'au bureau situé à une demi-heure de marche. Ove entendit Tom crier dans leur dos, la voix chargée de colère froide. L'enfant n'oublierait jamais ce jour.

La guichetière n'en crut pas ses yeux lorsqu'il posa le portefeuille devant elle.

— Il était simplement par terre ? Vous n'avez pas vu un sac d'où il aurait pu tomber ? s'enquit-elle.

Ove lança un regard interrogateur à son père. Celui-ci ne desserra pas les lèvres, et le garçon fit de même.

L'employée interpréta manifestement leur silence comme une réponse affirmative.

— Tout le monde n'aurait pas rapporté une telle somme d'argent, dit-elle avec un sourire à Ove.

— Tout le monde n'a pas non plus de bon sens, rétorqua simplement son père.

Il prit la main d'Ove et tourna les talons pour regagner son poste.

Au bout de quelques centaines de mètres, Ove rassembla son courage, s'éclaircit la gorge et demanda à son père pourquoi il n'avait pas parlé de la serviette qu'avait gardée Tom.

Ce n'est pas notre genre de raconter ce que font les autres, répondit son père.

Ove approuva et ils poursuivirent leur chemin en silence.

— Au début, je voulais garder l'argent, souffla Ove après un moment en pressant plus fort la main de son père, comme s'il craignait qu'il ne le lâche.

— Je sais, dit son père en resserrant ses doigts.

— Mais je sais que toi, tu l'aurais rapporté, et que quelqu'un comme Tom l'aurait gardé, continua Ove.

Son père hocha la tête, et ils n'abordèrent plus le sujet.

Si Ove s'était demandé quand et comment une personne devient ce qu'elle est, il aurait peut-être découvert qu'il avait appris ce jour-là le sens du mot « juste ». Mais il n'avait pas pour habitude de ressasser ces choses, et il se contenta du souvenir du moment où il décida de ressembler autant que possible à son père.

Il avait exactement seize ans quand son père mourut – un wagon s'était emballé. Son père ne lui laissait pas beaucoup plus qu'une Saab, une maison délabrée à quelques dizaines de kilomètres de la ville et sa vieille montre-bracelet bosselée. Ove ne s'expliqua jamais ce qui arriva ce jour-là, mais il cessa d'être heureux et ne le fut plus au cours des années qui suivirent.

À l'enterrement, le pasteur évoqua un placement en famille d'accueil, mais dut bientôt se rendre à l'évidence qu'Ove, fidèle à l'éducation reçue de ses parents, n'accepterait jamais d'aumône. Ove dit aussi au pasteur de ne plus lui réserver de place sur un banc de l'église pour la messe dominicale. Non pas qu'il fût athée, mais à ses yeux, Dieu n'était rien de plus qu'un foutu salopard.

Le lendemain, il se rendit au service du personnel de la compagnie ferroviaire pour rembourser ce qui restait du salaire mensuel de son père. Les employées ne comprirent d'abord pas le but de sa visite, alors Ove leur expliqua d'un ton impatient que son père était mort le seize du mois ; elles ne pouvaient donc pas s'attendre à ce qu'il vienne travailler les quatorze jours restants. Et puisqu'il avait été payé d'avance, Ove venait retourner la différence.

Perplexes, les comptables le prièrent d'attendre. Au bout d'une quinzaine de minutes, le directeur arriva et observa cet étrange adolescent de seize ans, assis dans le couloir sur une chaise à barreaux, avec le salaire de son défunt père dans une enveloppe. Le directeur savait parfaitement qui était le garçon. Il comprit vite qu'il n'arriverait pas à le convaincre de garder l'argent dont le jeune homme disait qu'il ne revenait pas à son père. Finalement, le directeur n'eut pas d'autre choix que de lui proposer de travailler le reste du mois pour gagner le salaire. Ove trouva cet arrangement raisonnable et avertit son école qu'il serait absent les deux semaines suivantes. Il n'y retourna jamais.

Il travailla cinq ans aux chemins de fer. Puis le jour arriva où il la vit en montant dans un train. C'était la première fois qu'il riait depuis la mort de son père. Sa vie ne fut plus jamais la même.

Les gens affirmaient qu'Ove ne voyait le monde qu'en noir et blanc. Et elle était les couleurs. Toutes les couleurs.

6

Ove et un vélo rangé à sa place

Tout ce que veut Ove, c'est mourir en paix. Est-ce trop exiger ? Il ne le croit pas. Évidemment, il aurait dû agir six mois plus tôt, juste après l'enterrement ; il s'en rend compte à présent. Mais bon sang, il ne pouvait simplement pas faire ça ! Il devait penser à son travail. Que se passerait-il si les gens arrêtaient d'un coup de venir travailler parce qu'ils s'étaient tués ?

La femme d'Ove était morte un vendredi, on l'avait enterrée le dimanche, et le lundi, Ove était retourné au bureau. Parce que c'était comme ça. Et six mois plus tard, boum ! Ses patrons venaient lui dire un lundi qu'ils n'avaient pas voulu lui « gâcher son week-end » en le licenciant un vendredi. Et le mardi, il huilait le plan de travail de sa cuisine.

Il a tout organisé dès le déjeuner de lundi. Il a payé l'entreprise de pompes funèbres et réservé une concession à côté d'elle au cimetière. Il a appelé son notaire et donné des instructions claires dans une lettre qu'il a placée dans une enveloppe avec tous les reçus importants, le contrat de vente de la maison et celui de la Saab. Il a rangé l'enveloppe dans la poche intérieure de son veston. Il a éteint toutes les lampes et payé toutes ses factures. Il n'a plus d'emprunt. Plus de dettes. Plus rien à mettre en ordre derrière lui. Ove a lavé sa tasse à café et résilié son abonnement au journal. Il est prêt.

Il ne veut rien de plus que mourir en paix, pense-t-il, assis au volant de la Saab, en regardant par la porte ouverte de son garage. Si seulement il parvient à éviter ses voisins, il arrivera peut-être à quitter ce monde cet après-midi même.

Le jeune homme obèse de la maison d'à côté traverse le parking d'une démarche traînante. Ove n'a absolument rien contre les obèses. Les gens peuvent ressembler à ce qu'ils veulent. C'est juste qu'il n'a jamais compris ça. Il ne conçoit simplement pas comment on en arrive là. D'ailleurs, quelles quantités de nourriture une personne peut-elle ingurgiter ? Comment fait-on pour atteindre le poids de deux adultes ? Cela doit exiger un certain effort.

Lorsqu'il aperçoit son voisin, le passant agite la main avec enthousiasme. Ove lui adresse un hochement de tête réservé. Le jeune homme continue à faire signe, le gras ballottant sous son tee-shirt à chaque mouvement. Ove dit toujours qu'il ne connaît personne d'autre capable de s'attaquer tout seul à un troupeau de sachets de chips. Sa femme lui répond toujours d'un ton fâché qu'on ne dit pas ce genre de choses.

Ou plutôt : elle répondait toujours.

Elle aimait beaucoup leur jeune voisin, sa femme. Après qu'il eut perdu sa mère, elle lui avait apporté pendant toutes ces années une boîte de nourriture chaque semaine. « Pour qu'il mange des plats faits maison de temps en temps », expliquait-elle. Ove rétorquait à chaque fois que le jeune homme ne rendait jamais les boîtes, et ne voyait probablement pas de différence entre les plats faits maison et ceux achetés tout prêts. La femme d'Ove répliquait alors que cela commençait à bien faire. Ove se le tenait pour dit.

Il attend que le mangeur de plats en boîte ait disparu en tanguant avant de sortir de la Saab. Il secoue la poignée trois fois, referme la porte du garage derrière lui, la remue trois fois. Il remonte la rue jusqu'à la remise à vélos. Une bicyclette est appuyée au mur. Encore. Juste sous le panneau qui interdit expressément le stationnement à cet endroit.

Ove soulève le deux-roues. Le pneu avant est crevé. Il déverrouille la remise, aligne soigneusement le vélo avec les autres, referme la porte. À peine a-t-il secoué trois fois la poignée qu'une voix d'adolescent glapit :

— Mais, qu'est-ce que vous foutez !?

Ove se retourne et découvre un morveux à quelques mètres de distance.

— Je range le vélo dans la remise à vélos.

— Mais vous ne pouvez pas faire ça ! s'indigne le gamin.

Il doit avoir dix-huit ans, se dit Ove en l'observant de plus près. Plutôt un voyou qu'un morveux, donc.

— Bien sûr que si.

— J'allais le réparer ! proteste l'adolescent d'une voix qui monte dans les aigus, désagréable comme du larsen dans un vieux haut-parleur.

— C'est un vélo de femme, lui fait remarquer Ove.

— Oui, confirme le garçon avec un hochement de tête impatient, sans voir le rapport.

— Alors, il ne peut pas être à toi, déduit Ove.

— Naaan, soupire le jeune homme en levant les yeux au ciel.

— Tu vois bien, conclut Ove en mettant les mains dans les poches, comme si cela réglait la question.

Un silence tendu s'installe. Le vaurien le dévisage, l'air de penser qu'Ove se fait plus bête qu'il ne l'est. Ove, quant à lui, le regarde comme s'il ne voyait là qu'un immense gaspillage d'oxygène. Ce n'est qu'à cet instant qu'il remarque, derrière le garçon, un autre voyou encore plus mince et aux yeux cerclés de charbon. L'acolyte tire prudemment l'adolescent par sa veste et lui souffle de ne pas « faire d'histoires ». Le premier donne un coup de pied révolté dans la neige, comme si tout était la faute de la météo.

— Il est à ma petite amie, marmonne-t-il finalement.

Sa voix est plus lasse qu'indignée. Il porte des baskets trop grandes, un jean trop petit et une veste de survêtement remontée sur le menton pour se protéger du froid. Son visage maigre avec un léger duvet est couvert de points noirs, et il est coiffé comme si on avait voulu le sauver de la noyade dans un baril de colle en l'attrapant par les cheveux.

— Et elle habite où ? s'enquiert Ove.

Le vaurien fait un signe du bras, comme s'il avait reçu une fléchette paralysante, vers le pavillon tout au bout de la rue. Celui qu'habitent, avec leurs filles, les communistes qui ont fait passer la réforme du tri sélectif. Ove hoche la tête.

— Alors, elle le reprendra elle-même, décide-t-il.

Il tapote de l'index le panneau interdisant le stationnement de vélos en dehors de la remise, puis se détourne et reprend le chemin de sa maison.

— Mais, espèce de vieux con !… beugle le voyou dans son dos.

— Chut ! fait son copain aux yeux charbonneux.

Ove ne répond pas.

Il passe devant le panneau qui interdit explicitement le lotissement aux voitures. Celui que l'étrangère n'a manifestement pas lu, mais qu'Ove sait pertinemment être impossible à louper. Après tout, il l'a installé lui-même. Mécontent, il remonte la rue entre les habitations à pas lourds, de la même façon que s'il essayait d'aplanir le bitume. Ce quartier est depuis un certain temps rempli d'incapables, mais devient de surcroît un maudit sens interdit sur la voie de l'évolution. Il abritait déjà le frimeur en Audi avec sa bécasse blonde dans la maison en diagonale de celle d'Ove, et au bout de la rangée, la famille de communistes avec leurs gamines aux cheveux rouges qui portent des shorts sur leurs caleçons et maquillées en ratons laveurs. Certes, en ce moment, ils passent, naturellement, des vacances en Thaïlande. Mais ça ne les dédouane pas.

Le pavillon à côté de celui d'Ove est occupé par le jeune homme de vingt-cinq ans dont le poids doit approcher le quart de tonne. Ses cheveux sont longs, pareils à ceux d'une fille, et il porte des tee-shirts bizarres. Il vivait autrefois avec sa mère, mais elle est morte quelques années auparavant. La femme d'Ove avait dit qu'il s'appelait Jimmy. Ove ne sait pas ce qu'il fait dans la vie, mais ça ne doit pas être bien honnête. Ou alors, il est goûteur de charcuterie.

Rune et sa femme habitent tout au bout de la rangée. Ce n'est pas qu'Ove considère Rune comme son ennemi juré. Ou plutôt si ; c'est exactement ça. En fait, tout ce qui a mal tourné dans la copropriété est la faute de Rune. Lui et sa femme Anita ont emménagé dans le lotissement le même jour qu'Ove. À l'époque, Rune roulait en Volvo, mais plus tard il a acheté une BMW. Les faits parlent d'eux-mêmes, pense Ove. On ne peut pas discuter avec quelqu'un qui se conduit ainsi.

De plus, c'est Rune qui avait ourdi le coup d'État visant à déchoir Ove de ses fonctions de président du conseil syndical. Voilà à quoi ressemble le lotissement à présent : des factures d'électricité astronomiques, des vélos garés à l'extérieur de la remise et des gens qui font marche arrière avec des remorques en plein milieu de la copropriété. Alors que les panneaux l'interdisent *explicitement*. Ove les a avertis à l'époque, mais personne ne l'a écouté. Il n'a jamais remis les pieds aux réunions de la copropriété.

Il tord la bouche avec mépris à chaque fois qu'il pense « réunion du conseil syndical », comme si c'était un gros mot.

Lorsqu'il arrive à quinze mètres de sa boîte aux lettres cabossée, il aperçoit la bécasse blonde. Au début, il ne comprend pas ce qu'elle fabrique. En équilibre précaire sur ses talons, elle gesticule, hysté-rique, vers la façade d'Ove. Le clébard qui pisse sans arrêt sur ses plates-bandes lui court dans les jambes en jappant. Ove n'est pas entièrement certain que ce soit un chien. Plutôt une serpillière sur pattes.

Sa voisine met tant d'énergie dans ses braillements que ses lunettes de soleil lui glissent au bout du nez. La serpillière aboie plus fort. « Ça y est, la mégère est devenue folle furieuse », pense Ove, qui s'est prudem-ment arrêté quelques mètres derrière elle. Ce n'est qu'à cet instant qu'il se rend compte qu'elle ne gesti-cule pas. Elle lance des cailloux. Pas vers la façade. Vers le chat.

L'animal est blotti dans un coin derrière la remise d'Ove, le pelage – enfin, ce qu'il en reste – parsemé de petites taches de sang. La serpillière montre les dents, le chat feule.

— Je te défends de feuler après Prince ! hurle la bécasse blonde en lançant une autre pierre.

Le félin fait un bond de côté, le projectile atteint le rebord de la fenêtre.

La jeune femme ramasse une nouvelle pierre et prend son élan. En deux pas rapides, Ove se retrouve si près d'elle que la mégère peut sans doute sentir son souffle.

— Si vous jetez des cailloux sur mon terrain, je vais faire pareil chez vous !

Elle pivote et leurs regards se croisent. Ove a les mains dans les poches, elle agite les poings devant lui comme pour chasser des mouches de la taille d'un micro-ondes. Ove ne l'honore même pas d'un tressaillement.

— Cette sale bête a griffé Prince ! crache-t-elle, les yeux luisants de rage.

Ove regarde la serpillière, qui se met à grogner, puis le chat devant la maison, le pelage râpé et taché de sang, mais la tête dressée d'un air de défi.

— Il saigne. Apparemment, ils ont fait match nul.

— Je m'en fous ! Je vais massacrer cette ordure ! fulmine la mégère.

— Non, je ne crois pas.

La bécasse se fait menaçante.

— Je suis sûre qu'il a plein de maladies dégueulasses, la rage et j'en passe !

Ove observe le chat, puis sa voisine. Il hoche la tête.

— Vous aussi je suis sûr que vous avez plein de cochonneries. Ce n'est pas pour autant qu'on vous lance des pierres.

La bouche de la jeune femme frémit. Elle remonte brutalement ses lunettes de soleil sur son nez.

— Faites gaffe à ce que vous dites !

Ove hoche la tête. Il jette un coup d'œil à la serpillière sur pattes. Le cabot essaie de lui mordre la jambe, mais Ove tape vigoureusement du pied et la bestiole fait un bond en arrière.

— Il est censé être tenu en laisse dans le lotissement, dit Ove.

La bécasse secoue ses cheveux décolorés en soufflant si fort qu'Ove s'attend presque à lui voir la goutte au nez.

— Et celui-là alors ? hurle-t-elle en désignant le chat.

— C'est pas vos affaires, répond Ove.

Sa voisine le dévisage avec l'expression de quelqu'un qui se sent à la fois clairement supérieur et profondément offensé. La serpillière découvre les dents en une menace silencieuse.

— Vous croyez que la rue vous appartient, à vous et à votre saleté d'handicapé ? dit-elle.

Ove se contente de regarder calmement la serpillière.

— La prochaine fois qu'il pisse sur mes dalles, j'électrifie le sol.

— Prince n'a jamais pissé sur vos fichues dalles de merde ! éructe-t-elle en s'avançant, le poing levé.

Ove ne bouge pas d'un poil. Elle s'arrête, au bord de la crise d'asthme, puis recouvre enfin un fragment du peu de raison dont elle dispose.

— Allez, viens, Prince, dit-elle en faisant signe à son chien.

Puis elle pointe l'index vers Ove.

— Vous pouvez être certain que je vais en parler à Anders. Je vous assure que vous allez le regretter.

— Dites à Anders d'arrêter de faire sa gym sous mes fenêtres, répond Ove

— Foutu ramassis d'infirmes, lance-t-elle avant de s'éloigner en direction du parking.

— Et que sa voiture c'est de la merde ! ajoute Ove.

Elle fait un geste qu'il ne reconnaît pas, mais dont il devine la teneur. Elle disparaît avec la serpillière en direction de la maison d'Anders.

Ove contourne la remise. Il remarque la flaque d'urine sur les dalles au coin de la plate-bande. S'il n'avait pas eu des choses plus importantes à faire cet après-midi, il aurait immédiatement transformé la serpillière sur pattes en paillasson. À la place, il prend sa perceuse à percussion et la boîte d'embouts de vissage dans la remise.

Quand il ressort, le chat est toujours là qui le regarde.

— Tu peux t'en aller maintenant, lui dit Ove.

L'animal ne bouge pas. Ove secoue la tête avec résignation.

— Écoute ! Je ne suis pas ton copain.

Le félin reste assis. Ove croise les bras.

— Seigneur, écoute-moi, sale chat ! Si j'ai pris ton parti quand cette mégère te lançait des pierres, c'est pour la foutue raison que je te déteste moins que je ne la déteste.

Il tend le bras vers la maison d'Anders.

— C'était la première et la dernière fois. Compris ?

Le chat donne l'impression d'en prendre mentalement note. Ove désigne la rue piétonne.

— Fiche le camp !

Sans se presser, le chat lèche les taches de sang sur son pelage. Il regarde Ove comme s'il étudiait une offre au cours de négociations, puis il se lève lentement et disparaît d'un pas léger au coin de la remise. Sans même s'assurer que l'animal est vraiment parti, Ove rentre prestement chez lui en claquant la porte.

Parce que ça commence à bien faire. Il va enfin mourir.

7

Ove visse un crochet au plafond

Ove porte son pantalon de costume et sa chemise du dimanche. Il étend un film plastique sur le sol avec le même soin que pour protéger une œuvre d'art d'une immense valeur. Ce n'est pas que le plancher soit tout à fait neuf, mais le dernier ponçage remonte à moins de deux ans. Pour tout dire, ce n'est pas pour lui-même qu'Ove étale un film plastique. Il est sûr qu'on ne saigne pas beaucoup quand on se pend, et il n'a pas peur de la poussière qu'il va disperser avec sa perceuse, ni de rayer le parquet en renversant le tabouret. D'ailleurs, il a collé des patins en feutre sous les pieds du siège, alors il ne devrait faire aucune griffure. Non, le film plastique dont il recouvre minutieusement le vestibule, la salle de séjour et une bonne partie de la cuisine, comme s'il comptait transformer la maison en aquarium, n'est pas pour Ove lui-même.

En revanche, il est certain que tout un troupeau impatient de petits frimeurs d'agents immobiliers viendra mettre une fichue pagaille dans la maison avant même que les ambulanciers aient emporté sa dépouille. Il est hors de question que ces salauds rayent son parquet avec leurs chaussures, qu'ils lui passent ou non sur le corps ! Certainement pas.

Il installe au milieu du salon un tabouret couvert de taches de peinture d'au moins sept couleurs différentes. À peu près deux fois par an, sa femme lui demandait de repeindre une pièce de la maison. Pour être exact, elle disait approximativement tous les six mois à Ove qu'elle aimerait changer la couleur d'une des pièces. Ove répondait systématiquement qu'elle pouvait toujours rêver. Elle appelait alors un peintre en bâtiment pour obtenir un devis, et annonçait ensuite combien elle pensait payer l'ouvrier. Alors, à chaque fois, Ove allait chercher son tabouret de peintre.

Ce sont d'étranges choses qui nous manquent quand on a perdu quelqu'un. Les petites choses. Les sourires. La façon qu'elle avait de se retourner dans son sommeil. Repeindre les pièces pour elle.

Ove apporte sa boîte d'embouts. C'est l'outil le plus important quand on perce un trou ; pas la perceuse, mais l'embout. De même que de bons pneus valent mieux que des freins en céramique et autres gadgets. N'importe quelle personne avec un peu de jugeote sait ça. Ove s'avance jusqu'au centre du salon pour évaluer les distances à l'œil nu. Il examine ensuite ses embouts comme un chirurgien examine ses scalpels. Il en choisit un, serre le mandrin, fait rugir la perceuse de quelques pressions sur la détente. Il secoue la tête, décide que ça ne convient pas, prend un autre embout. Il répète quatre fois l'opération avant d'être satisfait, puis traverse la salle de séjour en tenant négligemment l'appareil comme un gros revolver.

Au milieu de la pièce, il lève la tête vers le plafond. Il va devoir mesurer avant de percer, constate-t-il.

Pour bien centrer le crochet. Il ne connaît rien de pire qu'une personne qui perce un trou au hasard.

Armé d'un mètre à ruban, il prend ses mesures à partir des quatre coins. Deux fois, par sécurité. Il trace une croix exactement au milieu du plafond.

Il descend du tabouret, vérifie dans chaque pièce que le film plastique est posé correctement, déverrouille la porte pour que les ambulanciers n'aient pas besoin de la démolir. C'est une bonne porte : elle rendra encore des années de service.

Il remet son veston en s'assurant que l'enveloppe est bien dans la poche intérieure.

Enfin, il tourne la photo de sa femme, posée sur l'appui de la fenêtre, en direction de la remise derrière les vitres. Il ne veut pas l'obliger à assister à son passage à l'acte, mais n'ose pas mettre le cadre à plat, face vers le bas. Sa femme était toujours incroyablement grincheuse quand ils échouaient quelque part où il n'y avait rien à voir. Elle répétait inlassablement qu'elle avait « besoin de quelque chose de vivant à regarder ». Il l'oriente donc vers la remise. Le chat passera peut-être par là, se dit-il. Après tout, elle aime ces sales bestioles, sa femme.

Il prend la perceuse, le crochet, monte sur le tabouret et met l'appareil en marche. Au premier coup de sonnette, il se dit qu'il a mal entendu, alors il continue son travail. Au deuxième, il se rend compte qu'on sonne vraiment à la porte, alors il continue son travail.

La troisième fois, il arrête la perceuse et lance un regard courroucé vers l'entrée, espérant peut-être faire déguerpir l'importun par la seule force de sa pensée. Ce n'est pas efficace. Du tout. L'indésirable croit manifestement qu'Ove n'a pas encore ouvert pour la simple raison qu'il n'a pas entendu les premiers coups de sonnette.

Ove descend de son tabouret et se dirige vers l'entrée en marchant sur le film plastique. Est-ce trop demander que de vouloir se tuer en paix ? Il ne le croit pas.

— C'est pour quoi ? demande Ove en ouvrant la porte à toute volée.

Le lourdaud recule sa grosse tête juste à temps pour ne pas recevoir le battant en pleine figure.

— Bonjour ! claironne joyeusement l'étrangère enceinte, à cinquante centimètres en contrebas.

Ove regarde l'empoté, puis baisse les yeux sur elle. Le grand dadais palpe son visage pour vérifier que tout est toujours en place.

— C'est pour vous, dit chaleureusement l'étrangère en fourrant une boîte en plastique bleu dans les mains d'Ove.

Ove affiche une expression méfiante.

— Ce sont des gâteaux, explique-t-elle d'un air encourageant.

Ove hoche lentement la tête, comme pour confirmer ces mots.

— Vous êtes bien habillé, dites-moi, fait-elle avec un sourire.

Ove approuve derechef.

Quelques secondes s'écoulent dans le silence, chacun attendant qu'un autre prenne la parole. Finalement, l'étrangère se tourne vers son mari en secouant la tête avec résignation.

— S'il te plaît, chéri, tu peux arrêter de te tripoter la figure ? souffle-t-elle en lui donnant un coup de coude dans les côtes.

Celui-ci se tourne vers elle et hoche la tête. Il regarde Ove. Ove regarde la femme. Le lourdaud regarde la boîte. Son visage s'éclaire.

— Elle est iranienne, vous voyez. Ils apportent toujours à manger à tout le monde.

Ove lui répond par un regard vide. L'empoté hésite.

— C'est pour ça que je m'entends si bien avec les Iraniens, vous comprenez, avance-t-il avec un sourire un peu trop large. Ils aiment cuisiner et j'aime…

Il s'interrompt. Ove affiche une indifférence spectaculaire.

— … manger, termine le lourdaud.

Il s'apprête à illustrer ce dernier mot d'un geste, mais un coup d'œil à sa femme l'en dissuade.

Avec l'expression d'un adulte dédaignant un enfant qui s'est goinfré de sucreries, Ove se tourne vers l'étrangère.

— C'est pour quoi ? répète-t-il.

Se redressant, elle pose les mains sur le ventre.

— Nous voulions simplement nous présenter, puisque nous allons être voisins à partir de maintenant, dit-elle en souriant.

Ove hoche brièvement la tête.

— D'accord. Bien le bonjour.

Il a presque refermé la porte, mais elle l'arrête d'un geste.

— Et vous remercier d'avoir garé la remorque. C'était vraiment gentil de votre part !

Ove grogne et ouvre de nouveau à contrecœur.

— Ne me remerciez pas, ce n'était pas grand-chose.

— Si, c'était vraiment gentil, insiste-t-elle.

Ove jette un regard peu amène au grand dadais.

73

— Ce que je veux dire, c'est que ça ne mérite pas de remerciements, puisque n'importe quel adulte devrait en être capable.

L'empoté le fixe, l'air de se demander s'il doit se sentir insulté. Ove décide de ne pas lui donner d'indice. Il recule et essaie à nouveau de refermer le battant.

— Je m'appelle Parvaneh ! dit l'étrangère en avançant une chaussure dans l'ouverture.

Ove regarde le pied, puis le visage à l'autre extrémité. Il n'arrive pas à croire qu'elle vient vraiment de faire ça.

— Je m'appelle Patrick ! lance le lourdaud.

Ni Ove ni Parvaneh ne lui prêtent attention.

— Vous êtes toujours aussi désagréable ? demande Parvaneh avec curiosité.

Ove s'emporte :

— Je ne suis pas désagréable, bon sang !

— Si, vous êtes un petit peu désagréable.

— Mais pas du tout !

— Non, non, non ! Vos paroles sont du miel ! répond-elle d'un ton qui contredit ces derniers mots.

Ove lâche la poignée de la porte, inspecte la boîte de pâtisseries.

— Alors, comme ça, ce sont des gâteaux arabes ? Ils sont bons ? murmure-t-il après un silence.

— Persans, le corrige-t-elle.

— Quoi ?

— Je viens d'Iran. Ce sont des gâteaux persans, explique-t-elle.

— Perçant ?

— Oui.

— Ça tombe bien, moi aussi je suis en train de percer, approuve Ove.

74

Le rire de Parvaneh le prend par surprise, comme de la limonade versée trop vite qui déborde en moussant. Ça ne va pas du tout avec le décor de ciment gris et l'allée de dalles bien alignées. Un rire sonore, aussi tumultueux qu'un torrent indomptable.

Ove recule et se prend les pieds dans le ruban adhésif sur le seuil. Énervé, il tente de s'en dépêtrer d'une secousse, mais ne réussit qu'à déchirer le bord du film plastique qu'il entraîne à sa suite en titubant en arrière. Il recouvre de justesse son équilibre et se ressaisit. Il agrippe de nouveau la poignée de la porte et lève les yeux vers son nouveau voisin pour changer immédiatement de sujet.

— Et qu'est-ce que vous faites dans la vie ?

Le lourdaud hausse légèrement les épaules et répond avec un sourire gêné :

— Je suis consultant en informatique.

Ove et Parvaneh secouent la tête si parfaitement à l'unisson qu'ils pourraient prétendre à la médaille d'or de natation synchronisée. Pendant quelques secondes, Ove pense, bien malgré lui, moins de mal d'elle.

Le grand dadais n'a rien remarqué. Il regarde avec curiosité la perceuse à percussion qu'Ove tient toujours à la main avec la nonchalance des rebelles africains, dans les interviews avec des journalistes occidentaux, juste avant de donner l'assaut à un palais gouvernemental. Après avoir longuement contemplé l'appareil, il se penche pour jeter un coup d'œil à l'intérieur de la maison.

— Qu'est-ce que vous faites ?

Ove le dévisage avec l'expression de quelqu'un à qui on vient de demander « Qu'est-ce que vous faites ? » alors qu'il tient une perceuse.

— Je perce un trou.

Parvaneh dévisage le grand dadais, puis lève les yeux au ciel. Si son ventre ne prouvait pas qu'elle contribue malgré tout, et pour la troisième fois, à perpétuer le patrimoine génétique du lourdaud, Ove l'aurait presque trouvée sympathique.

— Oh ! fait l'empoté en hochant la tête.

Il jette un nouveau coup d'œil dans la salle de séjour soigneusement recouverte de film plastique. Son visage s'illumine d'un grand sourire, et il se tourne vers Ove.

— On croirait presque que vous allez tuer quelqu'un !

Ove l'observe en silence. Le lourdaud se racle la gorge, hésitant.

— Ça me rappelle une scène de *Dexter*, en fait, explique-t-il avec un sourire bien moins convaincu que l'instant précédent. C'est une série télé… à propos d'un type qui tue des gens, ajoute-t-il faiblement avant de gratter de la chaussure le joint entre les dalles devant la porte.

Ove secoue la tête, sans qu'on sache à quelle phrase il réagit.

— J'ai des choses à faire, informe-t-il sèchement Parvaneh en raffermissant sa main sur la poignée.

Parvaneh pousse son mari d'un coup de coude éloquent dans les côtes. Ce dernier jette un coup d'œil à sa femme, rassemble son courage et se tourne vers Ove comme s'il s'attendait à être à tout moment la cible d'une volée d'élastiques en caoutchouc.

— Oui, alors, en fait nous sommes venus parce que je voudrais vous emprunter deux ou trois trucs…

Ove hausse les sourcils.

— Quel genre de « trucs » ?

Le grand blond se racle la gorge.

— Une échelle. Et une clé serpent.

— Vous voulez dire une clé six pans ?

Parvaneh approuve. Son mari a un regard interrogateur.

— Ça s'appelle bien une clé serpent, non ?

— Une clé six pans, le corrigent Parvaneh et Ove d'une seule voix.

Avec un hochement de tête enthousiaste, Parvaneh tend un index triomphant vers Ove.

— Je lui avais bien dit !

L'empoté marmonne des paroles incompréhensibles.

— Mais toi, tu disais « *No wauay ! Ça* s'appelle une clé serpent » ! se moque Parvaneh.

Le lourdaud prend un air vexé.

— En tout cas, je n'ai pas parlé comme ça.

— Si, tu as parlé comme ça !

— Mais pas du tout !

— Oh que si !

— Oh que NON !

Le regard d'Ove va de l'un à l'autre, comme s'il assistait à un match de tennis.

— Si, dit l'un.

— C'est toi qui le dis, rétorque l'autre.

— Tout le monde dit ça !

— Tout le monde n'a pas forcément raison !

— On vérifie sur Google ?

— Vas-y ! Sur Google ! Et sur Wikipédia !

— Passe-moi ton téléphone.

— Prends le tien !

— Mais ! Je ne l'ai pas sur moi !

— Quelle casse-pieds !

Ove regarde l'un, puis l'autre. Le couple continue à se chamailler dans un concert de sifflements digne d'une chaudière cacochyme.

— Seigneur, murmure-t-il.

Parvaneh commence à imiter ce qu'Ove suppose être un serpent. Elle émet de petits chuintements pour énerver son mari. Ça fonctionne très bien. Sur sa cible, mais aussi sur Ove. Ce dernier abandonne la lutte.

Posant le marteau-perforateur, il accroche son veston dans le couloir, enfile ses sabots et contourne ses nouveaux voisins pour se diriger vers la remise. Il est certain qu'ils ne l'ont même pas remarqué. Il les entend se chicaner tandis qu'il recule avec l'échelle.

— Mais enfin, va l'aider, Patrick, intervient Parvaneh lorsqu'elle voit Ove.

Le lourdaud saisit maladroitement l'échelle. Ove l'observe avec la confiance que lui inspirerait un aveugle au volant d'un bus. Ce n'est qu'à cet instant qu'il s'aperçoit qu'une troisième personne a envahi son terrain sous son nez.

Anita, la femme de Rune, qui vit tout au bout de la rue, contemple le spectacle, à côté de Parvaneh. Ove décide qu'une seule solution rationnelle s'offre à lui : l'ignorer. Toute autre réaction ne ferait que l'encourager. Il tend au grand dadais la boîte cylindrique où il range soigneusement ses clés six pans.

— Houla, il y en a beaucoup, dit le lourdaud en observant la boîte d'un air songeur.

— Vous avez besoin de quelle taille ?

L'empoté affiche la mine caractéristique de ceux qui ne peuvent pas s'empêcher de dire la première chose qui leur passe par la tête.

— Euh… la taille normale ?

Ove lui lance un long, très long regard.

— Vous avez besoin de ces outils pour faire quoi ? demande-t-il finalement.

— Pour assembler un bureau de chez IKEA qu'on a démonté pour le déménagement. J'ai oublié où j'ai rangé la clé serpent, explique le lourdaud sans le moindre embarras.

Ove regarde l'échelle, puis le blond.

— Et vous avez mis le bureau sur le toit ?

Le grand dadais sourit et secoue la tête.

— Ah, c'est ÇA que vous voulez dire ! Naaan ! J'ai besoin de l'échelle parce qu'une fenêtre à l'étage est coincée. Impossible de l'ouvrir.

Il ajoute ces mots comme si « coincée » était un terme trop difficile pour Ove.

— Et vous voulez l'ouvrir de l'extérieur ? l'interroge celui-ci.

Le lourdaud fait signe que oui. Ove s'apprête à répliquer, mais se ravise. Il se tourne vers Parvaneh.

— Vous êtes là pour quoi, exactement ?

— Pour le soutien moral, pépie-t-elle.

Ove n'est pas entièrement convaincu. Le maladroit manifestement non plus.

Ove jette un coup d'œil involontaire à la femme de Rune. Il a l'impression de ne pas l'avoir vue depuis des années, ou du moins, de ne pas l'avoir vraiment observée depuis très longtemps. Elle a vieilli. Tout le monde vieillit dans le dos d'Ove ces derniers temps.

— Oui ? fait Ove.

Anita sourit doucement et joint les mains sur l'estomac.

— Oui, Ove, je suis vraiment désolée de te déranger, mais j'ai un problème avec les radiateurs. Il n'y en a plus aucun qui chauffe, explique-t-elle comme si elle marchait sur des œufs, en souriant successivement à Ove, au lourdaud et à Parvaneh.

Les nouveaux voisins lui rendent son sourire. Ove jette un coup d'œil à sa montre cabossée.

— Personne ne travaille dans ce quartier, ou quoi ? s'étonne-t-il.

— Je suis à la retraite, répond la femme de Rune d'un air d'excuse.

— Je suis en congé de maternité, annonce Parvaneh en caressant nonchalamment son ventre.

— Je suis consultant en informatique ! ajoute le grand dadais.

Ove et Parvaneh secouent de nouveau la tête d'un même mouvement.

La femme de Rune reprend la parole :

— En tout cas, je crois que quelque chose ne va pas avec les radiateurs.

— Tu les as purgés ? demande Ove.

Elle fait signe que non et demande avec curiosité :

— Tu crois que la panne peut venir de là ?

Ove lève les yeux au ciel.

— Ove ! s'exclame Parvaneh sur le ton d'une institutrice qui réprimande un élève.

Ove lui lance un regard noir. Elle arbore la même expression.

— Arrêtez d'être désagréable, ordonne-t-elle.

— Je vous ai dit que je ne suis pas désagréable, nom de Dieu !

Elle ne baisse pas les yeux. Il se poste en grommelant sur le pas de la porte. Ça commence vraiment à bien faire. Il veut juste mourir. Cette bande de timbrés ne peut-elle donc pas respecter son vœu ?

Parvaneh pose une main rassurante sur le bras d'Anita.

— Je suis sûre qu'Ove pourra vous aider avec votre problème de radiateurs.

— Ça serait vraiment gentil, Ove, répond sur-le-champ la femme de Rune.

Son visage s'illumine.

Ove enfonce les mains dans les poches, pousse du bout du pied le film plastique sur le seuil.

— Ton homme ne peut pas s'occuper lui-même de l'entretien de sa propre maison ?

Anita secoue tristement la tête.

— Non, Rune est très malade ces derniers temps, tu sais ? Les médecins disent que c'est la maladie d'Alzheimer. Il... eh bien, il peut avoir de longues périodes d'absence, tu vois ? Et puis il est en fauteuil roulant. Ce n'est pas facile...

Ove hoche la tête d'un air entendu. Sa femme lui en avait parlé des dizaines de fois, mais il avait quand même réussi à oublier.

— Oui, oui, dit-il avec impatience.

Parvaneh lui lance un regard perçant.

— Réveillez-vous un peu, Ove !

Ove se tourne brusquement vers elle pour répliquer, mais baisse les yeux.

— Vous pouvez bien purifier les radiateurs chez elle, Ove. Est-ce que c'est trop demander ? dit Parvaneh en croisant les bras sur son ventre d'un air impérieux.

Ove secoue la tête.

— On ne purifie pas un radiateur, on le p-u-r-g-e... Mon Dieu.

Il scrute ses voisins.

— Vous n'avez encore jamais purgé un radiateur ou quoi ?

— Non, répond Parvaneh sans se laisser démonter.

Anita regarde timidement le lourdaud du coin de l'œil.

— Je ne comprends pas un traître mot de ce qu'ils racontent, lui confirme calmement le grand dadais.

Elle hoche la tête avec résignation et se tourne vers son voisin.

— Ça serait vraiment très gentil de ta part, Ove, si ça ne te dérange pas…

Ove regarde fixement le pas de la porte.

— Vous auriez peut-être dû y penser avant de mener un coup d'État dans la copropriété, dit-il tout bas, comme pour déguiser ces mots en une toux discrète.

— Quoi ? demande Parvaneh.

La femme de Rune s'éclaircit la gorge.

— Mais voyons, Ove, ce n'était pas un coup d'État…

— Bien sûr que si.

Anita adresse à Parvaneh un petit sourire découragé.

— Vous voyez, Rune et Ove ne s'entendaient pas toujours très bien. Rune présidait le conseil syndical avant de tomber malade. Et Ove était président avant lui. Quand Rune a été élu, ça a provoqué une querelle entre eux, pour ainsi dire.

Ove relève les yeux et pointe vers elle un index accusateur.

— Un coup d'État ! Voilà ce que c'était !

La femme de Rune hoche la tête à l'intention de Parvaneh.

— Oui, enfin, c'est vrai qu'avant la réunion Rune avait rassemblé des voix autour de sa proposition de changer le système de chauffage, et Ove pen…

— Et qu'est-ce qu'il y connaît, Rune, aux systèmes de chauffage, nom de Dieu ? la questionne Ove d'un ton hostile.

Il s'attire immédiatement un regard de Parvaneh qui le dissuade d'aller au bout de sa pensée.

— Non, non, tu as sûrement raison, Ove. Mais il est très malade maintenant... alors, ça n'a plus d'importance.

Sa lèvre tremble. Elle se maîtrise, redresse fièrement le menton et s'éclaircit la gorge.

— Les services sociaux veulent le placer dans une maison de retraite, poursuit-elle.

Ove enfonce de nouveau les mains dans ses poches et recule d'un pas décidé. Il en a entendu assez.

Le lourdaud a décidé dans l'intervalle qu'il était temps de changer de sujet pour détendre un peu l'atmosphère. Il désigne le sol du couloir.

— Qu'est-ce que c'est que ça ?

Ove baisse les yeux vers la surface débarrassée de film plastique.

— On dirait un peu... des traces de pneus. Vous faites du vélo dans le couloir ou quoi ? ajoute l'empoté.

Parvaneh observe attentivement Ove qui fait encore un pas en arrière pour obstruer la vue de son voisin.

— Ce n'est rien.

— Mais ça ressemble... insiste le maladroit, étonné.

— C'était la femme d'Ove, l'interrompt Anita d'une voix sympathique, Sonja, elle ét...

À peine a-t-elle prononcé le nom de Sonja qu'Ove la coupe à son tour, le regard empli d'une colère aveugle :

— Ça suffit maintenant ! Tu vas la FERMER !

Ils se taisent, presque aussi choqués les uns que les autres. La main d'Ove tremble tandis qu'il recule dans le couloir et claque la porte.

De l'autre côté du battant, la voix douce de Parvaneh demande ce qui « lui a pris ». Anita cherche ses mots, puis s'écrie : « Bah ! Il vaut mieux que je rentre. L'histoire à propos de la femme d'Ove… bah, ce n'est rien. À mon âge, on bavarde beaucoup, vous savez… »

Ove entend son rire forcé, puis ses pas traînants qui s'éloignent avec empressement en direction de la remise. Au bout de quelques instants, l'étrangère et le lourdaud s'en vont aussi.

Le silence se fait à nouveau dans le couloir.

Ove s'affale sur le tabouret et respire profondément. Ses mains tremblent comme s'il avait plongé dans un lac gelé. Son cœur cogne dans sa poitrine. Ça lui arrive souvent ces derniers temps. Il essaie de reprendre son souffle comme un poisson rouge hors de son bocal. Le médecin du travail avait expliqué que c'était chronique, qu'il devait éviter de s'échauffer. Facile à dire.

« Vous allez pouvoir prendre du repos, avaient dit ses chefs. Avec votre cœur qui cafouille et tout le reste. » Ils appelaient ça retraite anticipée, mais ils auraient parfaitement pu dire les choses telles qu'elles étaient, pensait Ove. « Élimination. » Trente ans au même endroit, et voilà à quoi ils le réduisaient : à un « cafouillis ».

Ove ignore combien de temps il reste là, perceuse en main, le cœur battant si fort qu'il sent palpiter ses tempes. Un cadre est accroché près de la porte d'entrée, une photo de lui et de sa femme. Sonja. Le cliché date de près de quarante ans. De leur voyage en car en Espagne. Vêtue d'une robe rouge, bronzée, elle respire la félicité. Ove lui tient la main. Il passe une bonne heure assis sur son tabouret à fixer la photographie. De toutes les choses qu'il s'attendait à regretter, c'est ce petit geste qu'il souhaiterait ardemment refaire. Tenir sa main dans la sienne. Elle avait l'habitude de recroqueviller l'index dans la paume d'Ove, comme pour le cacher. Alors, il avait toujours le sentiment que plus rien au monde n'était impossible. De toutes les choses qu'il regrette, c'est ce petit rien qui lui manque le plus.

Il se dirige lentement vers la salle de séjour, monte sur le tabouret et visse le crochet une bonne fois pour toutes. Il redescend pour contempler le résultat.

Dans le couloir, il enfile son veston et palpe la lettre dans la poche intérieure. Il a cinquante-neuf ans. Il a éteint toutes les lampes, lavé sa tasse à café, arrimé un crochet au plafond du salon. Il est prêt.

Il décroche la corde de la patère et caresse une dernière fois les manteaux de sa femme du dos de la main. Il retourne dans le séjour, lance la corde sur le crochet, grimpe sur le tabouret, passe la tête dans la boucle et renverse le siège d'un coup de pied.

Ove ferme les yeux tandis que le nœud coulant se resserre sur sa gorge comme les mâchoires d'une grande bête sauvage.

8

La vie selon Ove
lorsqu'il suivait les traces de son père

Elle croyait au destin. Que les chemins que nous empruntons nous mènent tôt ou tard « vers ce pour quoi nous sommes nés ». Bien entendu, quand elle en parlait, Ove se contentait de marmonner dans sa barbe et focalisait toute son attention sur une vis. Néanmoins, il ne la contredisait jamais. Pour elle, c'était peut-être « quelque chose », il ne voulait pas s'en mêler. Mais pour lui, c'était « quelqu'un ».

C'est une chose très étrange que de devenir orphelin à l'âge de seize ans. De perdre ses parents bien avant d'avoir pu fonder sa propre famille pour les remplacer. C'est une solitude très particulière.

Ove passa les deux dernières semaines du mois aux chemins de fer. Il fut travailleur et consciencieux. Et à sa propre surprise, il découvrit que ça lui plaisait. Il trouvait un apaisement dans le fait de travailler. De voir le résultat de ses efforts. Il n'avait jamais détesté l'école, mais ne comprenait pas non plus quelle était son utilité. Il aimait les mathématiques, mais avait déjà deux ans d'avance sur ses camarades dans cette matière. Pour parler franchement, il se moquait comme d'une guigne des autres leçons. Les deux semaines aux chemins de fer avaient été complètement différentes. Ce travail lui convenait beaucoup mieux.

En quittant son poste le dernier jour, il était à la fois déterminé et déprimé. Pas simplement parce qu'il devait retourner à l'école, mais parce qu'il s'apercevait seulement maintenant qu'il ignorait comment subvenir à ses besoins. Son père avait été un brave homme de bien des façons, mais il ne laissait derrière lui pas beaucoup plus qu'une maison décrépite, une vieille Saab et une montre cabossée. Accepter l'aumône de l'église était hors de question, Dieu pouvait se le tenir pour dit. Ove prononça ces mots haut et fort dans le vestiaire, peut-être autant pour lui-même que pour Dieu.

— Si tu me prends ma mère et mon père, tu peux garder ton sale argent ! rugit-il, les yeux braqués vers le plafond.

Puis il sortit en emportant ses affaires. Évidemment, il n'apprit jamais si Dieu ou quelqu'un d'autre l'écoutait, mais un adjoint du directeur l'attendait devant le vestiaire.

— Ove ? demanda l'homme.

Ove hocha la tête.

— Le directeur aimerait te féliciter pour le bon travail que tu as accompli ces deux semaines, dit succinctement l'émissaire.

— Merci, dit Ove avant de s'éloigner.

L'homme le retint doucement par le bras.

— Le directeur voudrait savoir si tu aimerais continuer à accomplir du bon travail ici.

Ove le regarda sans répondre. Peut-être pour s'assurer qu'il ne plaisantait pas. Il fit lentement oui de la tête.

Quand il eut tourné le dos et fait quelques pas, l'homme ajouta :

— Le directeur aimerait te dire que tu es exactement comme ton père !

Ove ne se retourna pas, mais poursuivit son chemin la tête un peu plus haute.

Voilà comment il resta au poste qu'avait occupé son père. Ove travaillait dur, ne se plaignait pas, n'était jamais malade. Les anciens de son équipe le trouvaient tout de même taciturne et parfois un petit peu étrange ; il refusait systématiquement d'aller boire une bière avec eux à la fin de la journée, et n'accordait pas beaucoup d'intérêt au beau sexe, ce qui était plus que bizarre. Mais il était le fils de son père, et aucun des ouvriers n'avait jamais eu maille à partir avec le défunt. Quand on demandait au jeune homme de fournir un effort supplémentaire, il s'exécutait ; quand un collègue le priait de le remplacer, il acceptait sans rechigner. Avec le temps, presque tous ses coéquipiers lui devaient un service ou deux, et ils l'acceptèrent parmi eux.

Une nuit, lorsque le vieux camion dans lequel ils longeaient les rails tomba en panne à vingt kilomètres de la ville sous la pluie la plus violente de l'année, Ove réussit à le réparer avec seulement un tournevis et un demi-rouleau de ruban adhésif. Après cela, les cheminots le jugèrent sympathique.

Le soir, Ove cuisinait des pommes de terre avec des saucisses. Assis à la table de la cuisine, il regardait fixement par la fenêtre en chipotant dans son assiette. Il finissait par aller manger dans la Saab.

Le matin, il retournait au travail. Voilà comment se déroulaient ses journées. Il appréciait la routine. Il aimait savoir à tout instant ce qui l'attendait. Depuis la mort de son père, il répartissait les gens en deux catégories : ceux qui faisaient ce qu'on attendait d'eux et ceux qui ne le faisaient pas. Ceux qui travaillaient et ceux qui bavardaient. Ove parla moins et travailla plus.

Il n'avait pas d'amis, mais d'un autre côté, il n'avait pas non plus d'ennemis directs. Du moins, pas d'autres que Tom, qui se fit un devoir de lui pourrir la vie à la moindre occasion après avoir été promu chef d'équipe. Il lui confiait les tâches les plus répugnantes et difficiles, lui criait dessus, lui faisait des croche-pieds au petit déjeuner, l'envoyait sous les wagons qu'il mettait en marche pendant que le garçon était sans protection sur les rails. Ove s'échappait avec plus de peur que de mal, et Tom ricanait avant de hurler : « Fais attention, sinon tu vas finir comme ton père ! »

Ove baissait la tête et serrait les dents. Il ne voyait pas l'intérêt de se dresser contre un homme deux fois plus grand que lui. Il allait au travail chaque jour et faisait ce qu'il avait à faire ; le père d'Ove s'en était parfaitement contenté, alors Ove s'en contentait aussi. Ses coéquipiers apprirent à l'apprécier pour ce trait de caractère. « Ton père disait souvent que quelqu'un qui ne parle pas beaucoup débite d'autant moins de conneries », lui raconta un après-midi un des anciens. Ove hocha la tête. Certains comprenaient ça, d'autres non.

De même, seuls certains comprirent le geste d'Ove ce fameux jour dans le bureau du directeur.

Près de deux ans s'étaient écoulés depuis l'enterrement de son père. Ove venait d'avoir dix-huit ans, et le soupçon pesait sur Tom d'avoir volé au guichet d'un des wagons. Ove était probablement l'unique témoin, mais ils se trouvaient seuls à proximité du wagon au moment où l'argent avait disparu. Comme l'expliqua très sérieusement un adjoint du directeur quand ils furent convoqués, nul au monde ne pensait que le jeune homme était coupable. Et naturellement, il ne l'était pas.

Ove attendit sur une chaise devant le bureau du directeur. Il passa quinze minutes le regard rivé sur le sol jusqu'à ce que la porte s'ouvre. Tom sortit, les poings serrés si fort que sa peau avait blanchi jusqu'aux poignets, gardant les yeux braqués sur Ove tandis qu'il s'éloignait. Ce dernier continua à fixer le sol, même quand on le fit entrer dans le bureau du directeur.

Plusieurs hommes en costume et à l'air grave étaient dispersés dans la pièce, les uns debout, les autres assis. Le directeur faisait les cent pas derrière son bureau, la couleur de son visage indiquant qu'il était trop énervé pour rester en place.

— Veux-tu t'asseoir, Ove ? demanda au bout d'un moment un des collaborateurs en costume bleu.

Ove le reconnut. Son père avait réparé sa voiture des années plus tôt, une Opel Manta de la même couleur que son costume, avec un moteur énorme. L'homme sourit avec chaleur et désigna d'un geste bref une chaise au centre de la pièce, peut-être pour lui signifier qu'ils étaient entre amis et que le garçon pouvait se détendre.

Ove refusa d'un signe. Le propriétaire de l'Opel Manta hocha la tête, indulgent.

— Bien. Ce n'est qu'une simple formalité, Ove. Personne ici ne croit que tu as volé l'argent. Tout ce que tu as à faire, c'est nous dire qui c'était.

Ove regarda ses pieds. Plusieurs secondes s'écoulèrent.

— Ove ? fit l'adjoint à l'Opel Manta.

Ove resta muet. La voix puissante du directeur brisa avec autorité le silence :

— Réponds à la question, Ove !

Ove garda les lèvres serrées et les yeux baissés. Les collaborateurs en costume bleu, d'abord si sûrs d'eux, commençaient à montrer des signes de confusion.

— Ove,.. tu comprends que tu dois répondre. Est-ce que c'est toi qui as pris l'argent ? demanda l'homme à l'Opel Manta.

— Non, répondit Ove d'une voix ferme.

— Qui était-ce alors ?

Ove ne prononça pas un mot.

— Réponds ! ordonna le directeur.

Ove leva les yeux, se redressa.

— Ce n'est pas mon genre de raconter ce que font les autres.

Le silence dans la pièce dura probablement plusieurs minutes.

— Mais voyons, Ove, expliqua l'adjoint d'une voix soudain moins chaleureuse, si tu ne nous dis pas qui est le voleur et que nous recevons des témoignages contre toi, nous devrons te considérer coupable.

Ove fit signe qu'il comprenait, mais n'émit pas un seul son. Le directeur le scruta comme s'il le soupçonnait de bluffer pendant une partie de poker. Ove ne broncha pas. Le directeur hocha la tête d'un air résolu.

— Dans ce cas tu peux t'en aller.

Ove s'exécuta.

Quinze minutes plus tôt, dans ce même bureau, Tom avait immédiatement accusé Ove. L'après-midi, deux jeunes coéquipiers de Tom, avec l'empressement des jeunes hommes d'entrer dans les bonnes grâces de leur aîné, affirmèrent subitement avoir vu de leurs propres yeux Ove dérober l'argent. Si Ove avait dénoncé Tom, cela aurait été parole contre parole, mais à présent, c'était parole contre silence. Le lendemain matin, le contremaître lui ordonna de vider son casier et de se rendre chez le directeur.

Près de la porte des vestiaires, Tom ricana lorsque Ove quitta la pièce.

— Voleur, siffla-t-il.

Ove ne leva pas la tête.

— Voleur ! Voleur ! scanda joyeusement dans son dos un des jeunes ouvriers qui avaient témoigné contre lui, jusqu'à ce qu'un des anciens, qui avait été l'ami du père d'Ove, le fasse taire d'une taloche sur l'oreille.

— VOLEUR ! cria Tom encore plus fort.

L'invective devait résonner plusieurs jours aux oreilles du jeune homme.

Ove sortit sans se retourner. Il inspira l'air du soir profondément. Il était furieux. Pas qu'ils l'aient traité de voleur ; il n'attacherait jamais d'importance à ce que les gens disaient de lui. Mais la honte cuisante d'avoir perdu le travail auquel son père avait consacré sa vie pesait lourd sur son cœur.

Il avait eu amplement le temps de réfléchir à sa situation pendant qu'il se dirigeait pour la dernière fois vers le bureau, sa combinaison roulée sous le bras. Il avait aimé travailler ici. De bonnes tâches, de bons outils, un vrai emploi. Il décida que, quand la police en aurait fini avec lui, il chercherait ailleurs une nouvelle place pareille à celle-ci. Peut-être devrait-il partir très loin. Il présumait qu'une certaine distance était nécessaire avant qu'un casier judiciaire perde suffisamment d'intérêt pour que nul ne lui pose de questions. De toute façon, rien ne le retenait ici. Rien ne le retenait nulle part, constata-t-il en poursuivant son chemin. Au moins, il n'était pas devenu une personne qui racontait ce que faisaient les autres. Il espéra que son père s'en souviendrait lors de leurs retrouvailles et lui pardonnerait d'avoir perdu le poste.

Il attendit près de quarante minutes sur la chaise à barreaux dans le couloir jusqu'à ce qu'une femme d'âge mûr, portant une jupe noire étroite et des lunettes à monture pointue, le fasse entrer. Elle referma la porte et il resta planté là, son baluchon sous le bras. Le directeur était assis à son bureau, les mains croisées devant lui. Les deux hommes s'observèrent un long moment, comme si chacun trouvait l'autre aussi captivant qu'une peinture dans un musée.

— C'est Tom qui a volé l'argent, dit le directeur.

Ce n'était pas une question, plutôt une constatation, aussi Ove ne répondit-il pas. Le directeur approuva de la tête.

— Mais les hommes de ta famille ne sont pas du genre à raconter ce que font les autres.

Ce n'était pas une question non plus, et Ove garda le silence, mais son interlocuteur nota qu'il se redressa légèrement aux mots « les hommes de ta famille ».

Le directeur hocha de nouveau la tête et chaussa une paire de lunettes. Il prit une feuille sur une pile de papier et se mit à écrire, à croire que le garçon était devenu invisible. Ove patienta si longtemps qu'il finit par se demander si le directeur avait oublié sa présence. Il s'éclaircit doucement la gorge. Le directeur leva les yeux.

— Oui ?

— Chacun est ce qu'il est à cause de ce qu'il fait, pas à cause de ce qu'il dit, déclara Ove.

Le directeur l'observa avec surprise. Personne n'avait jamais entendu le garçon prononcer autant de mots d'affilée pendant les deux années qu'il avait passées dans l'entreprise. Pour être honnête, Ove ne savait pas lui-même pourquoi ils lui étaient venus. Il avait seulement eu le sentiment de devoir les prononcer.

Le directeur écrivit quelques mots sur un document qu'il poussa vers Ove en lui indiquant où écrire son nom.

— C'est la confirmation que tu as démissionné de ton plein gré, expliqua-t-il.

Ove signa et se redressa en arborant un air combatif.

— Vous pouvez les faire entrer, maintenant. Je suis prêt.

— Faire entrer qui ? demanda le directeur.

— Les agents de police, répondit Ove en serrant les poings le long du corps.

Le directeur secoua rapidement la tête et se remit à fouiller dans ses papiers.

— Ces témoignages sont arrivés ici dans un ordre trop incohérent à mon goût.

Ove se balança d'un pied sur l'autre sans trop savoir comment réagir. Le directeur le congédia d'un geste de la main sans le regarder.

— Tu peux y aller, maintenant.

Ove fit volte-face et referma la porte derrière lui, pris de vertiges. À l'instant où il atteignait la sortie du bâtiment, la femme qui l'avait introduit dans le bureau le rattrapa en courant à demi et lui fourra une feuille de papier dans les mains sans le laisser protester.

— Le directeur vous félicite pour votre nouveau poste de nuit d'agent de maintenance des trains en dehors de la ville. Présentez-vous demain matin au contremaître sur place, expliqua-t-elle d'un ton sec.

Ove la dévisagea, puis baissa les yeux sur le document. Elle se pencha plus près.

— Le directeur ajoute que vous n'avez pas pris le portefeuille quand vous aviez neuf ans et que vous n'avez certainement rien pris cette fois non plus. Et que « ça serait bien le diable » s'il mettait à la porte le fils d'un honnête homme simplement parce que le fils est aussi intègre que le père.

Voilà comment Ove devint agent de maintenance de nuit pour les deux années suivantes. S'il n'avait pas occupé ce poste, jamais il ne l'aurait aperçue ce fameux matin après son service, avec ses chaussures rouges et sa broche en or et ses cheveux châtain doré. Et son rire qui allait donner à Ove pour le restant de sa vie le sentiment que quelqu'un courait pieds nus dans son cœur.

Elle disait souvent que « les chemins que nous empruntons nous mènent vers ce pour quoi nous sommes nés ». Pour elle, c'était peut-être quelque chose.

Pour Ove, c'était quelqu'un.

9

Ove purge un radiateur

On dit que le cerveau fonctionne plus vite pendant une chute. Comme si l'explosion d'énergie cinétique faisait accélérer les capacités mentales au point que la perception de l'environnement décélère et que tout se produit au ralenti.

Ove eut tout le temps de penser. Surtout aux radiateurs.

Chacun sait qu'il y a une bonne et une mauvaise façon de faire les choses. C'était arrivé des années auparavant, et même si Ove ne se souvient plus en détail de la manière qu'il considérait bonne quand ils se disputèrent à propos du futur chauffage urbain du lotissement, il se rappelle clairement que la méthode de Rune était mauvaise.

Bien sûr, ça ne concernait pas seulement le chauffage. Rune et Ove se connaissaient depuis près de quarante ans, et ils avaient été en froid pendant au moins trente-sept de ces quarante années.

À vrai dire, Ove ne savait plus comment tout avait commencé. Avec ce genre de brouille, impossible à

dire. Cette querelle était tissée de tant de petites cha-
mailleries que chaque mot mettait le feu aux poudres,
si bien qu'ils ne pouvaient plus ouvrir la bouche sans
raviver au moins quatre vieux conflits. Leur discorde
avait simplement duré, duré, duré. Et un beau jour,
elle avait brutalement pris fin.

Ce n'était pas à cause des voitures. Néanmoins,
Ove roulait en Saab, et Rune en Volvo. N'importe qui
aurait deviné qu'ils ne seraient pas longtemps en bons
termes. Ils avaient pourtant été camarades au début,
autant que le peuvent des hommes de leur tempérament. Bien entendu, c'était surtout pour faire plaisir à
leurs épouses. Tous les quatre avaient emménagé dans
le lotissement en même temps, et Sonja et Anita
étaient immédiatement devenues amies intimes,
comme seules peuvent l'être des femmes mariées avec
des hommes comme Ove et Rune.

Ove se remémore tout de même qu'il ne détestait
pas Rune les premières années. Ils avaient fondé
ensemble le conseil syndical de la copropriété. Ove en
était le président et Rune le vice-président. Ensemble,
ils avaient tenu tête à la commune qui voulait raser le
bois derrière leurs maisons pour y construire plus
de logements. Évidemment, la commune argua que le
projet existait bien avant leur arrivée, mais ce genre
d'argument ne menait pas loin face aux deux hommes.
« Si vous voulez la guerre, vous l'aurez, espèces de
salauds ! » avait hurlé Rune au téléphone.

Et ç'avait été la guerre. Il s'ensuivit une succession
de recours, d'assignations, de pétitions et de tribunes
dans les journaux. Au bout d'un an et demi, la
commune abandonna le bras de fer et lança des travaux dans une autre direction.

Ce soir-là, Rune et Ove avaient bu chacun un petit verre dc whisky sur la terrasse du premier. Ils ne se réjouissaient pas spécialement d'avoir gagné, notèrent leurs épouses avec résignation. Ils étaient plutôt déçus que la commune ait cédé si vite. Ces dix-huit mois avaient compté parmi les moments les plus amusants dans la vie des deux hommes.

« Plus personne n'a le courage de ses idées ! » avait déploré Rune. « Pas un adversaire digne de ce nom », avait renchéri Ove.

Et ils avaient porté un toast à la couardise de leurs ennemis.

Bien entendu, tout cela était arrivé longtemps avant le coup d'État. Et avant que Rune ne fasse l'acquisition d'une BMW.

« Idiot », pense Ove, aujourd'hui comme à l'époque. Ainsi que chaque jour pendant l'intervalle, d'ailleurs. « Comment veux-tu raisonner avec quelqu'un qui achète une BMW, nom de Dieu ? » disait-il à Sonja quand elle demandait pourquoi les deux hommes n'étaient plus capables d'entretenir une discussion calme. Sonja levait les yeux au ciel en marmonnant : « Tu es désespérant. »

Ove n'était pas de cet avis. Il pensait simplement qu'il fallait faire les choses correctement. Il n'aimait pas l'idée de vivre une vie où tout était interchangeable, où la loyauté n'avait plus aucune valeur. Aujourd'hui, les gens remplacent si souvent leurs affaires que le savoir permettant de construire des objets durables est devenu superflu. Plus personne ne se soucie de critères comme celui de la qualité. Ni Rune, ni les autres voisins, ni les patrons d'Ove. La société actuelle ne jure plus que par l'informatique ; on ne peut plus bâtir de maison avant qu'un consultant engoncé dans une chemise trop petite n'ait compris comment allumer un ordinateur portable. Les gens croient-ils que le Colisée et les pyramides de Gizeh ont été construits de cette façon ? Bon Dieu, on avait érigé la tour Eiffel en 1889, mais à présent, personne n'est fichu de tracer le plan d'un simple pavillon de plain-pied sans s'interrompre pour recharger un téléphone !

Dans ce monde, les choses étaient démodées avant même d'avoir été inventées. Tout un pays applaudissait debout l'incapacité à faire quoi que ce soit correctement et rendait un hommage sans bornes à la médiocrité.

Nul ne savait changer des pneus, installer un variateur de lumière, poser un carrelage, reboucher au mastic un mur fissuré, faire marche arrière avec une remorque, remplir sa déclaration d'impôts. Toutes ces connaissances étaient devenues inutiles. Voilà les conversations qu'Ove avait habituellement avec Rune. Et un jour, ce dernier avait acheté une BMW.

Était-on « désespérant » simplement parce qu'on pensait qu'il y avait des limites ? Ce n'était pas l'avis d'Ove.

Certes, il ne se souvenait pas tout à fait comment sa querelle avec Rune avait commencé. Elle avait simplement duré. Elle avait porté sur les radiateurs et le chauffage, sur les places de stationnement, sur les arbres à abattre ou non, sur le déblaiement de la neige, sur les tondeuses à gazon et sur la mort-aux-rats dans le bassin de Rune. Pendant plus de trente ans, ils s'étaient lancé des regards venimeux depuis leurs terrasses identiques à l'arrière de leurs pavillons identiques. La dispute avait brutalement pris fin quelques années auparavant. Rune était tombé malade. Depuis, il ne quittait plus la maison. Ove ignorait s'il avait toujours la BMW.

Au fond, il regrettait le vieux salaud.

On dit que le cerveau fonctionne plus vite pendant une chute. De la même façon que si l'on pensait à mille choses en une fraction de seconde. Ove a tout le temps de penser entre l'instant où il renverse le tabouret sous ses pieds, bascule tête la première, et celui où il atterrit comme une masse dans un grand fracas sur le parquet en gigotant furieusement. Étendu sur le dos, impuissant, il contemple, pendant ce qui ressemble à une éternité, le crochet toujours solidement vissé au plafond. Choqué, il foudroie du regard la corde qui s'est rompue net en deux morceaux.

C'est la faute de cette société, pense Ove. Même les cordes, ils ne savent plus les faire. Il jure tout haut en remuant les jambes. Comment peut-on rater quelque chose d'aussi simple qu'une corde, hein ?

Non, plus personne ne sait ce qu'est la qualité, constate-t-il en se relevant. Il brosse ses vêtements, regarde tout autour de lui. Il sent le rouge lui monter aux joues sans trop savoir si c'est de rage ou d'embarras. Il se tourne vers les fenêtres aux rideaux tirés comme s'il craignait qu'on ne l'ait observé.

Bon sang, j'aurais dû m'y attendre, pense-t-il. On ne peut même plus se tuer correctement. Il jette la corde défectueuse dans la poubelle de la cuisine, fourre le film plastique, après l'avoir soigneusement replié, dans une caisse IKEA et repose dans la remise les boîtes contenant la perceuse à percussion et les mèches.

Il s'attarde un moment dans le cabanon. Sonja lui disait sans arrêt d'y mettre de l'ordre. Il refusait toujours. La place dégagée aurait servi d'excuse pour aller acheter de nouvelles babioles. C'est trop tard pour ranger, maintenant. Plus personne ne proposera d'aller acheter des babioles. Cela ne ferait que laisser des gouffres béants. Et Ove déteste le vide.

Il prend sur l'établi une clé à molette et un petit bidon en plastique. Il verrouille la remise et contrôle trois fois la poignée. Il longe la rue entre les maisons, tourne devant la dernière boîte aux lettres et sonne. Anita ouvre la porte. Ove la fixe sans un mot. Assis au salon dans son fauteuil roulant, Rune regarde par la fenêtre, les yeux vides. C'est apparemment tout ce qu'il fait ces dernières années.

— Où sont les radiateurs ? ronchonne Ove.

Anita hoche la tête avec un petit sourire à la fois enjoué et surpris.

— Oh, Ove ! Ça serait incroyablement gentil de ta part, si ce n'est pas trop dem…

Lui coupant la parole, Ove entre à grands pas dans le couloir sans se déchausser.

— Oui, oui, oui. La journée est déjà fichue de toute façon.

10

La vie selon Ove lorsqu'il rénovait une maison

Une semaine après sa majorité, Ove appela un numéro trouvé dans une annonce et parcourut vingt-cinq kilomètres pour acquérir sa première Saab. Une bleue. Il vendit la vieille 92 de son père et acheta un modèle plus récent. Ce n'était certes qu'un spécimen 93, à peine plus jeune et assez usagé, mais Ove pensait qu'on ne devenait un homme que lorsqu'on payait sa première voiture.

C'était l'époque où le pays avait commencé à se métamorphoser. Les gens déménageaient, changeaient de travail, achetaient des téléviseurs, et les journaux invoquaient à tout bout de champ une « classe moyenne ». Ove ne savait pas exactement ce que c'était, mais il était conscient de ne pas en faire partie. La classe moyenne construisait de nouveaux quartiers résidentiels avec des habitations bien droites et des pelouses soigneusement tondues. Ove comprit vite que la demeure de ses parents se dressait en travers du chemin du développement. Et s'il y avait une chose que cette classe moyenne n'appréciait pas du tout, c'était de toute évidence de voir un obstacle sur la voie de l'évolution.

Ove reçut plusieurs missives d'une administration à propos d'un soi-disant « repositionnement des limites de la commune ». Il ne saisit pas entièrement le contenu des lettres, mais il conclut que la maison de ses parents n'allait pas avec les nouvelles bâtisses de la rue. L'expéditeur exigeait qu'il vende le terrain à la commune, pour qu'ils puissent raser l'habitation et construire autre chose.

Ove ne sut pas vraiment pourquoi il refusa. Peut-être à cause du ton déplaisant des messages. Ou parce que la maison était tout ce qui lui restait de sa famille.

Quoi qu'il en soit, il passa ce soir-là plusieurs heures au volant de sa première voiture, garée dans le jardin, à regarder le bâtiment sérieusement délabré. Son père avait su y faire avec les machines, mais la construction était une autre paire de manches. Ove n'y connaissait rien non plus. Il n'utilisait que la cuisine et la petite pièce à côté, tandis que l'étage supérieur s'était lentement transformé en terrain de jeu pour les souris. Il observa la maison depuis la Saab, espérant peut-être qu'elle allait se réparer toute seule s'il était suffisamment patient. Elle se dressait exactement à la jonction de deux communes, sur le trait de la carte que les autorités avaient l'intention de déplacer. C'était le vestige d'un village qui s'étendait autrefois à la lisière d'une forêt, juste à côté du quartier de villas blanches resplendissantes où emménageaient à présent des hommes à cravate et leurs familles.

Les cravates n'aimaient pas du tout le jeune homme solitaire dans la baraque croulante au bout de la rue. Les enfants avaient reçu l'interdiction de s'en approcher. Les cravates préféraient rester entre elles, avait compris Ove. Il n'avait pas d'objections là-dessus. Mais c'étaient eux qui avaient emménagé dans son voisinage. Pas l'inverse.

Le cœur battant pour la première fois depuis des années d'un entêtement rebelle, Ove décida non seulement de ne pas vendre sa maison, mais de la rénover.

Il ne savait naturellement pas par où commencer. Il n'aurait pas distingué un niveau à eau d'une poêle à frire. Ses nouveaux horaires lui laissant ses journées libres, il alla demander une place sur un chantier proche. C'était le meilleur endroit où apprendre la construction, et il ne dormait de toute façon pas beaucoup. Le contremaître ne put lui proposer que le poste de garçon de courses. Ove accepta.

La nuit, il balayait les détritus sur la ligne sud en dehors de la ville, puis dormait trois heures. Il passait le reste de la journée à courir en tous sens sur le chantier où il écoutait les ouvriers en casque de sécurité parler de techniques de bâtiment. Il mettait à profit son congé hebdomadaire en portant des sacs de ciment et des poutres en bois dix-huit heures d'affilée. Seul et couvert de sueur, il démolissait et restaurait la seule chose que lui avaient laissée ses parents en dehors de la Saab et de la montre bosselée. Dans le même temps, sa musculature se développait et il apprenait.

Le contremaître du chantier se prit d'affection pour le jeune homme travailleur, et un vendredi après-midi il le conduisit au tas de bois où gisaient des planches brisées qui finiraient au feu.

— Si des morceaux qui peuvent t'être utiles disparaissent pendant que je regarde ailleurs, je partirai du principe que tu les as brûlés, dit-il avant de tourner les talons.

La nouvelle de la rénovation finit par se répandre parmi les anciens, dont certains se mirent à poser des questions au garçon. Lorsqu'il rénova l'ossature de la salle de séjour, un ouvrier au corps noueux et aux dents de travers lui montra comment s'assurer de la stabilité de l'ensemble, non sans l'avoir enguirlandé pendant vingt minutes parce qu'il s'était lancé sans savoir comment procéder. Quand il posa le plancher de la cuisine, un de ses collègues, un homme vigoureux avec un auriculaire manquant, lui apprit à prendre correctement des mesures après l'avoir traité d'incapable plusieurs dizaines de fois.

Un après-midi, alors qu'il s'apprêtait à rentrer chez lui, Ove trouva à côté de ses affaires une petite caisse remplie de vieux outils et un morceau de papier portant les mots « Pour le môme ».

Les travaux avançaient lentement, mais cheville après cheville, planche après planche, la bâtisse prenait forme. Bien sûr, personne ne verrait le résultat, mais Ove s'en moquait. Son père disait qu'un bon travail était en soi une large récompense, et il était aussi de cet avis.

Il s'appliqua à éviter ses voisins. Il savait qu'ils ne l'aimaient pas, et ne voyait pas de raison de les conforter dans leur opinion. La seule exception fut, par le plus grand des hasards, un vieil homme qui vivait avec sa femme dans la maison juste à côté. C'était le seul du quartier à ne pas porter de cravate, même si Ove était certain que ça n'avait pas été le cas quand son voisin était plus jeune.

Depuis la mort de son père, Ove nourrissait scrupuleusement les oiseaux, un jour sur deux. Il n'oublia qu'une seule fois. Il sortit le lendemain matin avec l'intention de réparer son étourderie, et faillit se cogner la tête, au-dessus de la clôture, avec celle de son voisin, près de l'arbre où nichaient les oiseaux. L'homme lança à Ove un regard offensé. Il tenait de la nourriture pour les oiseaux. Aucun d'eux ne prononça le moindre mot. Ove hocha brièvement la tête, et son voisin fit de même. Ove rentra chez lui et veilla à s'en tenir à ses jours.

Ils continuèrent à ne pas s'adresser la parole, mais un matin, en sortant sur son perron, l'homme vit qu'Ove avait repeint chaque côté de la clôture commune. Le vieil homme ne fit aucun commentaire, mais quand Ove passa devant la fenêtre de la cuisine ce soir-là, ils se saluèrent d'un signe de tête. Le lendemain, Ove trouva une tarte aux pommes devant sa porte. Il n'avait pas mangé de pâtisserie faite maison depuis la disparition de sa mère.

Ove reçut de nouvelles lettres de la commune. Elles soulignaient toutes sur un ton menaçant qu'il ne les avait pas contactés pour conclure la vente du terrain. À la fin, il jeta le courrier sans l'ouvrir. S'ils voulaient lui voler la maison de son père, qu'ils essayent donc ! Il ne s'était pas laissé faire non plus quand Tom avait tenté de lui prendre le portefeuille.

Quelques jours plus tard, en passant un matin devant la maison voisine, Ove vit son vieux voisin nourrir les oiseaux en compagnie d'un petit garçon. Son petit-fils, se dit-il. Il les épia depuis sa chambre à coucher. La façon qu'avaient l'homme et l'enfant de parler à voix basse comme s'ils partageaient d'importants secrets lui rappelait quelque chose.

Le soir, il mangea dans sa Saab.

Au bout de quelques semaines, Ove enfonça le dernier clou dans la maison. Quand le soleil pointa à l'horizon, il se plaça dans le jardin, les mains dans les poches, et contempla fièrement son œuvre.

Il avait découvert qu'il aimait les maisons. Peut-être avant tout parce qu'elles étaient faciles à comprendre. On pouvait dresser leurs plans sur du papier. Elles avaient des fuites si on les étanchait mal, elles s'écroulaient si on ne les renforçait pas. Les maisons étaient justes, elles donnaient ce que l'on méritait. On ne pouvait malheureusement pas en dire autant des hommes.

Les jours passèrent. Ove travaillait, rentrait chez lui et mangeait des saucisses avec des pommes de terre. Il ne se sentait pas seul, mais il n'avait jamais de compagnie non plus. Un dimanche, alors qu'Ove transportait des planches, fidèle à son habitude, un individu au visage rond et enjoué, vêtu d'un costume bleu pas tout à fait seyant, apparut près de la clôture. Il avait le front couvert de sueur, et demanda si Ove aurait la gentillesse de lui offrir un verre d'eau fraîche. Ove ne vit pas de raison de refuser, et ils bavardèrent tandis que le nouveau venu buvait son eau de l'autre côté de la barrière. Ou plutôt, l'homme devisa la plus grande partie du temps, bien sûr. Il s'intéressait beaucoup aux maisons et était lui-même en train de rénover la sienne dans un autre quartier. Au fil de la conversation, l'inconnu au visage rond s'invita à prendre un café dans la cuisine d'Ove. Le garçon n'avait naturellement pas l'habitude d'une telle audace, mais après quelques heures à parler de construction, il se dit qu'avoir un peu de compagnie de temps en temps n'était pas si désagréable.

Alors qu'il s'apprêtait à partir, l'homme demanda soudainement si l'habitation était bien assurée. Ove répondit en toute honnêteté qu'il n'avait jamais réfléchi à la question. Son père ne faisait pas grand cas des assurances.

Son hôte parut soudain préoccupé et il expliqua à Ove que ce serait une véritable catastrophe si quelque chose arrivait. Face à ces longues remontrances, Ove dut reconnaître que son visiteur avait raison. Il se sentit d'autant plus bête de n'y avoir jamais pensé.

L'homme demanda à utiliser le téléphone, et Ove n'y vit pas d'inconvénient. Reconnaissant pour l'accueil sympathique par cette chaude journée d'été, l'homme avait trouvé le moyen de le repayer de sa gentillesse. Il travaillait en effet pour une compagnie d'assurances, et, après un bref appel, il proposa à son bienfaiteur un tarif exceptionnel.

Ove se montra d'abord réticent et négocia longuement un rabais supplémentaire.

— Vous êtes dur en affaires, vous, dit l'homme au visage rond.

Ces mots rendirent Ove beaucoup plus fier qu'il ne s'y attendait. Le représentant lui donna un morceau de papier portant son numéro de téléphone en l'encourageant à lui rendre visite un de ces jours pour parler rénovation autour d'un café. C'était la première fois que quelqu'un exprimait le souhait d'être ami avec Ove.

Celui-ci paya comptant à l'homme la valeur d'un an d'assurance. Ils se serrèrent la main.

Ove n'eut plus jamais de nouvelles de son visiteur. Il essaya une fois de l'appeler, mais personne ne décrocha. Il éprouva une déception douloureuse, mais décida de ne plus y penser. Quand d'autres compagnies d'assurances le contactèrent, il put au moins répondre en toute quiétude qu'il était déjà couvert, ce qui n'était pas rien.

Il continua à éviter ses voisins. Il ne voulait pas chercher d'ennuis. Malheureusement, les ennuis semblaient chercher Ove. Quelques semaines après la fin de la rénovation, un des types à cravate fut victime d'un cambriolage. C'était la deuxième fois en peu de temps dans le quartier. Le lendemain matin, les cravates se réunirent pour délibérer et arrivèrent à la conclusion que le voyou dans la baraque en ruine avait un rapport avec ce vol. Ils devinaient bien « où il avait trouvé l'argent pour rénover sa maison ». Le soir, on glissa sous la porte d'entrée d'Ove une note disant : « Fiche le camp si tu ne veux pas d'histoires ! » La nuit suivante, quelqu'un lança une pierre dans sa fenêtre. Ove ramassa la pierre et changea la vitre. Il n'avait pas l'intention de braver les cravates. Il n'en voyait pas l'intérêt. Mais il n'avait pas non plus l'intention de déménager.

Il fut réveillé très tôt le lendemain par une odeur de fumée.

Il bondit hors de son lit. Sa première pensée fut que le lanceur de pierre avait décidé que c'était insuffisant. Il descendit l'escalier en s'emparant d'un marteau. Il n'avait jamais eu de pulsions violentes, mais on n'était jamais trop prudent.

Il surgit sur la terrasse en caleçon. Sans qu'il en soit vraiment conscient, les mois passés à transporter des matériaux de construction avaient fait de lui un jeune homme pour le moins musclé. Quand il apparut torse nu, marteau au poing, la foule rassemblée dans la rue se détourna du feu et recula dans un bel ensemble de quelques pas prudents.

Ove ne se rendit compte qu'à cet instant que ce n'était pas sa maison qui brûlait, mais celle de son voisin.

Les cravates fixaient le feu comme un chevreuil ébloui par les phares d'une voiture. Le vieil homme émergea du nuage de fumée en soutenant sa femme qui toussait terriblement. Quand il la confia à l'épouse d'une des cravates et fit à nouveau face au brasier, plusieurs voisins lui crièrent de renoncer. « C'est trop dangereux ! Attendez les pompiers ! » hurlèrent-ils. Le vieil homme les ignora. Des débris enflammés s'abattirent sur le seuil quand il tenta de s'élancer à l'intérieur.

Debout près de la clôture, sous le vent, Ove évalua pendant d'interminables secondes l'ampleur de la situation. Des brandons dispersés avaient déjà embrasé l'herbe sèche entre les deux habitations. Sous peu, sa maison serait la proie des flammes s'il ne se précipitait pas tout de suite vers le tuyau d'arrosage. Son voisin essaya d'écarter une bibliothèque qui s'était renversée dans l'entrée de la villa. Les cravates appelaient son nom en lui criant d'abandonner, mais sa femme hurlait un autre nom.

Celui de leur petit-fils.

Ove se retourna, se balança d'un pied sur l'autre. Il observa les braises dans l'herbe. Pour tout dire, il ne pensait pas à ce qu'il souhaitait faire, mais à ce qu'aurait fait son père. Une fois arrivé à ce stade de sa réflexion, les options qui se présentèrent à lui ne furent pas bien nombreuses.

Ove grogna avec irritation, lança un dernier regard à sa maison en comptant le nombre d'heures qu'il avait passées à la rénover, et s'avança vers la four-naise.

La villa était envahie d'une fumée si épaisse et poisseuse qu'il eut l'impression d'avoir été frappé au visage avec une pelle à charbon. Le vieil homme luttait de toutes ses forces pour repousser l'étagère qui bloquait la porte. Ove la souleva aussi facilement qu'une feuille de papier et se fraya un chemin dans l'escalier. Quand ils reparurent dans la lumière du petit matin, son voisin portait l'enfant couvert de crasse. Ove avait de longues éraflures sanglantes sur le torse et les bras.

Dehors, des gens couraient en tous sens en criant. Des sirènes hurlaient. Ils étaient encerclés de pompiers en uniforme.

Toujours vêtu d'un simple caleçon et les poumons en feu, Ove vit les premières flammes lécher les murs de sa propre maison. Il se précipita vers la pelouse, mais fut immédiatement refoulé sans délicatesse par un bataillon de pompiers. Ils étaient soudain partout et refusèrent de le laisser passer.

Un homme en chemise blanche, sans doute le directeur des services d'incendie, se campa devant lui et déclara qu'ils ne pouvaient pas le laisser essayer d'éteindre le feu lui-même parce que c'était trop dangereux. Malheureusement, poursuivit l'homme en montrant un de ses documents, ils ne pouvaient pas non plus l'éteindre sans l'aval des autorités.

La maison d'Ove, parce qu'elle se dressait exactement à cheval sur deux communes, ne pouvait simplement être sauvée qu'avec l'accord exprès par radio des municipalités concernées. L'autorisation était nécessaire, les papiers devaient impérativement être remplis.

— C'est la règle, expliqua-t-il d'une voix monocorde quand Ove protesta.

Ove se dégagea et courut comme un forcené vers le tuyau d'arrosage. Mais les flammes avaient été plus rapides. Quand les pompiers reçurent enfin l'autorisation d'intervenir, sa maison était déjà un brasier.

Debout dans le jardin, Ove regarda brûler son logis avec tristesse.

Quand il appela sa compagnie d'assurances depuis une cabine téléphonique quelques heures plus tard, on lui répondit que l'homme jovial au visage rond était inconnu de leurs services. Son habitation n'était pas assurée. La femme à l'autre bout de la ligne soupira.

— Il y a plein d'escrocs de ce genre qui font du porte-à-porte. J'espère que vous ne l'avez pas payé comptant, au moins !

Ove reposa le combiné en serrant le poing dans sa poche.

11

Ove et un empoté incapable d'ouvrir une fenêtre sans tomber d'une échelle

Il est six heures moins le quart, et la première vraie chute de neige de l'année a déposé une couverture froide sur le lotissement endormi. Ove décroche son manteau bleu de la patère pour entamer sa tournée d'inspection et découvre, avec surprise et méfiance, le chat assis devant sa maison. En fait, on dirait que le félin a passé toute la nuit là.

Ove claque bruyamment la porte pour l'effrayer, mais l'animal n'a même pas le bon sens de prendre peur et de s'enfuir. Assis dans la neige, il se lèche le ventre, pas le moins du monde effarouché. Ove déteste ce trait de caractère chez les chats. Secouant la tête, il se plante devant l'intrus, pieds écartés, comme pour demander : « Qu'est-ce que tu dis de ça ? » Le félin relève lentement sa petite tête et lui lance un regard arrogant. Ove essaie de le chasser d'un geste de la main, mais l'animal ne bouge pas d'un poil.

— C'est une propriété privée ici ! l'informe Ove.

L'envahisseur ne réagit toujours pas. Perdant patience, Ove lance un de ses sabots dans sa direction d'un geste ample. L'instant suivant, il n'est plus certain d'en avoir vraiment eu l'intention. Sa femme aurait été furieuse si elle l'avait vu.

Mais cela n'a pas la moindre importance, car le chat ne remue pas l'ombre d'une moustache. Le sabot décrit une courbe à au moins un mètre cinquante sur sa gauche avant de rebondir mollement contre la remise et d'atterrir dans la neige. Le félin regarde le sabot, puis Ove. Peu impressionné, il se lève tout de même enfin et, d'une démarche tranquille, disparaît derrière le cabanon.

Ove s'avance à cloche-pied dans la neige pour ramasser son projectile qu'il mitraille du regard comme si le sabot devrait avoir honte de ne pas avoir mieux visé. Puis, s'étant ressaisi, il entreprend sa ronde. Ce n'est pas parce qu'il va mourir aujourd'hui qu'il doit laisser les vandales sévir en toute impunité.

Il secoue les poignées des garages, donne des coups de pied dans le panneau, note les numéros d'immatriculation sur le parking public et inspecte le local à poubelles.

De retour chez lui, il traverse la neige et ouvre la remise. Ça sent le white-spirit et le moisi à l'intérieur, exactement l'odeur que doit avoir un débarras qui se respecte. Il enjambe les pneus d'été de la Saab et écarte les boîtes remplies de vis. Il se fraie un chemin le long de l'établi en prenant garde à ne pas renverser les pots de diluant où il range ses pinceaux. Il déplace les chaises de jardin et le barbecue sphérique, écarte la clé en croix et attrape la pelle à neige qu'il soupèse légèrement, à la manière d'une épée. Il l'évalue un long moment en silence.

Sa vie n'était pas censée prendre ce tour, voilà ce qu'il en pense. On travaille dur, on se conduit bien, on met de l'argent de côté. On achète sa première Saab. On suit une formation, on va à un entretien d'embauche, on trouve un travail honnête. On dit merci, on n'est jamais malade, on paie ses impôts. On fait ce qu'on a à faire. On rencontre une femme, on se marie, on travaille dur, on est promu. On achète un modèle de Saab plus récent. On emprunte sur cinq ans, on achète un petit pavillon dans un lotissement où son âme sœur pense pouvoir élever des enfants. On rembourse son prêt, on économise, on achète une nouvelle Saab. On part en vacances dans un pays où ils jouent de la musique étrangère au restaurant et on boit du vin rouge que sa chère et tendre trouve exotique. Puis on rentre chez soi et on retourne au travail. On prend des responsabilités. On se tient bien. On fait ce qu'on a à faire.

On rénove. On rassemble lentement mais sûrement une caisse à outils digne de ce nom. On change les gouttières, on passe de l'enduit, on installe un établi et des pots de white-spirit dans la remise. On change les dalles de l'allée tous les deux ans, que ça soit nécessaire ou pas. On fait tout ça. Ove n'était vraiment pas censé devenir quelqu'un qui a tout le temps d'huiler le plan de travail de la cuisine un mardi.

Quand il ressort de la remise avec la pelle, le chat est de nouveau assis devant la porte d'entrée. Ove le fixe, stupéfié par tant d'effronterie. De la neige fondue goutte de sa fourrure. Ou de ce qu'il en reste. Cet animal a plus d'endroits où le pelage lui fait défaut que de pelage sans défauts. Il a aussi au-dessus d'un œil une longue cicatrice qui s'étend jusqu'au museau. Si les chats ont vraiment neuf vies, ce spécimen doit en être au moins à la septième ou la huitième.

— Fiche le camp, ordonne Ove.

Le félin le jauge comme s'il occupait le siège du recruteur lors d'un entretien d'embauche. Ove balance la pelle et envoie un petit tas de neige vers le chat, qui fait un bond de côté et lui jette un regard indigné. Il recrache de la neige en s'ébrouant puis disparaît une nouvelle fois d'un pas léger derrière la remise.

Ove enfonce la pelle dans la neige.

Il met quinze minutes à dégager l'allée entre la maison et le cabanon. Il suit les lignes et les angles droits avec beaucoup d'application. Les gens ne déblaient plus ainsi. Aujourd'hui, ils se contentent de dégager un passage à la va-vite avec leur chasse-neige et compagnie. À croire que plus rien ne compte dans la vie que foncer droit devant.

Quand il a fini, il s'appuie sur la pelle plantée dans une congère le long de la rue. Il voit le soleil se lever au-dessus des maisons endormies. Il a passé la plus grande partie de la nuit à réfléchir à une nouvelle façon de mourir. Il a même tracé des diagrammes et des matrices pour comparer les différentes méthodes. Après de minutieux calculs des avantages et inconvénients, il a décidé que ce qu'il va faire le jour même est la solution la moins fâcheuse. Évidemment, il n'aime pas l'idée que la Saab consommera de l'essence pour rien après qu'il sera mort, mais il va devoir accepter ce désagrément s'il veut en finir.

Il range la pelle dans la remise et pénètre dans la maison où il enfile le costume bleu. Naturellement, ses vêtements seront tachés et ne sentiront pas bon du tout, mais sa femme devra se considérer heureuse qu'il ait pris la peine de bien s'habiller.

Il mange son petit déjeuner en écoutant la radio, puis il lave la vaisselle et essuie le plan de travail. Il fait le tour de la maison pour fermer tous les radiateurs. Il éteint les lampes, s'assure que la cafetière est bien débranchée. Il enfile son manteau bleu sur son veston, chausse ses sabots et prend dans le débarras un long et épais tuyau de plastique enroulé. Il verrouille le cabanon et la porte d'entrée avant de secouer chaque poignée trois fois, et s'engage dans la rue entre les maisons.

La Skoda blanche qui arrive par la gauche le surprend tellement qu'il manque de tomber à la renverse dans la congère à côté de la remise. Il se précipite derrière le véhicule en brandissant le poing.

— Toi non plus, tu ne sais pas lire, espèce d'ahuri ? hurle-t-il.

Le conducteur, un homme mince avec une cigarette à la main, semble l'avoir entendu. Leurs yeux se croisent quand la Skoda tourne devant la remise à vélos. L'homme baisse la vitre en regardant fixement Ove. Il hausse les sourcils d'un air imperturbable.

— Le lotissement est interdit aux voitures ! scande Ove en pointant le doigt vers le panneau de signalisation avant de se diriger vers la Skoda, poings serrés.

L'homme passe le bras par la fenêtre et secoue sans hâte la cendre de sa cigarette. Ses yeux bleus affichent une indifférence totale, comme si Ove était un animal dans un enclos. Il l'observe sans agressivité, avec détachement, même, comme une insignifiante poussière sur la manche.

— Apprenez à li… commence Ove d'une voix brusque quand il est assez près.

Mais l'homme a déjà remonté la vitre. Ove a beau hurler, le conducteur l'ignore. Il ne démarre pas en trombe en faisant crisser les pneus comme s'il prenait la fuite ; il roule calmement vers les garages et engage la voiture sur la route, les gesticulations d'Ove ne l'incommodant pas plus qu'un moucheron.

Ove est si énervé que ses poings en tremblent. Quand la Skoda a disparu, il se détourne et longe la rue d'un pas si vif qu'il trébuche. Devant la maison de Rune et Anita, où de toute évidence la Skoda était garée, il aperçoit deux mégots par terre. Il les ramasse, comme s'il s'agissait de précieux indices dans une enquête criminelle.

— Bonjour, Ove, dit doucement la voix d'Anita dans son dos.

Ove se tourne vers elle. Elle se tient dans l'escalier, emmitouflée dans un cardigan gris informe qu'elle retient à grand-peine.

— Oui, oui. Bonjour, répond Ove.

— C'était un employé municipal, explique-t-elle en indiquant du menton la direction qu'a prise la Skoda blanche.

— C'est interdit de circuler en voiture dans ce lotissement, rétorque Ove.

Elle acquiesce prudemment.

— Il dit qu'il a l'autorisation de la commune de venir en voiture jusqu'à la porte.

— Bon sang, il n'a aucune FOUTUE… commence Ove avant de ravaler ses paroles.

Les lèvres d'Anita tremblent.

— Ils veulent emmener Rune, poursuit-elle.

Ove hoche la tête en silence. Le tuyau de plastique toujours dans une main, il enfonce le poing dans sa poche. Pendant une seconde, il veut répondre, mais l'instant suivant, il baisse le regard et s'éloigne. Au bout de quelques mètres, il se rend compte qu'il a encore les mégots dans la poche, mais c'est trop tard pour y changer quoi que ce soit.

La bécasse blonde est sur le trottoir. Son cabot se met à aboyer de façon hystérique dès qu'il aperçoit Ove. La porte de leur maison est ouverte. Ove suppose qu'ils attendent Anders. La serpillière sur pattes a quelque chose qui ressemble à de la fourrure dans la gueule. La jeune femme affiche un air satisfait. Ove la fixe en passant près d'elle, mais elle ne détourne pas les yeux. Son sourire narquois s'élargit, comme s'il s'adressait à Ove.

Quand il passe entre son pavillon et celui de l'étrangère enceinte, il aperçoit le lourdaud sur le pas de la porte.

— Salut, Ove ! appelle l'empoté.

Ove voit son échelle appuyée contre le mur de la maison du grand dadais qui lui fait joyeusement signe de la main. Il s'est manifestement levé tôt aujourd'hui. Pour un consultant en informatique, en tout cas. Ove remarque que son voisin tient un couteau en argent à bout rond. Le lourdaud veut probablement l'utiliser pour forcer la fenêtre bloquée à l'étage. L'échelle est plantée de guingois dans une grosse congère.

— Passez une bonne journée ! clame le blond avec bonne humeur au passage d'Ove.

— Oui, oui, répond Ove sans se retourner.

La serpillière aboie furieusement devant la maison d'Anders. Ove note du coin de l'œil que la bécasse blonde ricane toujours en le suivant du regard. Ove n'aime pas ça du tout. Il ne peut pas se l'expliquer, mais ça le dérange profondément.

Quand il arrive sur le parking en longeant la remise à vélos, il remarque à son grand déplaisir qu'il guette un signe de la présence du chat. Mais il ne l'aperçoit nulle part.

Il remonte la porte de son garage et déverrouille la Saab avec la clé. Les mains dans les poches de son pantalon, il reste debout dans la pénombre pendant plus d'une demi-heure, évalue-t-il ensuite. Il ne sait pas vraiment ce qu'il attend, il sent juste que cette décision exige un moment de silence solennel avant de passer à l'acte.

Il se demande si la carrosserie de la Saab sera très sale. Il suppose que oui. C'est vraiment dommage, mais il ne peut pas y faire grand-chose. Il donne des coups de pied dans les pneus. Du bon matériel solide. Ils rouleront au moins trois hivers de plus, estime-t-il en se fiant à ses seuls coups de pied. Ce qui lui rappelle la lettre dans la poche intérieure de son veston ; il la déplie pour s'assurer qu'il n'a pas oublié de laisser de consignes concernant les pneus été. Mais non, tout est là, en dessous de « Saab + accessoires ». La note « Pneus été dans la remise » est suivie d'instructions si claires que même un idiot fini devrait comprendre : les boulons des roues sont dans le coffre. Ove remet la lettre dans l'enveloppe, et l'enveloppe dans la poche intérieure de son veston.

Il jette un regard par-dessus l'épaule en direction du parking. Ce n'est pas qu'il se préoccupe soudain de cette sale bête, bien sûr. Il espère juste qu'il ne lui est rien arrivé, sinon sa femme va à coup sûr lui passer un sacré savon. Il ne veut pas se faire engueuler à cause du chat, c'est tout.

Au loin, on entend la sirène d'une ambulance qui se rapproche, mais Ove la remarque à peine. Il s'assied au volant, met le contact et appuie sur la commande de la vitre arrière pour la baisser de cinq centimètres. Il ressort de la Saab, ferme la porte du garage et ajuste avec soin le tuyau en plastique sur la sortie du pot d'échappement. Des volutes se forment lentement à l'autre extrémité, qu'il passe par la fenêtre baissée. Il retourne s'installer à l'avant, ferme la portière, règle le rétroviseur et tourne la molette de l'autoradio dans un sens puis dans l'autre. Il se laisse aller contre le dossier et ferme les yeux tandis que, centimètre cube par centimètre cube, les gaz d'échappement remplissent le garage et ses poumons.

Ce n'était vraiment pas censé finir de cette manière. On bosse, on rembourse son emprunt, on paie ses impôts et on fait ce qu'on a à faire. On se marie. Pour le meilleur et pour le pire, jusqu'à ce que la mort nous sépare. C'est bien ce dont ils étaient convenus, non ? Ove s'en souvient parfaitement. Elle n'était pas supposée mourir la première. C'était sa mort à LUI qui était sous-entendue, bon sang ! Elle ne pouvait pas prétendre le contraire !

On tambourine à la porte du garage. Ove ignore l'importun. Il lisse les plis de son pantalon, s'observe dans le rétroviseur. Peut-être aurait-il dû mettre une cravate. Elle a toujours aimé le voir en porter. Elle l'admirait comme s'il était l'homme le plus élégant du monde. Il se demande comment elle va l'accueillir. Est-ce qu'elle aura honte qu'il la rejoigne dans la mort vêtu d'un costume dégoûtant, après avoir été licencié ? Pensera-t-elle qu'il n'est qu'un idiot incapable de conserver un métier honnête, simplement parce qu'il a été supplanté par un ordinateur ? Le regardera-t-elle de la même façon qu'avant, comme s'il était quelqu'un sur qui on pouvait compter ? Quelqu'un qui savait prendre des responsabilités et réparer une chaudière en cas de besoin. L'aimera-t-elle toujours autant, maintenant qu'il n'est plus qu'un vieux bonhomme inutile ?

On cogne de nouveau furieusement à la porte du garage. Ove prend un air renfrogné. D'autres coups se font entendre. Ove trouve vraiment que ça commence à bien faire.

— Ça commence à bien faire ! rugit-il en repoussant brutalement la portière.

L'extrémité du tuyau tombe sur le sol de béton. Les gaz d'échappement se dispersent dans toutes les directions.

Depuis le temps, l'étrangère aurait dû savoir qu'il est très imprudent de se tenir trop près d'une porte quand Ove est de l'autre côté. Cette fois-ci, elle ne parvient pas à éviter le battant qui l'atteint en plein visage quand Ove l'ouvre d'une brusque secousse, comme s'il essayait d'arracher un clou d'un mur.

Quand il l'aperçoit, Ove s'immobilise net. Les mains sur le nez, sa voisine lui lance le regard caractéristique d'une personne qui vient de recevoir une porte de garage dans la figure. Les gaz se répandent sur le parking en un épais nuage poisseux et nauséabond.

— Je... bon sang... mais enfin, faites attention quand on ouvre une porte, balbutie Ove.

— Qu'est-ce que vous faites ? réplique la femme enceinte d'un ton mordant en observant la Saab en marche et le tuyau de plastique par terre qui crache des gaz d'échappement.

— Je... rien du tout, répond Ove qui ne souhaite rien d'autre que refermer le garage.

De grosses gouttes rouges s'accumulent sous le nez de l'étrangère. Elle porte une main au visage et lui fait signe de l'autre.

— J'ai besoin qu'on m'emmène à l'hôpital, dit-elle en penchant la tête en arrière.

Ove lui lance un regard sceptique.

— Vous ne croyez pas que vous exagérez, franchement ? Vous saignez juste un peu du nez.

Elle pousse des jurons qu'Ove suppose être persans, et se pince vigoureusement le nez entre le pouce et l'index. Elle secoue la tête avec impatience en projetant des gouttes de sang sur sa veste.

— Pas pour mon nez !

Ove reste perplexe. Il met les mains dans ses poches.

— Ah. Bien sûr. Je vois.

Elle pousse un long soupir.

— Patrick est tombé de l'échelle.

Elle penche la tête en arrière, obligeant Ove à converser avec son menton.

— Qui est Patrick ? l'interroge Ove.

— Mon mari, répond le menton.

— Le lourdaud ? demande Ove.

— Lui-même.

— Vous dites qu'il est tombé de l'échelle ? répète Ove.

— Oui. En essayant d'ouvrir la fenêtre.

— Je vois. Oui, ce n'est pas vraiment étonnant. On voit tout de suite que…

Le menton reprend sa place et les grands yeux bruns le dévisagent, qui n'ont pas l'air contents du tout.

— Vous voulez organiser un débat là-dessus ou quoi ?

Ove se gratte la tête d'un air songeur.

— Non… bien sûr que non… Vous ne pouvez pas aller à l'hôpital toute seule ? Avec l'espèce de petite machine à coudre japonaise dans laquelle vous êtes arrivés l'autre jour ?

— Je n'ai pas le permis, explique sa voisine en essuyant du sang de sa bouche.

— Comment ça, pas le permis ? répète Ove, comme si ces mots n'avaient aucun sens.

Elle soupire de nouveau.

— Je n'ai pas le permis, c'est tout. Où est le problème ?

— Mais vous avez quel âge ? demande Ove, fasciné.

— Trente ans, répond-elle avec impatience.

— TRENTE ANS ?! Et vous n'avez pas le permis ?! Vous avez un problème ou quoi ?

Elle soupire, plaque une main sur son nez et, de l'autre, claque des doigts avec agacement devant les yeux d'Ove.

— Concentrez-vous un peu maintenant, Ove ! L'hôpital ! Vous devez nous emmener à l'hôpital !

Ove prend un air offensé.

— Comment ça « nous » ? Vous n'avez qu'à appeler une ambulance si l'homme que vous avez épousé n'est pas fichu d'ouvrir une fenêtre sans tomber d'une échelle…

— C'est déjà fait ! L'ambulance l'a déjà transporté, mais il n'y avait pas de place pour moi. Et avec la neige, les taxis sont tous pris et les bus sont bloqués !

Un mince filet de sang lui coule le long d'une joue. Ove serre les mâchoires à s'en faire grincer les dents.

— On ne peut pas compter sur ces foutus bus. Les chauffeurs ne sont que des gamins, dit-il à mi-voix, la tête baissée comme s'il essayait de dissimuler les mots dans le col de sa chemise.

Peut-être l'étrangère remarque-t-elle le changement d'humeur d'Ove au moment où elle prononce le mot « bus ». Ou peut-être pas. Quoi qu'il en soit, elle hoche la tête comme si cela concluait les négociations.

— Voilà. C'est pour ça que vous devez nous emmener.

Ove fait un effort admirable pour lui lancer un regard intimidant. Mais il sent, à sa grande horreur, qu'il n'est pas aussi convaincant qu'il le souhaite.

— Je ne dois rien du tout. Je ne suis pas un maudit service de transport en commun ! arrive-t-il finalement à articuler.

L'étrangère se pince le nez plus fort et hoche la tête, à croire qu'elle n'a pas écouté un seul mot de ce qu'il vient de dire. De sa main libre, elle fait des signes agacés en direction du garage et du tuyau en plastique qui rejette des gaz de plus en plus épais vers le plafond.

— Je n'ai pas le temps de me chamailler avec vous. Préparez la voiture pour qu'on puisse y aller. Je vais chercher les enfants.

— Quels ENFANTS ??? vocifère Ove, sans obtenir de réponse.

Elle s'éloigne déjà en tanguant sur ses pieds qui paraissent beaucoup trop menus pour son énorme ventre.

Ove reste planté là, espérant peut-être que quelqu'un la rattrape pour lui dire qu'il n'a pas fini de parler, mais personne ne vient à sa rescousse. Les poings sur les hanches, il observe longuement le tuyau par terre. Il n'y peut rien si les gens n'arrivent pas à rester sur l'échelle qu'ils lui ont empruntée.

Il ne peut pas s'empêcher de penser à ce que sa femme lui dirait dans cette situation. Ce n'est pas bien difficile à deviner, Ove ne peut malheureusement pas se leurrer.

Finalement, il détache du pied le tuyau toujours fixé au pot d'échappement. Il s'assied au volant de la Saab, contrôle les rétroviseurs, passe la première et avance sur le parking. Ce n'est pas qu'il s'inquiète de savoir comment l'étrangère ira à l'hôpital. Mais Ove sait parfaitement qu'il n'a pas fini d'entendre les maudites remontrances de sa femme si la dernière chose qu'il accomplit avant de mourir est de faire saigner du nez une femme enceinte, puis l'obliger à prendre le bus.

S'il doit gaspiller de l'essence, autant faire l'aller et retour. « Peut-être que cette bonne femme me fichera au moins la paix après ça », espère Ove.

Bien sûr, il se trompe lourdement.

12

La vie selon Ove lorsqu'un jour il en eut assez

Les gens disaient toujours qu'Ove et sa femme étaient le jour et la nuit. Ove se doutait bien que, des deux, il était la dernière. Il s'en moquait. En revanche, cela amusait beaucoup sa femme. À chaque fois, elle pouffait et expliquait qu'on comparait Ove à la nuit pour la simple raison qu'il était trop économe pour allumer le soleil.

Il n'a jamais compris pourquoi elle l'avait choisi. Elle n'aimait que les choses abstraites ; la musique, les livres et les mots étranges. Ove était un homme très concret. Il aimait les tournevis et les filtres à huile. Il avançait dans la vie les mains enfoncées dans les poches. Elle dansait.

— Un seul rayon de soleil suffit à dissiper des millions d'ombres, déclara-t-elle un jour qu'il lui avait demandé pourquoi elle se forçait toujours à être aussi joyeuse.

Un moine nommé François avait apparemment écrit cela dans un des livres de sa bibliothèque.

— Tu ne me dupes pas, chéri, ajouta-t-elle avec un petit sourire exaspérant en se blottissant dans ses larges bras. Tu danses intérieurement, Ove, quand personne ne regarde. Et je t'aimerai toujours pour cela. Que tu le veuilles ou non.

Ove ne voyait pas vraiment ce qu'elle voulait dire. Il n'avait jamais particulièrement aimé danser. Il trouvait ça bien trop aléatoire et confus. Il préférait les lignes droites et les informations claires. Il aimait les mathématiques pour cette raison. Les réponses étaient correctes ou erronées, contrairement aux autres matières nébuleuses que l'école essayait de lui inculquer, où il devait « défendre son opinion ». Comme si une discussion ne pouvait être close qu'avec la victoire de celui qui connaissait le plus de mots compliqués ! Ove voulait qu'un carré soit un carré, un point c'est tout.

Il savait parfaitement que certains le tenaient pour un vieux bonhomme têtu qui ne faisait pas confiance aux gens. Mais nul ne lui avait jamais donné de raison de changer d'avis.

Car chaque homme doit décider à un moment de sa vie quel genre de personne il veut être. Quelqu'un qui se laisse marcher sur les pieds ou pas. Quand on ne connaît pas l'histoire, on ne connaît pas l'homme.

Ove dormit dans la Saab les nuits qui suivirent l'incendie. Le premier jour, il essaya de déblayer tout seul les cendres et les débris. Le deuxième, il dut reconnaître qu'il n'y arriverait jamais ; la maison était perdue, et avec elle le travail qu'il lui avait consacré.

Le troisième jour, deux hommes vinrent le voir, vêtus de chemises blanches comme celle du directeur des services d'incendie. Ils se postèrent près de sa clôture, indifférents à la bâtisse en ruine devant eux. Ils n'annoncèrent pas leur nom, mais celui des autorités qu'ils représentaient. Tels des androïdes envoyés en reconnaissance par le vaisseau amiral.

— Nous vous avons envoyé des lettres, dit l'un des hommes en tendant à Ove une liasse de documents.

— Plusieurs lettres, ajouta l'autre chemise blanche en griffonnant sur un bloc notes.

— Vous n'avez pas répondu, continua le premier comme s'il réprimandait un chien.

Campé sur ses jambes, Ove ne répondit pas.

C'est vraiment pas de chance, dit le deuxième avec un geste bref vers ce qui restait de la maison.

Ove acquiesça.

— L'enquête a montré que l'incendie est parti d'une défaillance électrique inoffensive, expliqua le deuxième en indiquant un papier.

Ove désapprouva sur-le-champ le choix du mot « inoffensive ».

— Nous vous avons envoyé des lettres, répéta la deuxième chemise blanche en le menaçant de son bloc-notes.

Ove hocha encore la tête.

— Les limites de la commune sont en pleine évolution, poursuivit l'homme.

— Le terrain où se trouve votre maison va être évalué en vue de plusieurs constructions, l'informa la première chemise blanche avec un signe en direction des nouvelles villas des cravates.

— Le terrain où se trouvait votre maison, le corrigea son collègue.

— La commune est prête à vous racheter ce terrain à un prix compétitif, continua le premier.

— Oui… un prix compétitif correspondant au terrain qui n'est plus occupé par votre maison, précisa la deuxième chemise.

Ove prit les papiers et commença à lire.

— Vous n'avez pas tellement le choix, dit le premier.

— Ce n'est pas votre décision mais celle de la commune, ajouta l'autre.

La première chemise blanche tapota impatiemment les papiers avec un stylo. Ove le regarda. L'homme indiqua la ligne « signature » tout en bas de la page.

Debout près de la clôture, Ove lut les papiers en silence. Quelque chose lui étreignait le cœur. Il mit un long, long moment à comprendre ce que c'était.

De la haine.

Il haïssait les hommes en chemise blanche. Il ne se souvenait pas d'avoir jamais détesté quelqu'un auparavant, mais la haine était une braise incandescente dans sa poitrine. Les parents d'Ove avaient acheté la maison. Il y avait grandi. C'est là qu'il avait fait ses premiers pas, et dans ce jardin que son père lui avait tout appris sur les moteurs de Saab. Et une autorité quelconque décidait soudain que quelqu'un d'autre allait construire ici. Un inconnu au visage rond lui vendait une fausse assurance. Un homme en chemise blanche empêchait Ove d'éteindre un incendie, et deux autres chemises blanches venaient lui parler de « prix compétitif ».

Ove n'avait aucun choix. Il pouvait attendre que le soleil se lève à l'ouest, mais sa situation ne changerait jamais.

Il signa les papiers en serrant très fort le poing dans sa poche.

Il quitta sans un regard en arrière le terrain où s'était dressée la maison de ses parents. Il loua une chambre en ville chez une vieille dame, où il passa la journée à fixer le mur. Le soir, il alla travailler et nettoya ses wagons. Au matin, au lieu de rejoindre leur vestiaire habituel, lui et les autres agents de maintenance reçurent l'ordre de se rendre au bureau principal pour recevoir de nouveaux vêtements de travail.

Ove croisa Tom dans le couloir. C'était la première fois qu'ils se voyaient depuis l'affaire du vol dans le wagon. Un homme plus raisonnable que Tom aurait évité son regard et prétendu que l'incident n'avait jamais eu lieu. Mais Tom n'était pas un homme raisonnable.

— Mais dis donc, c'est notre petit voleur ! lança-t-il avec un sourire provocant.

Ove ne répondit pas. Il voulut poursuivre son chemin, mais l'un des jeunes ouvriers dont Tom s'entourait lui donna un coup de coude. Ove leva la tête. Le jeune homme ricana.

— Attention à vos porte-monnaie, le voleur est dans le coin ! cria Tom d'une voix qui résonna dans le couloir.

Ove serra plus fort les habits sous le bras et ferma son poing dans sa poche. Il entra dans un vestiaire vide, ôta ses vieux vêtements de travail sales et posa la vieille montre cabossée de son père sur le banc. Quand il se retourna, Tom se tenait dans l'embrasure de la porte.

— On est au courant pour l'incendie, dit-il.

Ove comprit que Tom espérait une réaction. Il décida de ne pas donner satisfaction à l'homme costaud et à la barbe noire.

— Ton papa aurait été fier de toi ! Même lui n'était pas assez minable pour réussir à brûler sa propre maison ! lui lança Tom quand Ove entra dans la douche.

Ove entendit son escorte rire en chœur. Il ferma les yeux, appuya le front contre le mur et resta plus de vingt minutes immobile sous le jet d'eau chaude. Ce fut la douche la plus longue de toute sa vie.

Quand il retourna dans le vestiaire, la montre de son père avait disparu. Ove fouilla les vêtements sur le banc, regarda partout sur le sol, inspecta tous les casiers.

Chaque homme doit décider à un moment de sa vie quel genre de personne il veut être. Quelqu'un qui se laisse marcher sur les pieds ou pas.

C'était peut-être les accusations de Tom à propos de l'argent. C'était peut-être l'incendie. C'était peut-être le faux agent d'assurance ou les chemises blanches. Peut-être en avait-il simplement assez. Comme si, à chaque fois, on avait enlevé un fusible dans sa tête. Les yeux d'Ove s'assombrirent. Il sortit de la pièce, nu, l'eau dégoulinant sur ses muscles contractés. Il longea le couloir jusqu'au vestiaire des chefs d'équipe, ouvrit la porte d'un coup de pied et s'avança entre les occupants stupéfaits. Tom taillait sa longue barbe devant un miroir à l'autre extrémité de la pièce. Ove l'empoigna par l'épaule et cria à en faire trembler les parois de tôle ondulée :

— Rends-moi ma montre !

Tom baissa vers lui un regard suffisant, le dominant de sa silhouette noire comme une ombre.

— Je ne l'ai pas, ta fich…

— RENDS-LA-MOI ! hurla Ove d'une voix si puissante que les hommes autour d'eux jugèrent plus sage de rester près de leurs casiers respectifs.

Un instant plus tard, Tom se vit arracher sa veste avec une telle force qu'il n'essaya même pas de protester. Il resta planté là sans un mot, avec l'attitude d'un enfant qu'on réprimande, tandis qu'Ove extirpait sa montre de la poche intérieure de la veste.

Puis vint la douleur. Une seule fois. Cela suffit. Tom s'affaissa comme un sac de farine mouillé. Ove était sorti avant que le corps lourd ne touche le sol.

Tous les hommes sont confrontés à un moment où ils décident quel genre de personne ils veulent être. Et quand on ne connaît pas l'histoire, on ne connaît pas l'homme.

Tom dut être hospitalisé. D'innombrables fois, on lui demanda ce qui s'était passé, mais il se bornait à détourner les yeux et à répondre qu'il avait « glissé ». Tout aussi étonnant, les hommes qui se trouvaient dans le vestiaire en même temps ne se souvenaient soudain plus de rien.

Ce fut la dernière fois qu'Ove vit Tom. Et la dernière fois qu'il se laisserait rouler.

Il garda le poste d'agent de maintenance, mais quitta le chantier. Il n'avait plus de maison à bâtir, et avait de toute façon tellement appris sur la construction que les ouvriers en casque de sécurité n'avaient plus rien à lui enseigner.

Ils lui offrirent une caisse à outils en guise de cadeau d'adieu. Cette fois, elle était remplie d'outils neufs. « Pour le môme. Essaie de construire quelque chose qui tient debout », disait le papier.

Ove n'en avait pas l'usage immédiat, alors il se contenta de déambuler plusieurs jours avec ses outils d'un air désœuvré. Finalement, sa logeuse eut pitié de lui et chercha des objets à lui faire réparer dans la maison. Les journées furent alors plus calmes pour tous les deux.

Quelques mois plus tard, il passa le test d'aptitude au service militaire, où il obtint la note maximale à chaque épreuve physique. Le recruteur aimait bien ce jeune homme silencieux et aussi fort qu'un bœuf, et il l'exhorta à envisager sérieusement une carrière militaire. Ove trouvait que ça sonnait bien. Les militaires portaient l'uniforme et suivaient les consignes. Chacun savait ce qu'il avait à faire. Tout le monde avait une fonction. Ordre et discipline. Ove en conclut qu'il ferait un bon soldat. Il descendit l'escalier menant à l'examen médical obligatoire, se sentant le cœur léger pour la première fois depuis des années. Il avait l'impression d'avoir enfin trouvé un objectif. Un but. Une voie.

Sa gaieté ne dura que dix minutes.

Le recruteur avait affirmé que l'examen médical n'était qu'une « simple formalité ». Mais quand il appuya son stéthoscope sur la poitrine d'Ove, le médecin entendit un bruit anormal. Il envoya Ove consulter un confrère en ville. Une semaine plus tard, Ove apprit qu'il avait une malformation cardiaque congénitale rare. Il fut exempté du service militaire. Ove appela pour protester. Il écrivit des lettres. Il alla voir trois autres médecins dans l'espoir que les premiers se soient trompés. Rien n'y fit.

— C'est la règle, dit un homme en chemise blanche au bureau de la caserne quand Ove s'y rendit une dernière fois pour contester la décision.

Il était tellement déçu qu'au lieu d'attendre le bus il fit tout le chemin jusqu'à la gare à pied. Il s'assit sur le quai, d'une humeur qui n'avait jamais été aussi sombre depuis la mort de son père.

Quelques mois plus tard, il marcherait le long de ce même quai en compagnie de la femme qu'il épouserait. Mais bien sûr, à cet instant, il ne le savait pas encore.

Il retourna à son travail d'agent de maintenance et devint plus taciturne que jamais. Sa logeuse, fatiguée de sa mine lugubre, s'arrangea pour lui trouver un garage à louer dans les environs. Le jeune homme avait bien une voiture qu'il n'arrêtait pas de bricoler. Peut-être pouvait-il se distraire un peu avec ?

Le lendemain matin, Ove démonta entièrement sa Saab dans le garage. Il nettoya chaque pièce détachée et remonta le tout, juste pour voir s'il en était capable. Et parce qu'il n'avait rien d'autre à faire. Quand il eut fini, il revendit la Saab à un bon prix, et acheta une Saab 93 identique, d'un modèle plus récent. La première chose qu'il entreprit fut de la démonter pièce par pièce, pour voir s'il y arrivait. Il réussit.

Les jours passèrent, lents et réguliers. Et un matin, il l'aperçut. Elle avait les cheveux bruns et les yeux bleus et des chaussures rouges et une grande barrette jaune.

Ove ne verrait plus jamais la vie en noir et blanc.

13

Ove et un clown nommé Beppo

— Ove est rigolooo, glousse la petite, ravie.

— Bien sûr, murmure sa grande sœur, pas impressionnée le moins du monde.

Elle entraîne sa cadette de trois ans vers l'entrée de l'hôpital d'une démarche assurée.

Leur mère est à deux doigts d'aboyer sur Ove, mais décide qu'elle n'a pas le temps. À la place, elle tangue en direction des portes battantes, une main posée sur son énorme ventre, l'air de redouter une tentative d'évasion.

Ove la suit en traînant des pieds. Il se fiche qu'elle trouve « plus simple de payer et d'arrêter de faire des histoires », parce que, pour lui, c'est une question de principe. Et quand un gardien de parking lui colle une amende pour avoir contesté le stationnement payant devant un hôpital, Ove ne peut pas s'empêcher de le traiter de « faux policier ». C'est comme ça.

On va à l'hôpital pour mourir, voilà son avis. L'État reçoit déjà assez d'argent pendant qu'on est en vie, mais quand il exige en plus qu'on paye le parking lorsqu'on meurt, ça commence à bien faire. Voilà ce qu'Ove a expliqué à l'employé. À ce moment, le surveillant s'est mis à agiter son carnet de contraventions et Parvaneh est intervenue en proposant de payer. Comme si c'était ÇA le problème.

Les femmes ne comprennent rien aux questions de principe.

Quelques pas devant lui, la fillette de sept ans se plaint que ses vêtements empestent les gaz d'échappement. Faire le trajet toutes vitres baissées n'a pas suffi à dissiper l'odeur. L'étrangère a demandé ce qu'Ove faisait dans le garage, mais il a répondu par des bruits évoquant une baignoire qu'on déplace sur du carrelage. Bien sûr, la petite de trois ans était aussi excitée de rouler fenêtres ouvertes par des températures négatives que si elle venait de se lancer dans l'aventure de sa vie, tandis que sa grande sœur, nettement plus sceptique, avait remonté son écharpe jusqu'aux yeux. De plus, l'aînée était énervée parce qu'elle glissait sans arrêt sur les journaux qu'Ove avait dépliés sur la banquette arrière pour empêcher les deux filles de « faire des cochonneries ». Ove avait aussi protégé le siège passager, mais leur mère a enlevé le papier avant de s'asseoir. Ove avait arboré une expression contrariée, mais s'était tenu coi. À la place, il a lancé pendant tout le trajet des regards inquiets au ventre de sa voisine, comme s'il avait peur qu'elle ait une fuite et inonde le siège.

— Attendez-moi ici et soyez sages, dit-elle à ses filles quand ils entrent dans le hall.

Ils sont entourés de parois de verre et de bancs qui sentent le désinfectant. Le personnel est en blouse blanche et chaussé de sabots en plastique coloré, et des personnes âgées errent dans les couloirs en s'appuyant sur des déambulateurs vacillants. Un écriteau signale que l'ascenseur 2 du couloir A est hors service, et pric les visiteurs de la section 114 d'emprunter l'ascenseur 1 du couloir C. Un deuxième message sous le premier ajoute que l'ascenseur 1 du couloir C est défectueux et invite les visiteurs de la section 114 à se diriger vers l'ascenseur 2 du couloir A. Quelques centimètres plus bas, une troisième note explique que la section 114 est fermée ce mois-ci pour cause de rénovation. En dessous, un quatrième message annonce que Beppo, le clown de l'hôpital, rend visite aujourd'hui aux plus jeunes patients.

— Où est passé Ove ? s'étonne Parvaneh.

— Je crois qu'il est allé aux W-C, marmonne la fillette de sept ans.

— Clouun ! s'exclame joyeusement la petite de trois ans en montrant l'écriteau.

— Vous savez *combien* ils exigent pour utiliser les toilettes ici ? lance Ove dans le dos de Parvaneh.

Elle fait volte-face et le regarde avec une expression tendue.

— Ah, vous voilà ! Vous avez besoin de monnaie ?

Ove prend un air froissé.

— Pourquoi aurais-je besoin de monnaie ?

— Pour les toilettes !

— Je n'ai pas besoin d'aller aux toilettes.

— Mais vous venez de dire… commence-t-elle avant de secouer la tête. Non, rien, oubliez… Vous avez payé pour quelle durée de stationnement ? demande-t-elle à la place.

— Dix minutes.

Elle gémit.

— Mais vous vous doutez bien que ça va prendre beaucoup plus longtemps ?

— Dans ce cas j'irai remettre de l'argent pour dix minutes supplémentaires, répond Ove d'un ton parfaitement naturel

— Pourquoi vous n'avez pas payé pour vingt minutes dès le début ? demande-t-elle, mais elle regrette sa question au moment où les mots franchissent ses lèvres.

— Parce que c'est exactement ce qu'ils veulent ! Mais ils ne recevront pas une seule pièce pour une durée que nous n'allons peut-être pas rentabiliser, que ça soit bien clair !

— Ah, je n'en peux plus... soupire Parvaneh en portant la main à son front.

Elle se tourne vers ses filles.

— Vous attendez gentiment ici avec tonton Ove pendant que maman va voir comment va papa ? D'accord ?

— Oui, oui, dit l'aînée d'une voix maussade en hochant la tête.

— Viii ! pépie la cadette, enthousiasmée.

— Quoi ? s'exclame Ove.

Parvaneh se redresse.

— Comment ça : « avec tonton Ove » ? Où est-ce que vous comptez aller ?

À son grand dépit, la femme enceinte ne semble pas noter l'indignation dans sa voix.

— Vous gardez un œil sur elles, dit-elle brièvement avant de disparaître dans le couloir sans lui laisser le temps de protester.

Il regarde un moment dans la direction qu'elle a empruntée, s'attendant peut-être à ce qu'elle revienne en courant pour annoncer qu'elle plaisantait. Mais elle ne réapparaît pas. Ove se tourne vers les deux petites filles comme s'il s'apprêtait à braquer sur elles une lampe de bureau et à leur demander où elles se trouvaient « à l'heure du crime ».

— LIVRES ! crie immédiatement la petite en se précipitant vers le coin de la salle d'attente où s'amoncellent jouets, peluches musicales et livres d'images.

Ove hoche la tête pour lui-même et, ayant constaté que la petite est capable de s'occuper, concentre son attention sur la plus grande.

— Eh bien ? Et toi alors ?

— Quoi « moi alors » ? répète la fillette d'un ton revêche.

— Tu veux manger quelque chose, aller faire pipi, ou je ne sais quoi ?

La fillette le dévisage comme s'il venait de lui proposer une bière et une cigarette.

— J'ai presque HUIT ANS ! Je peux aller aux toilettes TOUTE SEULE !

Ove hausse brusquement les épaules en écartant les mains.

— Bien sûr, bien sûr. Veuillez me pardonner d'avoir osé demander.

— Peuh, fait la fillette avec dédain.

— Tu promis ! claironne la petite en revenant entamer une ronde autour des jambes d'Ove.

Celui-ci considère, sceptique, la petite catastrophe naturelle à la grammaire approximative. Elle lève la tête et lui adresse un grand sourire.

— Lis ! l'exhorte-t-elle d'un air enjoué.

Elle lui tend un livre en s'étirant tellement qu'elle en perd presque l'équilibre.

Ove observe l'album avec la même méfiance que si celui-ci venait de lui envoyer un mail en se présentant comme un prince nigérian avec une « *very lucrative business offer* » à lui proposer, à la condition qu'Ove lui envoie vite son numéro de compte en banque pour « régler une bricole ».

— Lis ! répète la petite en grimpant sur un banc.

Ove s'assied à contrecœur à un bon mètre d'elle. La petite pousse un soupir impatient, disparaît un instant et ressurgit sous le bras d'Ove, en appuyant les mains sur son genou et le nez sur les illustrations colorées.

— « Il était une fois un petit train », commence Ove avec autant d'enthousiasme que s'il lisait une déclaration d'impôts.

Puis il tourne la page. La petite écarte la main d'Ove et retourne au début du livre. Sa grande sœur secoue la tête avec lassitude.

— Il faut raconter aussi ce qui se passe sur l'image. Et faire les voix, explique-t-elle.

Ove la regarde fixement.

— De quelles foutues… ?

Il s'éclaircit la gorge.

— Quelles voix ? reprend-il.

— Les voix comme dans les histoires, explique l'aînée.

— Tu promis, dit la petite avec constance.

— Je n'ai rien promis du tout, proteste Ove.

— Si, insiste la petite.

— Je ne fais pas les fou… Je ne fais pas les voix ! dit Ove.

— Tu ne lis pas très bien les histoires, observe la fillette.

— Peut-être que tu n'écoutes pas correctement ! objecte Ove.

— Et peut-être que tu ne sais pas RACONTER ! le rembarre-t-elle.

Ove regarde le livre d'un air dubitatif.

— Qu'est-ce que c'est que ces bêtises, d'abord ? Un train qui parle ? Il n'y a rien avec des voitures ?

— Ils ont peut-être des histoires avec des vieux bonshommes têtus, dit l'aînée à mi-voix.

— Je ne suis pas un vieux bonhomme têtu, dit-il d'un ton rageur.

— Cloun ! jubile la petite.

— Et je ne suis pas un CLOWN non plus ! rugit immédiatement Ove.

L'aînée lève les yeux au ciel, un peu à la façon de sa mère.

— Elle ne parle pas de toi, elle parle du clown.

Ove lève la tête pour s'apercevoir qu'un homme déguisé en clown est apparu dans l'embrasure de la porte. Le nouveau venu arbore un grand sourire ridicule.

— CLOUUUN, hurle la petite en sautant du banc d'une façon qui achève de convaincre Ove qu'elle a absorbé des substances illicites.

Il a déjà entendu parler de personnes à qui on a diagnostiqué un trouble du comportement et qui se goinfrent d'amphétamines prescrites par le médecin.

— Eh bien, en voilà une charmante petite demoiselle ! Elle veut voir un tour de magie, peut-être ? s'exclame le clown d'un ton enjôleur en s'avançant avec l'élégance d'un élan ivre, chaussé de souliers rouges d'une taille démesurée que, selon l'opinion d'Ove, seul un imbécile choisirait de porter plutôt que de chercher un travail.

Le clown se tourne vers Ove, la mine réjouie.

— Est-ce que le monsieur aurait une pièce de cinq couronnes, par hasard ?

— Non, le monsieur n'a pas de pièce de cinq couronnes par hasard, répond Ove.

Le clown affiche un air étonné. Cette expression n'est pas du tout seyante chez un clown.

— Mais... enfin... c'est un tour de magie. Vous avez bien une pièce de monnaie sur vous ? murmure le clown d'une voix normale qui ne va pas du tout avec le personnage et révèle que derrière l'idiot de clown se cache un idiot d'environ vingt-cinq ans tout à fait normal.

Ove lui lance un regard qui ferait presque reculer le clown.

— Mais... allez, je suis le clown de l'hôpital. C'est pour amuser les enfants. Je vous la rendrai.

— Donne-lui une pièce à la fin, ordonne l'aînée.

— CLOUUUN ! réclame la cadette.

Ove regarde la petite, puis fronce le nez.

— D'accord, marmonne-t-il en prenant une pièce dans son porte-monnaie. Mais vous me la rendez. Et vite. J'en ai besoin pour payer le parking.

Le clown hoche la tête avec enthousiasme et s'empare de la pièce.

Quand Parvaneh revient dans la salle d'attente dix minutes plus tard, elle s'immobilise sur le seuil, étonnée, et inspecte la pièce du regard.

— Vous cherchez vos filles ? demande une infirmière d'un ton cassant.

— Oui ? répond Parvaneh, confuse.

— Là, fait l'infirmière d'un ton quelque peu désapprobateur en désignant un banc de l'autre côté des portes en verre, face au parking.

Ove y est assis, bras croisés, et arbore une expression furieuse. D'un côté, la fillette de sept ans regarde le ciel avec un air d'ennui profond, et de l'autre, la petite de trois ans se réjouit autant que si on lui avait annoncé qu'elle aurait de la glace au petit déjeuner pendant un mois. Le trio est encadré par deux spécimens particulièrement imposants d'agents de sécurité au visage fermé.

— Ce sont vos filles ? demande l'un d'eux.

Il a la mine de quelqu'un qui a été privé de glace.

— Oui, elles ont fait quelque chose ? s'enquiert Parvaneh d'un ton inquiet.

— Non, ELLES n'ont rien fait, répond l'autre vigile avec un regard accusateur à Ove.

— Moi non plus, marmonne ce dernier d'un ton acerbe.

— Ove a tapé le cloun ! pépie la petite, enchantée.

— Cafteuse, fait Ove.

Parvaneh le dévisage, bouche bée, muette de surprise.

— Il n'était pas très bon magicien, de toute façon, soupire la fillette. On peut rentrer à la maison, maintenant ? demande-t-elle en se levant.

Parvaneh regarde tour à tour son aînée, la petite, Ove et les deux gardes.

— Pourquoi... attendez un peu... de qui... quel clown ?

— Le cloun Beppo, l'informe la petite avec un hochement de tête entendu.

— Eh bien, il voulait faire un tour de magie, commence la fillette.

— Quelle magie de merde ! commente Ove.

— En fait, il voulait faire disparaître la pièce de cinq couronnes d'Ove, poursuit l'aînée.

— Il a essayé de me refiler une *autre* pièce de cinq couronnes ! rétorque Ove avec un regard offensé vers les gardes qui l'entourent.

— Ove a TAPÉ le cloun, maman, dit la petite avec un sourire aussi radieux que si c'était le plus beau jour de sa vie.

Parvaneh regarde longuement Ove, la petite, son aînée et les deux agents de sécurité.

Nous venons voir mon mari. Il a eu un accident. Les filles vont aller lui dire bonjour, explique-t-elle aux gardes.

— Papa tombé ! clame la petite.

— Allez-y, dit l'un des vigiles en hochant la tête.

— Mais lui, il reste là, ajoute l'autre garde en indiquant Ove.

— Tapé ? Vous y allez fort. Je l'ai juste poussé un peu, marmonne Ove. Maudits faux policiers, ajoute-t-il ensuite pour la forme.

— Il n'était vraiment pas bon magicien, lui dit l'aînée d'un ton acéré en se dirigeant vers la chambre de son père.

Une heure plus tard, le petit groupe est de nouveau rassemblé devant le garage d'Ove. Le maladroit a un bras et une jambe dans le plâtre, et doit rester encore quelques jours à l'hôpital, explique Parvaneh. À ces mots, Ove se mord les lèvres pour ne pas répliquer que le maladroit en question n'est qu'un idiot d'empoté. Mais il lui semble que Parvaneh pense la même chose. La Saab empeste toujours les gaz d'échappement quand Ove retire les feuilles de papier journal.

— S'il vous plaît, Ove, vous ne voulez vraiment pas que je paie la contravention ? dit Parvaneh.

— C'est votre voiture, peut-être ? grogne Ove.

— Non.

— Alors, vous voyez bien, répond-il.

— C'est tout de même un peu ma faute, avance-t-elle, avec égard.

— Ce n'est pas vous qui distribuez des contraventions, c'est la maudite commune. Donc, c'est la faute de cette satanée municipalité, dit Ove en claquant la portière. Et celle de ces faux policiers à l'hôpital, ajoute-t-il, encore furieux qu'ils l'aient obligé à rester sur le banc jusqu'au retour de Parvaneh.

À croire qu'il était trop dangereux pour attendre avec les autres visiteurs !

Parvaneh le scrute un moment dans un silence pensif. Son aînée, impatiente, traverse déjà le parking en direction des maisons. La petite adresse à Ove un sourire béat.

— T'es rigolo ! déclare-t-elle.

Ove la regarde et met les mains dans ses poches.

— Ah oui. Je vois. Je suis sûr qu'on va faire quelque chose de toi.

La petite hoche la tête, enjouée. Parvaneh observe son voisin, puis le tuyau en plastique sur le sol du garage. Elle tourne des yeux un peu inquiets vers Ove.

— J'aurais besoin d'aide pour enlever l'échelle, commence-t-elle, songeuse.

Ove gratte distraitement le bitume du bout du pied.

— Et nous avons aussi un radiateur qui ne fonctionne pas, ajoute-t-elle, l'air de rien. Ça serait vraiment gentil si vous pouviez y jeter un coup d'œil. Patrick ne sait pas entretenir les radiateurs, dit-elle en prenant sa fille par la main.

Ove hoche lentement la tête.

— Non, vraiment ? Incroyable !

Parvaneh acquiesce. Son visage s'éclaire soudain d'un sourire satisfait.

— Et vous ne pouvez pas laisser les filles mourir de froid cette nuit, n'est-ce pas, Ove ? C'est bien assez qu'elles vous aient vu casser la figure à un clown, non ?

Ove lui lance un regard renfrogné. Il réfléchit en silence, comme s'il était en pleines négociations, et constate à contrecœur que non, il ne peut pas laisser les petites geler juste parce que leur empoté de père n'est pas fichu d'ouvrir une fenêtre sans tomber d'une échelle. Il ne doute pas un instant qu'il ne finira pas d'entendre les remontrances de sa femme s'il la rejoint au ciel après avoir tué des enfants.

Il accroche le tuyau en plastique au mur, verrouille la Saab avec la clé et secoue trois fois la poignée du garage. Puis il va chercher ses outils dans la remise.

Il aura tout le temps de se suicider demain.

14

La vie selon Ove lorsqu'il vit une femme dans un train

Elle avait des chaussures rouges, une grande barrette jaune et, au corsage, une broche en or chatoyant avec impudeur sous les rayons du soleil qui filtraient par la fenêtre du train. Il était six heures et demie. Ove venait de finir sa nuit de travail et s'apprêtait à prendre un autre train pour rentrer chez lui, quand il l'aperçut sur le quai, avec sa masse de cheveux bruns et ses yeux bleus et son rire bouillonnant. Il remonta dans la voiture. Il ne savait pas ce qui lui prenait. Il n'avait jamais été très spontané, et ne s'était jamais intéressé aux femmes non plus. Mais à l'instant où il l'avait vue, quelque chose avait dû dérailler, conclut-il par la suite.

Il convainquit un mécanicien de lui prêter un pantalon et une chemise de rechange pour ne pas avoir l'air d'un agent de maintenance, et il alla s'asseoir à côté de Sonja. Ce fut la meilleure décision qu'il prit de toute sa vie.

Il ne savait pas comment l'aborder, mais n'eut pas à s'inquiéter longtemps. À peine s'était-il assis qu'elle se tourna vers lui et avec un sourire chaleureux le salua, ce à quoi il put répondre un simple « Bonjour » sans paraître bizarre. Quand elle s'aperçut qu'il regardait la pile de livres sur ses genoux, elle les tint bien en vue, enthousiasmée, pour qu'il puisse lire les titres. Ove ne comprit que la moitié des mots.

— Vous aimez lire ? lui demanda-t-elle, exaltée.

Ove secoua la tête, incertain, mais elle ne sembla pas découragée.

— Moi, j'adore !

Elle entreprit de lui détailler le contenu de ses livres, et Ove se rendit compte qu'il voulait passer le reste de sa vie à l'écouter décrire ce qu'elle aimait.

Il n'avait jamais rien entendu d'aussi fantastique que sa voix. Elle parlait comme si elle allait glousser à tout moment. Son rire pétillait comme des bulles de champagne. Il ne savait pas quoi dire pour ne pas sembler trop ignorant, mais ce problème se révéla bien moins important qu'il ne l'aurait cru. Elle aimait parler, et Ove aimait se taire. Il supposa par la suite que c'était la raison pour laquelle les gens les décrivaient comme complémentaires.

Plusieurs années plus tard, elle lui révéla qu'elle l'avait trouvé exagérément étrange quand il s'était assis à côté d'elle dans le train. Bourru et brut dans toute sa splendeur. Mais il avait des épaules larges et des bras musculeux qui tendaient sa chemise. Et un regard doux. Il l'écoutait quand elle parlait, et elle aimait le faire sourire. De plus, le trajet quotidien de l'école était si monotone que toute forme de compagnie était une agréable distraction.

Elle suivait une formation d'enseignante. Elle prenait chaque jour un train, puis un second après quelques dizaines de kilomètres, et ensuite un bus. Cela faisait en tout une heure et demie dans la mau-

vaise direction pour Ove. Ce n'est que quand ils lon-
gèrent le quai côte à côte jusqu'à son arrêt de bus
qu'elle lui demanda ce qu'il faisait là. Quand Ove se
rendit compte qu'il n'était qu'à une quinzaine de kilomètres de la garnison où il aurait été engagé sans son
problème cardiaque, les mots jaillirent malgré lui de
sa bouche.

— Je fais mon service militaire là-bas, dit-il avec
un geste vague.

Elle hocha la tête d'un air réjoui.

— Nous nous verrons peut-être au retour, dans ce
cas. Je rentre chez moi vers cinq heures !

Ove ne sut que répondre. Il savait naturellement
qu'on ne quittait pas la garnison à cinq heures, mais
elle semblait l'ignorer. Il se contenta de hausser les
épaules, et elle monta dans le bus qui s'éloigna.

La situation d'Ove était sans conteste inconfortable
de bien des façons, mais que pouvait-il y changer ?
Tournant les talons, il trouva un panneau indiquant la
direction du centre de la petite ville universitaire où il
avait atterri, à plus de deux heures de chez lui, et se
mit en route. Quarante-cinq minutes plus tard, il
trouva le seul tailleur de la ville, à qui il demanda d'un
air assuré combien de temps durerait le repassage d'un
pantalon et une chemise. « Dix minutes, si vous attendez sur place », lui répondit-on.

— Dans ce cas, je reviendrai vers quatre heures, dit
Ove avant de ressortir.

Il retourna à pied jusqu'à la gare et s'étendit sur
un banc dans le hall pour dormir. À trois heures et
quart, il reprit le chemin de la boutique du tailleur, qui
repassa la chemise et le pantalon tandis qu'Ove attendait en caleçon dans le cabinet de toilettes du personnel. Il retourna ensuite attendre Sonja à la gare et

l'accompagna pendant le trajet d'une heure et demie jusqu'à la station près de chez elle. Puis il reprit le train dans l'autre direction pour rentrer chez lui, à une bonne demi-heure de là. Il l'attendit le lendemain et le surlendemain. Le jour suivant, le guichetier à la gare signifia à Ove qu'il ne pouvait pas dormir là comme un vagabond. Ove comprenait, mais il expliqua qu'il s'agissait d'une femme. Le guichetier hocha la tête et l'autorisa ensuite à se reposer dans la consigne à bagages. Même les guichetiers peuvent tomber amoureux.

Ove procéda de même chaque jour pendant trois mois, jusqu'à ce que, fatiguée qu'il ne l'ait jamais invitée à dîner, elle prît l'initiative.

— Je t'attendrai ici demain soir à huit heures. Je veux que tu mettes un veston et que tu m'emmènes au restaurant, annonça-t-elle, péremptoire, en descendant du train un vendredi soir.

Et Ove obéit.

Personne n'avait jamais demandé à Ove comment il vivait avant leur rencontre. Mais si on lui avait posé la question, il aurait répondu qu'il ne vivait pas.

Le samedi soir, il enfila le vieux veston brun de son père qui le serrait un peu aux épaules. Puis il se prépara deux saucisses et sept pommes de terre dans la kitchenette de sa petite chambre, et fit le tour de la maison pour resserrer quelques vis à la demande de sa logeuse.

— Tu as un rendez-vous ? s'écria cette dernière quand il descendit l'escalier.

C'était la première fois qu'elle le voyait en veston. Il acquiesça, l'air maussade.

— Oui, souffla-t-il d'une façon qui ne permettait pas de déterminer si c'était vraiment un mot ou un soupir.

La vieille dame approuva de la tête en réprimant un petit sourire.

— Ça doit être quelqu'un de drôlement spécial pour que tu t'habilles aussi bien, commenta-t-elle.

Ove inspira de nouveau et hocha brièvement la tête. Quand il atteignit la porte, la logeuse cria soudain avec enthousiasme depuis la cuisine :

— Les fleurs, Ove !

Ove passa la tête par l'ouverture et la regarda sans comprendre.

— Elle aime sûrement les fleurs, expliqua-t-elle d'un ton pressant.

Ove s'éclaircit la gorge et ferma la porte d'entrée.

Il attendit un quart d'heure à la gare dans son veston brun trop étroit et ses chaussures cirées. Les gens qui arrivaient en retard ne lui inspiraient que méfiance, à l'instar de son père qui marmonnait toujours : « Si on ne peut pas compter sur les gens pour une question de temps, on ne peut pas compter sur eux non plus pour les choses plus sérieuses », quand ses collègues arrivaient sans hâte trois ou quatre minutes en retard après avoir pointé, comme si cela n'avait aucune importance. À croire que le travail allait les attendre tous les matins.

Ove passa chacune des quinze minutes d'attente dans un état de légère irritation. Puis son irritation se mua en inquiétude, et il finit par se convaincre que Sonja s'était moquée de lui. Il ne s'était jamais senti aussi bête de toute sa vie. Elle n'avait naturellement aucune intention de dîner avec lui. Que s'était-il imaginé ? Cette prise de conscience fut suivie d'un sentiment de honte qui le submergea avec la brutalité d'une coulée de lave. Il fut saisi de l'envie de jeter le bouquet dans la poubelle la plus proche et de tourner les talons.

Après coup, il ne put s'expliquer pourquoi il était resté. Peut être parce qu'un rendez-vous était un rendez-vous. Ou peut-être pour une autre raison, un peu plus difficile à définir.

Bien sûr, il ne le savait pas encore, mais il allait passer tant de quarts d'heure de sa vie à l'attendre que son père n'en aurait pas cru ses yeux. Quand elle apparut enfin, dans une longue jupe à fleurs et un cardigan si rouge qu'Ove se balança d'un pied sur l'autre, il décida de passer l'éponge sur son manque de ponctualité.

La fleuriste lui avait demandé ce qu'il « désirait ». Ove avait rétorqué que c'était une drôle de question. C'était elle qui vendait des plantes et lui qui était entré dans la boutique pour en acheter, pas l'inverse. La commerçante l'avait fixé d'un air confus, mais avait ensuite demandé si la destinataire des fleurs avait une couleur préférée. « Rose », avait répondu Ove avec assurance. Même s'il n'en savait rien.

Et maintenant, devant la gare, vêtue d'un gilet rouge qui faisait pâlir les couleurs alentour, elle pressait le bouquet contre sa poitrine, radieuse.

— Elles sont magnifiques, dit-elle avec ce sourire franc qui lui faisait remuer le gravier du bout du pied, les yeux baissés.

Ove eut du mal à choisir où dîner. Il n'avait jamais compris l'intérêt d'aller dépenser une fortune au restaurant quand on pouvait manger chez soi. Il ne connaissait pas grand-chose aux tables bien mises et à la cuisine extravagante, et il était parfaitement

conscient de ses piètres talents en matière de conversation. Au moins, il avait eu la présence d'esprit de
manger avant de venir. Il serait ainsi certain d'avoir
assez d'argent pour la laisser commander ce qu'elle
voulait. Lui-même se contenterait du plat le moins
cher de la carte. Et si elle lui posait une question, il
pourrait répondre sans avoir la bouche pleine. C'était
un bon plan.

Quand elle commanda, le serveur afficha un sourire
obséquieux. Ove savait parfaitement ce que le garçon
et les clients du restaurant s'étaient dit en les voyant
entrer. Elle était trop bien pour lui, voilà ce qu'ils pensaient. Ove se sentit très bête. Surtout parce qu'il partageait entièrement leur avis.

Elle parla avec ferveur de ses études, des livres
qu'elle avait lus, des films qu'elle avait vus. Quand
elle regardait Ove, il avait pour la première fois le sentiment d'être le seul homme sur terre. Et Ove n'était
pas assez malhonnête pour ignorer sciemment le sens
du mot juste. Il ne pouvait pas lui mentir plus longtemps. Il rassembla son courage, s'éclaircit la voix et,
sans détour, il lui raconta toute la vérité. Il ne faisait
pas son service militaire, il n'était en réalité qu'un
simple agent de maintenance avec un problème cardiaque, qui avait menti pour l'unique raison qu'il
aimait terriblement l'accompagner pendant ses trajets
en train. Il supposa que ce rendez-vous serait le dernier, et déclara qu'un imposteur n'était pas digne de
partager un dîner avec elle. Son monologue achevé, il
posa sa serviette sur la table et sortit son porte-
monnaie.

— Désolé, murmura-t-il, honteux, en donnant des
petits coups de pied contre sa chaise, avant d'ajouter
d'une voix presque inaudible : Je voulais seulement

savoir quel effet ça faisait d'être celui que tu regardes dans les yeux.

Quand il se leva, elle posa la main sur la sienne.

— C'est la première fois que je t'entends prononcer autant de mots à la suite, dit-elle avec un sourire.

Il murmura que c'était peut-être le cas, mais que ça ne changeait rien à l'affaire. Il était tout de même un menteur. Néanmoins, quand elle lui demanda de s'asseoir, il se laissa retomber sur sa chaise pour lui plaire. Elle ne se fâcha pas, contrairement à ses attentes. Elle se mit à rire. Finalement, elle lui dit qu'elle avait vite deviné qu'il ne faisait pas son service militaire, étant donné qu'il ne portait jamais d'uniforme.

— En plus, tout le monde sait que les recrues ne peuvent pas rentrer chez elles à cinq heures de l'après-midi.

Ove n'avait pas exactement la subtilité d'un espion russe, ajouta-t-elle. Mais elle s'était dit qu'il avait ses raisons. Et elle aimait sa façon de l'écouter. Elle aimait le faire rire. Tout cela, dit-elle, lui avait amplement suffi.

Elle lui demanda alors ce qu'il voulait vraiment faire dans la vie, s'il avait un rêve. Il répondit sans réfléchir qu'il voulait construire des maisons. Les dessiner, calculer la meilleure façon de les faire tenir debout. Elle ne rit pas, comme il le craignait. Elle se mit en colère.

— Mais pourquoi tu ne le FAIS pas ?

Bien sûr, Ove n'avait pas de réponse valable à cette question.

Le lundi suivant, elle arriva chez lui avec une brochure sur un cours par correspondance qui préparait à l'examen d'ingénieur. La vieille logeuse d'Ove fut aux anges en voyant la belle jeune femme qui monta l'escalier d'une démarche assurée. Elle tapota Ove dans le dos et souffla que, sans le moindre doute, le bouquet de fleurs avait été un bon investissement. Ove tendait à lui donner raison.

Quand il entra dans sa chambre, Sonja était assise sur son lit. Il resta dans l'encadrement de la porte, les mains dans les poches, l'air bourru. Elle le regarda et se mit à rire.

— Nous sommes ensemble maintenant ? demanda-t-elle.

— Oui, oui, on peut tout à fait le dire, répondit-il.

Ce fut aussi simple que ça.

Elle lui tendit la brochure. La formation durait deux ans, mais il s'avéra que les nombreuses heures qu'Ove avait passées sur le chantier n'avaient pas été le temps perdu qu'il croyait. Il n'était pas très doué pour les études, mais il comprenait les chiffres et les maisons. Cela suffisait largement. Il passa un examen après six mois de formation. Puis un autre. Et un troisième. Ensuite, il obtint un poste dans un cabinet d'urbanisme où il resta plus d'un tiers de siècle. Il travailla dur, ne tomba jamais malade, remboursa ses mensualités, paya ses impôts, fit ce qu'il avait à faire. Il acheta une petite maison à un étage dans un lotissement récent en lisière de forêt. Elle voulait se marier, alors Ove lui demanda sa main. Elle voulait des enfants, et cela se ferait aussi, pensait Ove. Et les enfants devaient grandir dans des lotissements, parmi d'autres enfants, ils l'avaient bien compris.

À peine quarante ans plus tard, le pavillon n'était plus entouré d'arbres, mais seulement d'autres maisons. Et un jour, allongée sur un lit d'hôpital en lui tenant la main, elle lui dit de ne pas s'inquiéter. Que tout irait bien. Facile à dire pour elle, pensa Ove, le cœur battant de rage et de chagrin. Mais elle chuchota simplement : « Tout ira bien, mon cher Ove » en appuyant la tête contre son bras. Elle recroquevilla lentement l'index dans sa main. Puis elle ferma les yeux et s'éteignit.

Ove resta de nombreuses heures à son chevet en tenant sa main, jusqu'à ce que le personnel de l'hôpital lui explique, avec une voix compatissante et des gestes prudents, qu'ils devaient emporter sa dépouille. Alors, Ove se leva, hocha la tête pour s'encourager, et se rendit aux services funéraires pour s'occuper des papiers. On l'enterra le dimanche. Le lundi, il alla travailler.

Si quelqu'un lui avait posé la question, il aurait répondu qu'il ne vivait pas avant elle. Et après non plus.

15

Ove et un train en retard

L'homme rondelet de l'autre côté de la vitre en Plexiglas a les cheveux plaqués en arrière et les bras couverts de tatouages. Ça ne lui suffisait donc pas d'être coiffé comme s'il avait survécu à une attaque de margarine, il fallait en plus qu'il se peinturlure le corps, pense Ove. En plus, ce n'est même pas un dessin, juste un fouillis de petits motifs. Comment un adulte peut-il décider de s'afficher avec la peau couverte de ce qui ressemble à une doublure de veston ?

— Votre machine ne fonctionne pas, annonce Ove.

— Pas ? dit l'homme derrière la vitre.

— Comment ça, « pas » ?

— Oui… elle ne fonctionne… « pas » ?

— C'est ce que je viens de vous dire !

L'employé hésite.

— Il y a peut-être un problème avec votre carte bancaire ? De la saleté sur la bande magnétique ? avance-t-il.

Ove le dévisage, aussi indigné que s'il venait de suggérer qu'Ove a des problèmes d'érection. L'homme derrière la vitre se tait.

— Il n'y a pas de saleté sur ma bande magnétique, que ça soit bien clair, répond Ove en pointant l'index sur lui.

Le rondouillard opine du bonnet, mais se ravise immédiatement et fait des signes de dénégation. Il explique ensuite à Ove que la machine « fonctionnait pourtant très bien jusqu'à maintenant ». Ove déclare l'argument irrecevable puisque de toute évidence elle est en panne à présent. L'employé demande si Ove a de la monnaie. Ove lui répond de se mêler de ses oignons. Un silence légèrement tendu s'installe.

Finalement, le guichetier demande à « jeter un coup d'œil à la carte ». Ove l'observe comme s'il venait de le croiser dans une ruelle sombre et que l'homme lui demandait de « jeter un coup d'œil » à sa montre.

— Pas d'entourloupe, l'avertit Ove en glissant sa carte par la trappe après quelques hésitations.

Le rondouillard saisit la carte et, sans la moindre gêne, la frotte sur son pantalon. Il croit peut-être qu'Ove n'a jamais lu d'avertissements dans les journaux contre la duplication des cartes bancaires ? Est-ce qu'il le prend pour un idiot ?

— Qu'est-ce que vous fichez !? crie Ove en tambourinant sur la vitre de la paume.

L'employé pousse la carte par l'ouverture.

— Essayez maintenant.

L'expression d'Ove dit clairement que son interlocuteur devrait arrêter de lui faire perdre son temps. Si la carte ne fonctionnait pas trente secondes plus tôt, elle ne va certainement pas fonctionner maintenant, bon sang ! N'importe qui peut comprendre ça. Ove en informe le guichetier.

— S'il vous plaît ? insiste l'homme.

Ove soupire ostensiblement. Il insère la carte dans le lecteur sans détacher son regard de la vitre. La carte est validée.

— Vous voyez ! dit l'employé avec un sourire goguenard.

Ove fourre sa carte dans son porte-monnaie avec un regard furibond à la traîtresse.

— Passez une bonne journée ! lance joyeusement l'homme dans son dos.

— Ça reste à voir, grommelle Ove.

Ces vingt dernières années, les gens avaient passé leur temps à répéter à Ove qu'il devrait prendre une carte de crédit. Pourtant, l'argent liquide lui suffisait amplement, de même qu'il avait suffi à l'humanité tout entière pendant des millénaires. De plus, Ove ne fait pas confiance aux banques et à leurs systèmes électroniques.

Sa femme avait tout de même insisté pour prendre une de ces cartes, alors qu'Ove l'exhortait à abandonner l'idée. Après sa mort, la banque en envoya une nouvelle donnant accès à son compte, au nom d'Ove. À présent, après six mois d'achats de fleurs pour la tombe, le compte ne contient plus que cent trente-six couronnes et cinquante-quatre öre. Ove sait parfaitement que l'argent va simplement disparaître dans la poche d'un quelconque directeur de banque s'il meurt sans avoir tout écoulé.

Mais maintenant qu'Ove *veut* utiliser cette maudite carte en plastique, elle ne fonctionne pas, naturellement. Ou bien elle entraîne tout un tas de frais supplémentaires dans les magasins. Preuve qu'Ove avait raison depuis le début, ce qu'il a bien l'intention de raconter à sa femme quand il la verra. Elle peut y compter.

Parce que, maintenant, ça suffit vraiment. Cette fois, il va mourir.

Il est sorti de chez lui ce matin avant même que les premiers rayons du soleil ne commencent à se montrer, sans même parler de ses voisins. Ayant scrupuleusement étudié les horaires de train dans le couloir, il a éteint les lampes, fermé les radiateurs, verrouillé sa porte après avoir posé l'enveloppe avec toutes les instructions sur le paillasson de l'entrée. Il présumait que quelqu'un la trouverait quand on viendrait s'occuper de la maison.

Il a déblayé la neige devant chez lui, puis rangé la pelle dans la remise, dont il a verrouillé la porte. S'il avait été un peu plus attentif, Ove aurait peut-être remarqué le gros trou en forme de chat dans la grande congère juste à côté. Mais il avait des choses importantes à faire, et ne s'est aperçu de rien.

Aguerri bien malgré lui par l'expérience, il n'a pas pris la Saab, mais est allé à pied jusqu'à la gare. Cette fois, ni l'étrangère enceinte, ni la bécasse blonde, ni la femme de Rune, ni une corde de qualité douteuse ne pourraient gâcher sa matinée. Il avait purgé les radiateurs des personnes en question, prêté ses affaires, fait le taxi jusqu'à l'hôpital. Mais maintenant, ça commençait vraiment à bien faire. Aujourd'hui, Ove allait enfin partir.

Il a vérifié à nouveau les horaires des trains. Il a horreur d'être en retard. Cela bouscule tout son emploi du temps. Sa femme était incapable de suivre un programme. Elles sont toutes pareilles. Respecter un planning est au-dessus de leurs possibilités, même en se le collant sur le front. Quand il doit prendre la voiture, il trace un schéma et un emploi du temps, décide où faire le plein et quand s'arrêter pour boire un café, afin d'optimiser le déroulement du voyage. Il étudie les cartes, calcule combien de temps durera chaque étape, comment éviter les embouteillages aux heures de pointe et quels raccourcis emprunter dont les utilisateurs de GPS n'ont aucune idée. Ove a toujours une stratégie de conduite claire. Sa femme, elle, se mettait sans cesse en tête des bêtises comme « improviser » et « rouler tranquillement ». Comme si un adulte peut accomplir quoi que ce soit dans la vie avec cette attitude ! Et elle se rappelait, à chaque fois au dernier moment, qu'elle devait passer un coup de téléphone ou signalait qu'elle avait oublié une écharpe. Ou bien elle ne savait pas quel manteau choisir au moment de partir. Ça ou quelque chose de ce genre. Ensuite, elle oubliait systématiquement la Thermos de café dans la cuisine, alors que c'était la *seule* chose vraiment importante. Quatre manteaux dans les maudites valises mais pas de café. Ils ne pouvaient tout de même pas s'arrêter toutes les heures à une station-service pour boire le jus de chaussette au goût de brûlé qu'ils servent sur place en prenant encore plus de retard. Quand Ove se fâchait, elle demandait sans cesse à quoi toute cette planification pouvait bien servir puisqu'ils voyageaient en voiture. « Nous ne sommes pas pressés », disait-elle. Comme si c'était ça le problème.

Debout sur le quai de la gare, il enfonce les mains dans ses poches. Il ne porte pas son veston. Il est sûr qu'elle lui hurlerait dessus s'il arrivait dans des vêtements tachés qui empestent les gaz d'échappement. Elle n'aime pas tellement la chemise et le chandail qu'il a passés aujourd'hui, mais au moins ils sont propres. La température atteint presque moins quinze degrés. Ove, qui n'a toujours pas remplacé son manteau bleu d'automne par son manteau bleu d'hiver, est transi. Il doit s'avouer qu'il est très distrait ces derniers temps. Il n'a pas vraiment réfléchi aux vêtements qu'il devrait porter pour monter au ciel. Il s'est simplement dit dès le début que là-haut, tout le monde est bien habillé et a l'air un peu étrange. Mais maintenant qu'il y pense, les gens doivent plutôt porter un genre d'uniforme, pour éviter les confusions. Il y a sans doute différentes sortes de défunts. Des étrangers et tout ce qu'on veut, accoutrés plus bizarrement les uns que les autres. On peut sûrement se débrouiller sur place. L'endroit a probablement un genre de vestiaire.

Le quai est presque désert. De l'autre côté de la voie attendent quelques adolescents aux cheveux longs et à l'air endormi, avec des sacs à dos beaucoup trop grands qui, de l'avis d'Ove, sont sûrement remplis de drogue. À quelques pas, un homme d'une quarantaine d'années, en costume gris et pardessus noir, lit le journal. Un peu plus loin, quelques femmes dans leurs plus belles années, aux cheveux méchés, portant au revers des badges de l'assemblée régionale, bavardent en enchaînant les cigarettes au menthol extra-longues.

Du côté d'Ove, le quai est vide à l'exception de trois gigantesques employés communaux d'environ trente-cinq ans, en pantalons de travail et casques de chantier, qui forment un cercle autour d'un trou au sol. Ils ont négligemment entouré le périmètre de bande signalétique orange. Un des employés tient un gobelet de café du 7-Eleven, le deuxième mange une banane, le troisième essaye de pianoter sur son téléphone portable sans enlever ses gants, ce qui n'est pas chose aisée. Le trou reste tel qu'il est. Pas étonnant que le monde sombre dans une crise financière quand les gens passent leurs journées à contempler un trou dans le sol en mangeant des bananes, se dit Ove.

Il regarde sa montre. Plus qu'une minute. Il s'avance tout au bord du quai. Prend appui de la pointe des pieds. Il fera tout au plus une chute d'un mètre cinquante, peut-être un mètre soixante, estime-t-il. Qu'il soit tué par un train a quelque chose de symbolique, mais il n'est tout de même pas entièrement satisfait. L'idée que le mécanicien de la locomotive doive assister à la scène ne lui plaît pas. Alors, il a décidé de sauter quand le train est tout proche, pour percuter le flanc du premier wagon et tomber sur les rails, plutôt que de s'élancer devant le pare-brise à l'avant de la rame. Il regarde du côté par où doit arriver le train et commence à compter lentement dans sa tête. L'important, c'est le timing. Le soleil qui se lève lui darde ses rayons dans les yeux avec l'obstination d'un enfant qui a déniché une lampe de poche.

C'est à cet instant qu'il entend le premier cri.

Ove redresse la tête juste à temps pour voir l'homme en costume et pardessus noir vaciller d'avant en arrière avec l'allure d'un panda qui aurait pris trop de Valium. L'homme tangue quelques secondes, puis lève des yeux vides. Son corps est pris de spasmes ininterrompus, ses bras sont secoués de convulsions. Puis, comme dans une longue série de clichés qui s'enchaînent, son journal lui glisse des mains et il s'évanouit. Il atterrit sur les rails avec le même bruit sourd qu'un sac de ciment.

Les fumeuses aux badges officiels poussent des cris de panique. Les jeunes camés regardent les rails, les mains serrées sur les sangles de leurs sacs à dos comme s'ils avaient peur de tomber. Debout au bord du quai opposé, Ove lance des regards irrités au premier groupe puis au second.

— Et merde, ce n'est pas possible à la fin, grommelle-t-il alors pour lui-même.

Il bondit sur les rails.

— DONNE MOI UN COUP DE MAIN, BON SANG ! crie-t-il au camé aux cheveux les plus longs.

L'adolescent au sac à dos s'approche lentement du rebord. Ove soulève l'homme en costume, à la manière d'une personne qui n'a jamais mis le pied dans une salle de sport, mais a passé sa vie à porter deux plots en béton sous chaque bras. Il hisse le corps avec une aisance dont seraient bien incapables les frimeurs qui roulent en Audi et portent des caleçons de sport aux couleurs fluo.

— On ne peut pas le laisser en plein sur le passage du train, voyons !

Les jeunes camés aux sacs à dos hochent la tête d'un air égaré et parviennent enfin, dans un effort collectif, à ramener l'homme en costume sur le quai. Les femmes de l'assemblée continuent à crier, pensant visiblement que c'est l'attitude la plus constructive dans une situation pareille. La poitrine de l'homme en costume se soulève lentement mais avec régularité tandis qu'on l'étend sur le dos. Resté sur les rails, Ove entend le train approcher. Ça n'est pas tout à fait la méthode qu'il avait imaginée, mais il va devoir s'en contenter.

Il recule calmement jusqu'au milieu de la voie, met les mains dans ses poches, et regarde droit dans les phares. Il entend trompeter le signal qui évoque une corne de brume. Les rails tremblent sous ses pieds, comme des taureaux bourrés de testostérone qui essaieraient de le désarçonner. Ove expire lentement.

Au milieu du fracas des secousses, des avertisseurs et des grincements affolés des freins de la locomotive, il ressent un profond soulagement.

La mort.

Enfin.

L'instant suivant semble se prolonger comme si le temps lui-même s'était arrêté et que tout arrivait au ralenti autour d'Ove. L'explosion sonore s'atténue en un murmure discret dans ses oreilles. Le train se rapproche comme s'il était tiré par deux bœufs fatigués et clignote désespérément en direction d'Ove, qui regarde droit dans la lumière. Entre deux clignotements, pendant l'instant où il n'est plus aveuglé, il croise les yeux du conducteur de la locomotive. Ce dernier ne doit pas avoir beaucoup plus de vingt ans. Ses collègues plus âgés l'appellent sans doute toujours « le môme ».

Ove fixe le visage du jeune homme. Il serre les poings dans ses poches, se maudissant pour ce qu'il s'apprête à faire. Mais il n'a pas le choix. Il y a une bonne façon de faire les choses. Et une mauvaise.

La locomotive n'est plus qu'à quinze ou vingt mètres quand Ove pousse un juron irrité. Aussi calme que s'il allait chercher un café, il fait un pas de côté et se hisse sur le quai.

Le train est à sa hauteur quand le mécanicien arrive à l'immobiliser. La terreur a vidé de son sang le visage du môme jusqu'à la dernière goutte. Il retient visiblement ses larmes. Les deux hommes se regardent par la fenêtre de la locomotive, comme s'ils avaient tous deux erré dans un désert apocalyptique en arrivant de deux directions opposées et que chacun venait de se rendre compte qu'il n'était pas la dernière

166

personne en vie au monde. L'un soulagé ; l'autre déçu.

Le jeune cheminot incline prudemment la tête. Ove lui renvoie un salut résigné.

Qu'Ove ne veuille plus vivre est une chose. Mais il n'est certainement pas du genre à détruire un homme en croisant son regard quelques secondes avant de se transformer en une bouillie sanglante sur son pare-brise. Ni son père ni Sonja ne le lui auraient pardonné.

Ça va ? appelle un des employés communaux derrière Ove.

— Vous êtes remonté au dernier moment ! crie un des deux autres casques de chantier.

Ils le fixent un peu de la même manière qu'ils fixaient le trou dans le sol, de ce regard vide qui semble être leur principal champ de compétence. Ove les observe tout aussi fixement.

— Vraiment au dernier moment, insiste le troisième homme.

Il a toujours sa banane à la main.

— Ç'aurait pu mal finir, poursuit le premier casque avec un petit sourire.

— Très mal, renchérit le deuxième.

— Vous auriez pu mourir, explicite le troisième.

— Mais vous êtes un héros ! clame le premier.

— Vous l'avez sauvé la vie ! fait le deuxième avec un hochement de tête enthousiaste.

— « Lui ». Je « lui » ai sauvé la vie, le corrige Ove, en discernant la voix de Sonja dans la sienne.

— Sans vous, il serait mort, constate le troisième en mordant sa banane d'un air insouciant.

Le train est immobile sur les rails, tous ses voyants de secours au rouge, soufflant et grinçant tel un homme ventru qui vient de foncer dans un mur. Il déverse sur le quai une foule de spécimens déroutés de ce qu'Ove suppose être des consultants en informatique et autres individus louches. Il met les mains dans ses poches.

— À l'évidence, les trains vont tous être sacrément en retard, maintenant, dit-il en observant, très contrarié, le chaos qui l'entoure.

— Oui, dit le premier casque de chantier.

— Il y a des chances, continue le deuxième.

— Très, très, très en retard, renchérit le troisième.

Ove émet un bruit évoquant un tiroir surchargé coincé dans des glissières rouillées. Il s'éloigne à grands pas sans prononcer un mot.

— Où est-ce que vous allez ? Vous êtes un héros, maintenant ! crie le premier casque.

— Oui ! approuve le deuxième.

— Un héros ! répète le troisième.

Ove ne répond pas. Il passe devant le guichetier de l'autre côté de sa vitre en Plexiglas et entame le chemin du retour dans la rue enneigée. Tout autour, la ville se réveille lentement, avec ses voitures étrangères et ses ordinateurs et ses emprunts et toutes ses cochonneries.

Et voilà une autre journée gâchée, constate-t-il amèrement.

À hauteur de la remise à vélos, il croise la Skoda blanche qui revient de la maison d'Anita et Rune au bout de la rue. Une femme arborant des lunettes et un air résolu est assise côté passager, les bras encombrés de classeurs et de papiers. L'homme en chemise blanche est au volant. Ove doit faire un bond de côté pour ne pas être renversé quand la voiture tourne au coin.

Derrière la vitre, l'homme en chemise blanche lève une cigarette allumée en direction d'Ove avec un petit sourire supérieur, comme si c'était Ove qui était en faute en se trouvant là, et qu'il faisait preuve de magnanimité en fermant les yeux.

— Idiot ! crie Ove après la Skoda, mais le conducteur n'a pas la moindre réaction.

Ove relève le numéro d'immatriculation avant que la voiture ne disparaisse au coin.

— Ce sera bientôt votre tour, vieux con, siffle une voix malveillante derrière lui.

Ove fait volte-face, le poing instinctivement levé, et se trouve nez à nez avec son propre reflet dans les lunettes de soleil de la bécasse blonde. Elle porte la serpillière dans les bras. L'animal se met à grogner.

— C'était les services sociaux, dit sa voisine avec un sourire narquois en indiquant la route d'un coup de menton.

Sur le parking, Ove voit ce frimeur d'Anders sortir l'Audi de son garage en marche arrière. Le véhicule est équipé de ces nouveaux phares à LED, remarque Ove. Pour que, même dans le noir, personne ne puisse ignorer l'approche d'une voiture conduite par un complet salaud.

— En quoi ça vous regarde ? dit Ove.

La bécasse étire les lèvres : une grimace la plus proche possible d'un sourire pour une femme qui s'est fait injecter des détritus et des substances neurotoxiques dans le visage.

— Ça me regarde parce que cette fois c'est le vieux con du bout de la rue qu'ils vont placer en maison de retraite. Et la prochaine, ce sera vous !

Elle crache sur le sol devant lui et rejoint l'Audi. Ove la suit du regard, la poitrine se soulevant lourdement sous son manteau. Quand l'Audi tourne, elle dresse le majeur à son intention derrière la vitre. Ove est submergé par l'envie de les poursuivre et de réduire en pièces le monstre de tôle allemand ; frimeur, bécasse, clébard et phares à LED compris. Mais il se sent soudain aussi essoufflé que s'il venait réellement de piquer un sprint dans la neige. Il se penche en avant, les mains sur les genoux, et remarque avec fureur qu'il pantelle. Son cœur cogne contre son sternum comme une personne piégée dans un ascenseur en panne.

Il se redresse au bout de quelques minutes. Son champ visuel est légèrement trouble du côté droit. L'Audi a disparu. Ove se détourne et marche lentement vers sa maison, une main sur la poitrine.

Devant chez lui, il s'arrête à côté de la remise. Il regarde fixement le trou en forme de chat dans la congère.

Un chat est étendu au fond.

On s'en serait douté.

16

La vie selon Ove
lorsqu'il répara un camion dans une forêt

Avant que ce jeune homme bourru et un peu maladroit, au corps musculeux et aux yeux bleus et tristes, ne s'assoie à côté d'elle dans le train, il n'y avait que trois choses que Sonja aimait inconditionnellement : les livres, son père et les chats.

Elle avait eu des prétendants, bien sûr. Grands, bruns, petits, blonds, amusants, ennuyeux, élégants, vaniteux, beaux, avides. Et ils auraient sans doute été un peu plus audacieux, n'étaient-ce les rumeurs qui circulaient dans la région à propos des fusils que le père de Sonja gardait dans la maison en bois au milieu de la forêt. Mais aucun d'eux ne l'avait observée avec l'expression du jeune homme qui était venu vers elle dans le train. Avec un regard lui disant qu'elle était la seule fille au monde.

Parfois, surtout les premières années, ses amies remirent en cause son bon sens. Sonja était très belle, ce qu'une grande partie de son entourage se faisait un devoir de lui rappeler sans répit. De plus, elle aimait rire et était toujours pleine d'optimisme, quoi que lui réserve la vie. Et Ove, quant à lui... eh bien, il était juste Ove. Ce que les amies de Sonja ne manquèrent naturellement pas de faire observer à la jeune fille. Il était déjà un vieux bonhomme têtu dès son entrée à l'école primaire. Et elle pouvait trouver tellement mieux.

Mais aux yeux de Sonja, Ove n'était pas maussade, ni gauche, ni acerbe. Pour elle, il était les fleurs roses légèrement flétries de leur premier rendez-vous. Il était le veston brun de son père, un peu trop serré sur ses larges épaules tristes. Et toutes ses convictions à propos de l'équité, de la morale et du travail consciencieux ; à propos d'un monde où un carré était un carré, un point c'est tout. Pas parce que l'on avait reçu une médaille, un diplôme ou une tape dans le dos, mais parce que les choses devaient être ainsi. On ne faisait plus des hommes comme ça, Sonja l'avait compris. Alors, elle décida de ne pas lâcher celui-ci. Il ne lui écrivait peut-être pas de poèmes, il ne lui chantait pas la sérénade, il ne revenait pas à la maison avec des cadeaux hors de prix. Mais aucun autre garçon n'avait pris le train dans une direction qui l'éloignait de chez lui plusieurs heures par jour pendant des mois, simplement parce qu'il aimait l'écouter parler.

Et quand elle attrapa l'avant-bras d'Ove, aussi épais qu'une de ses propres cuisses, et le chatouilla jusqu'à ce que le visage du garçon têtu se fende d'un sourire, comme un moule en plâtre se fend pour révéler un joyau, quelque chose chanta à l'intérieur de Sonja. Et tous ces moments n'étaient qu'à elle.

« On dit que les hommes les meilleurs sont pétris de défauts, et que le plus souvent, après avoir eu quelque faiblesse, ils n'en ont que plus de valeur », dit-elle à

Ove, le soir où il lui avoua son mensonge à propos du service militaire.

Elle ne se fâcha pas. Bien sûr, elle se fâcherait d'innombrables fois à l'avenir, mais pas à cet instant. Au cours de toutes les années qu'il passa à son côté, jamais il ne lui raconta un autre mensonge.

— C'est de qui ? demanda Ove en examinant les trois paires de couverts posés devant lui sur la table, comme si on les lui avait présentés dans un coffret en disant fort à propos : « Choisis ton arme. »

— Shakespeare, répondit Sonja.

— Et c'est bien ? demanda Ove.

— C'est fantastique, dit Sonja avec un sourire en hochant la tête.

Jamais rien lu de çui-là, marmonna Ove dans sa serviette.

— « De lui », le corrigea Sonja en posant tendrement la main sur la sienne.

Au cours des quarante ans ou presque qu'ils passèrent ensemble, Sonja fit lire l'œuvre de Shakespeare à des centaines d'élèves qui avaient des difficultés d'apprentissage. Pendant la même période, elle ne réussit pas à faire lire une seule pièce à Ove. Mais quand ils emménagèrent dans le lotissement, il passa toutes ses soirées dans la remise pendant plusieurs semaines. Quand il en ressortit, les plus belles bibliothèques qu'elle avait jamais vues trônaient dans la salle de séjour.

— Il faut bien que tu ranges tes livres quelque part, expliqua-t-il en appuyant la pointe d'un tournevis sur son pouce entaillé.

Elle se pelotonna dans ses bras et lui dit qu'elle l'aimait. Il hocha la tête.

Sonja ne demanda qu'une fois d'où venaient ses traces de brûlures sur les bras. Elle dut reconstituer les circonstances exactes dans lesquelles Ove avait perdu la maison de ses parents à partir des fragments laconiques qu'Ove lui offrit à contrecœur. Elle finit tout de même par apprendre comment il avait été blessé. Par la suite, quand on lui demandait pourquoi elle l'aimait, elle répondait que c'était parce que la plupart des hommes fuyaient face à un incendie. Les hommes du tempérament d'Ove s'y jetaient.

Ove pouvait compter sur ses doigts le nombre de fois où il rencontra le père de Sonja. Ce dernier vivait dans une forêt au nord, à quelque distance de la lisière ; on aurait pu croire qu'il avait étudié une carte des zones construites du pays et conclu qu'il ne trouverait pas d'endroit plus éloigné de ses congénères. La mère de Sonja était morte en couches et son père ne s'était jamais remarié. « J'ai d'jà une femme. C'est juste qu'elle est pas à la maison en ç'moment », répondit-il les rares fois où quelqu'un osa discuter la question en sa présence.

Sonja s'installa en ville quand elle commença à étudier les lettres classiques au lycée. Son père la regarda avec une indignation sans bornes quand elle lui suggéra de la suivre. « Qu'est-ce que tu veux qu'j'aille faire là-bas ? Rencontrer des gens ? » grogna-t-il. Il prononçait toujours le mot « gens » à la manière d'un gros mot. Sonja n'insista pas. Et en dehors des visites de sa fille le week-end, et de ses trajets mensuels en camion à l'épicerie du village le plus proche, son père n'eut plus qu'Ernest pour compagnie.

Ernest était le plus gros chat de gouttière au monde. Quand Sonja était petite, il lui semblait aussi grand qu'un poney. Il allait et venait à son gré dans la maison, mais n'y habitait pas. En réalité, personne ne savait où il vivait. Sonja l'avait baptisé Ernest d'après Ernest Hemingway. Son père ne s'était jamais intéressé aux livres, mais quand sa fille de cinq ans se mit à lire le journal quotidien, il ne fut pas assez bête pour ne pas voir qu'il devait agir. « Une p'tite fille peut pas lire des conneries pareilles, ou elle va y laisser sa cervelle », expliqua-t-il quand il l'emmena à la bibliothèque du village. La vieille bibliothécaire ne savait sans doute pas exactement ce qu'il voulait dire par là, mais la fillette était sans nul doute très douée. La bibliothécaire et le père de Sonja décidèrent donc, sans plus de cérémonie, que le trajet mensuel à l'épicerie serait dorénavant suivi d'une visite à la bibliothèque. À douze ans, Sonja avait lu au moins deux fois chacun des livres disponibles. Elle avait dévoré ses préférés, dont *Le Vieil Homme et la mer*, si souvent qu'elle en avait perdu le compte.

Et voilà comment Ernest reçut son nom. Il n'appartenait à personne. Il ne parlait pas, mais il aimait bien accompagner le père de Sonja à la pêche. L'homme appréciait ces deux traits de caractère et partageait équitablement les prises quand il rentrait.

La première fois que Sonja amena Ove dans la vieille maison en bois dans la forêt, le père de Sonja et le jeune homme, assis face à face, passèrent une heure penchés sur leurs assiettes respectives, muets comme des carpes, pendant qu'elle essayait d'initier un semblant de conversation. Aucun d'eux ne comprenait ce qu'il faisait là, si ce n'est que c'était important pour la seule femme qu'ils chérissaient. Ils avaient protesté fortement et obstinément, chacun de son côté, mais en vain. Dès le début, le père de Sonja avait été défavorable à cette rencontre. Il savait seulement que ce garçon venait de la ville et, pire encore, qu'il n'aimait pas les chats. Deux traits de caractère qui, à son avis, suffisaient largement pour déclarer Ove peu recommandable.

Ove, quant à lui, avait l'impression de passer un entretien d'embauche, où il n'était jamais à la hauteur. Alors, quand Sonja se taisait, ce qu'elle fit du reste la plus grande partie du temps, la pièce était écrasée par ce silence particulier entre un homme qui ne veut pas perdre sa fille et un homme qui n'a pas encore complètement saisi qu'il a reçu le droit d'emmener la jeune femme. Finalement, Sonja donna à Ove un coup de pied dans le tibia pour l'inciter à prendre la parole. Ove leva les yeux, étonné, et remarqua les frémissements courroucés de ses paupières. Il s'éclaircit la voix et regarda autour de lui, cherchant désespérément quelque chose à demander au père de Sonja. Ove avait appris que si on ne sait pas quoi dire, la meilleure solution est de poser une question. S'il y avait une chose qui pouvait distraire les gens de leurs mauvaises dispositions envers une personne, c'était la possibilité de parler d'eux-mêmes.

Finalement, le regard d'Ove tomba sur le camion visible par la fenêtre de la cuisine.

— C'est un L10, non ? dit-il en pointant sa fourchette.

— Ouais, répondit le vieil homme à son assiette.

— Construit par Saab, constata Ove avec un bref hochement de tête.

— Scania ! rugit immédiatement le bonhomme en lui jetant un regard offensé.

Un silence caractéristique de la première rencontre entre l'amoureux d'une jeune fille et le père de celle-ci retomba sur la pièce. Ove fixait résolument son assiette. Sonja donna un coup de pied dans le tibia de son père, qui lui lança un regard contrarié, avant d'apercevoir les frémissements de ses paupières. Il n'était pas assez bête pour ne pas savoir qu'il avait tout intérêt à éviter ce qui suivait. Il s'éclaircit la gorge en chipotant dans son assiette.

— C'est pas parce qu'un rond-de-cuir de chez Saab agite un portefeuille et achète l'usine que c'est plus Scania, bon sang de bonsoir, maugréa-t-il tout bas, d'un ton un peu moins accusateur, en mettant ses tibias hors de portée des chaussures de sa fille.

Le père de Sonja n'avait jamais eu que des camions Scania. Il ne voyait pas pourquoi il en aurait changé. Après des années d'indéfectible fidélité de sa part, la fusion avec Saab fut une trahison qu'il ne put jamais vraiment pardonner. Ove, qui s'intéressait beaucoup à Scania depuis qu'ils avaient rejoint Saab, observait pensivement le camion en mâchant une pomme de terre.

— Il roule bien ? demanda-t-il.

— Nan, grommela le vieil homme d'un ton bourru, avant de retourner à son assiette. Aucun de ces modèles roule bien. Y en a aucun qui est construit correctement. Les mécanos exigent une fortune pour réparer quoi qu'ce soit, ajouta-t-il comme s'il s'adressait à une personne cachée sous la table.

— Si vous voulez je peux y jeter un coup d'œil, dit Ove en redressant vivement la tête, enthousiaste.

C'était la première fois que Sonja le voyait faire preuve d'enthousiasme.

Les deux hommes se dévisagèrent quelques instants, puis le père de Sonja acquiesça. Ove hocha la tête, et ils se levèrent avec l'expression résolue de deux hommes qui s'apprêtent à en tuer un troisième. Quelques minutes plus tard, le père de Sonja revint dans la cuisine en s'appuyant sur sa canne et se laissa tomber sur sa chaise en grognant, avec son air mécontent habituel. Il bourra sa pipe avec soin, sans empressement, avant de désigner les casseroles d'un coup de menton :

— C'était bon.

— Merci, papa, dit Sonja avec un sourire.

— C'est toi qui as fait à manger, pas moi, répondit-il.

— Je ne parlais pas du repas, dit-elle.

En débarrassant les assiettes, elle l'embrassa tendrement sur le front, et vit du coin de l'œil Ove plonger les bras dans le moteur du camion dans la cour.

Son père ne dit rien. Il se leva en marmonnant doucement, sa pipe à la main, et prit le journal sur la paillasse. Il se dirigea vers son fauteuil de relaxation dans la salle de séjour, mais s'arrêta à mi-chemin, l'air hésitant, en s'appuyant sur sa canne.

— Il pêche ? grogna-t-il finalement sans se tourner vers sa fille.

— Je ne crois pas, répondit Sonja.

Son père hocha la tête, renfrogné. Il se tut un long moment.

— Ça fait rien. Il apprendra, finit-il par murmurer avant de coincer le tuyau de sa pipe entre les dents et de disparaître dans la salle de séjour.

Sonja ne l'avait jamais entendu faire un plus beau compliment.

17

Ove et un sale chat dans une congère

— Il est mort ? demande Parvaneh, horrifiée, en se précipitant vers le trou dans la neige aussi vite que le permet son ventre.

— Je ne suis pas vétérinaire, répond Ove.

Il ne dit pas ça méchamment, c'est une simple constatation. Il ne comprend pas comment cette bonne femme arrive à lui tomber dessus sans arrêt. Il ne peut même plus examiner tranquillement un trou en forme de chat dans la neige dans son propre jardin ?

— Mais vous devez le sortir de là, enfin ! s'écrie-t-elle en lui tapant l'épaule avec son gant.

Mécontent, Ove enfonce les mains plus profond dans les poches de sa veste. Il a encore un peu de mal à respirer.

— Je ne dois rien du tout, dit-il.

— Vous êtes stupide ou quoi ? s'indigne-t-elle.

— Je ne m'entends pas très bien avec les chats, explique Ove en enfonçant ses talons dans la neige.

Au regard qu'elle lui lance, il juge plus prudent de reculer hors de portée du gant.

— Peut-être qu'il dort, avance-t-il en jetant un coup d'œil dans le trou. Sinon, il ressortira au dégel...

Le gant décrit un nouvel arc de cercle dans sa direction, confirmant qu'il a été bien inspiré de se mettre en sécurité.

L'instant suivant, Parvaneh s'est jetée dans la neige et en émerge avec le petit animal gelé dans ses bras minces. On dirait quatre bâtonnets de glace reliés par une écharpe en lambeaux.

— Ouvrez la porte ! crie-t-elle à Ove, hors d'elle.

Ove ancre plus fermement ses semelles dans la neige. Il ne s'est pas levé ce matin avec l'intention d'inviter des bonnes femmes ou des chats, il entend bien le lui faire comprendre. Mais sa voisine marche droit vers lui d'un pas décidé, avec l'animal dans les bras, comme s'il ne tenait qu'à Ove et à ses réflexes de choisir si elle passerait à côté de lui ou lui passerait sur le corps. Ove n'a jamais rien vu de pire qu'une femme qui n'écoute pas ce que lui disent les braves gens. Il se sent de nouveau à bout de souffle, mais réprime le réflexe de porter la main à la poitrine.

Parvaneh avance toujours sur lui et Ove bat en retraite. Elle passe lourdement à côté de lui avec le petit paquet de fourrure agrémenté de stalactites, et Ove n'arrive pas à empêcher son cerveau d'exhumer les souvenirs d'Ernest qui explosent, rebelles, dans sa tête. Ernest, vieux, énorme et stupide, que Sonja aimait tant que sa simple vue lui dilatait le cœur.

— OUVREZ LA PORTE À LA FIN ! hurle Parvaneh en faisant des signes du menton aussi vigoureux que si elle essayait de se disloquer les cervicales.

Ove extirpe les clés de sa poche, avec l'impression d'avoir perdu le contrôle de son bras. Il a lui-même du mal à accepter ce qu'il s'apprête à faire. Comme si une voix dans sa tête hurlait « NON » tandis que le reste de son corps désobéissait tel un adolescent buté.

— Allez chercher des couvertures ! ordonne Parvaneh en se précipitant dans le couloir, toujours chaussée.

Ove reprend son souffle quelques instants avant de la suivre d'un pas lourd.

— On crève de froid ici. Ouvrez les radiateurs ! lance Parvaneh avec aplomb, accompagnant ses paroles de signes impatients à Ove, tandis qu'elle étend le chat sur le canapé.

— Personne n'allumera de radiateurs ici, répond Ove.

Parce que maintenant ça suffit, se dit-il. Il s'arrête sur le seuil du séjour. S'il lui dit de mettre des journaux sur le canapé, va-t-elle de nouveau essayer de le frapper avec son gant ? Quand elle se tourne vers lui, il décide que le jeu n'en vaut pas la chandelle. Ove n'est pas sûr d'avoir déjà vu une femme aussi en colère.

— J'ai une couverture à l'étage, dit-il finalement en faisant mine d'éprouver un brusque intérêt pour la lampe du couloir.

— Eh bien, allez la chercher !

Ove donne l'impression de répéter ces mots dans sa tête d'un ton affecté et moqueur, mais il se déchausse tout de même et traverse la salle de séjour en restant à une distance prudente du périmètre où elle fait la loi à coups de gant.

Il effectue le trajet en maugréant sans discontinuer que ce n'est vraiment pas possible d'avoir la paix dans ce maudit lotissement. À l'étage, il fait une pause pour prendre quelques profondes inspirations. La douleur dans sa poitrine a disparu. Son cœur bat de nouveau normalement. Ça lui arrive de temps en temps, alors il ne s'en inquiète plus. Ça passe à chaque fois. Et ça n'est pas très important, puisqu'il n'a plus besoin de son cœur maintenant.

Des voix lui parviennent du salon. Il n'en croit pas ses oreilles. Ses voisins l'empêchent sans cesse de mourir, mais de toute évidence, ils ne craignent pas de pousser un homme au suicide en le rendant fou. Voilà qui est certain.

Quand Ove redescend l'escalier avec une couverture, le jeune homme obèse de la maison voisine s'est matérialisé au milieu de la salle de séjour et regarde le chat et Parvaneh avec curiosité.

— Yo ! salue-t-il Ove d'un air enjoué avec un signe de la main.

Il ne porte qu'un tee-shirt, alors qu'il a neigé.

— Eh bien ? fait Ove, tout en observant qu'il ne peut même plus quitter la pièce sans que sa maison se transforme en auberge.

— J'ai entendu quelqu'un crier, mec, je voulais juste être sûr qu'y avait pas de lézard, répond gaiement l'envahisseur avec un haussement de ses épaules adipeuses qui plisse son tee-shirt.

Parvaneh arrache la couverture des mains d'Ove et l'enroule autour du chat.

— Vous allez jamais arriver à le réchauffer avec ça, l'informe aimablement le jeune homme.

— Ne te mêle pas de ça, rétorque Ove, qui est loin d'être un spécialiste de la décongélation des chats, mais n'apprécie pas que des gens s'introduisent chez lui et s'immiscent dans ses affaires.

— Taisez-vous, Ove ! le coupe Parvaneh avant de se tourner d'un air implorant vers le nouveau venu. Mais qu'est-ce qu'on peut faire ? Il est gelé !

— Ne me dites pas de me taire, rouspète Ove.

— Il va mourir, dit Parvaneh.

— Mourir, mourir... Il a juste eu un peu froid... lance Ove, dans une nouvelle tentative de reprendre le contrôle de la situation qui lui a complètement échappé.

Sa voisine pose l'index sur ses lèvres pour lui intimer le silence. Ove est si choqué qu'il a un haut-le-corps.

— Je m'en occupe, intervient le jeune homme avec un geste vers le chat.

Il ignore magistralement Ove, qui essaie d'expliquer qu'on ne déboule pas chez les gens en mettant des chats partout.

Parvaneh soulève l'animal, qui a commencé à décongeler. À cette vue, Ove est un peu moins sûr de lui. Il jette un bref coup d'œil à Parvaneh, puis recule à contrecœur pour lui faire de la place.

À cet instant, le jeune voisin obèse enlève son tee-shirt.

— Mais enfin... ça commence vraiment à... QU'EST-CE que tu es en train de... balbutie Ove.

Son regard va de Parvaneh, debout à côté du canapé, avec dans les bras le chat en train de fondre en répandant de l'eau par terre, au jeune homme à présent torse nu au milieu de la salle de séjour, son ventre gras tremblotant sur ses cuisses tel un énorme sac de glace qu'on aurait fait ramollir puis recongelé.

— Allez, donnez-le-moi, dit le jeune homme, impassible, en tendant vers Parvaneh des bras de l'épaisseur de rondins.

Elle lui présente l'animal, qu'il serre tout de suite contre sa poitrine comme s'il essayait d'en faire un gros rouleau de printemps.

— Au fait, je m'appelle Jimmy, dit-il en souriant à Parvaneh.

— Moi c'est Parvaneh.

— Joli nom, dit Jimmy.

— Merci ! Ça veut dire « papillon », explique-t-elle avec un sourire.

— Joli ! fait Jimmy.

— Tu vas étouffer le chat, dit Ove.

— Oh, coolos, Ove ! lance Jimmy.

Ove pince les lèvres et donne des coups de pied mécontents dans une plinthe. Il ne sait pas ce que veut dire le jeune homme par « coolos », mais il est certain de n'avoir aucune intention de s'y tenir.

— Il préférerait sûrement mourir gelé de façon civilisée plutôt qu'être écrasé, dit-il en désignant du menton la boule de fourrure serrée dans les bras du jeune homme comme dans un étau.

Le visage rond de Jimmy se fend d'un large sourire.

— Relax, Ove. Je suis un gros plein de soupe, enfin. Tu peux dire ce que tu veux sur les gros, mec, mais on tient vachement chaud !

Parvaneh lance un regard furtif par-dessus son bras adipeux et pose prudemment sa paume contre le museau du chat. Son visage s'éclaire.

— Il commence à se réchauffer, dit-elle d'un ton jubilant en se tournant vers Ove.

Ove hoche la tête. Il aimerait répliquer de manière sarcastique, mais il s'aperçoit avec humeur qu'il est soulagé à cette nouvelle. Il a du mal à accepter ce sentiment, alors, quand Parvaneh le regarde, il fait mine d'être très occupé à vérifier le fonctionnement de sa télécommande.

Ce n'est pas qu'il se soucie de l'animal, mais Sonja aurait évidemment été très heureuse. Rien de plus.

— Je vais faire chauffer un peu d'eau ! déclare Parvaneh.

En un éclair, elle se faufile dans le couloir en passant à côté de lui et se met à fureter dans les placards.

— Non mais c'est pas vrai, merde, maugrée Ove en lâchant la télécommande et se précipitant derrière elle.

Quand il arrive dans la cuisine, elle est plantée au milieu de la pièce, la bouilloire électrique à la main, silencieuse et troublée. Elle paraît soudain ébranlée, comme si elle venait seulement de comprendre l'ampleur de la situation. C'est la première fois qu'Ove la voit à court de mots. La cuisine est dégagée et en ordre, mais poussiéreuse. Il y flotte une odeur de café qu'on a laissé trop longtemps dans la cafetière, il y a de la saleté sur les joints entre les carreaux, et les affaires de la femme d'Ove sont omniprésentes. Ses petits bibelots sur le rebord de la fenêtre, ses barrettes oubliées sur la table en bois, son écriture sur des Post-it collés au frigo.

Le sol est couvert de traces de roues sombres, comme si on avait fait rouler un pneu de vélo des milliers de fois. Et la cuisinière et le plan de travail sont beaucoup plus bas que dans une cuisine normale ; la pièce semble aménagée pour un enfant. Parvaneh a le même regard que ceux qui voient la taille des meubles pour la première fois. Ove y est habitué. C'est lui qui a adapté la cuisine après l'accident. La commune leur avait refusé son aide, naturellement, alors Ove s'en était occupé lui-même.

Parvaneh semble figée en plein mouvement. Ove lui prend la bouilloire des mains sans croiser son regard, la remplit lentement d'eau et branche la prise.

— Je ne savais pas, Ove... souffle-t-elle d'une voix emplie de honte.

Penché sur le plan de travail abaissé, Ove lui tourne le dos. Elle pose prudemment le bout des doigts sur son épaule.

— Pardon, Ove. Sincèrement. Je n'aurais pas dû débarquer dans la cuisine sans vous demander.

Ove se racle la gorge et hoche la tête sans se retourner. Il ignore combien de temps ils restent là. La main de Parvaneh repose, légère, sur son épaule. Il décide de ne pas la repousser.

La voix de Jimmy brise le silence.

— Tu as quelque chose à manger ? appelle-t-il depuis la salle de séjour.

L'épaule d'Ove se dérobe sous les doigts de sa voisine. Il secoue la tête, se passe rapidement le dos de la main sur le visage et va jusqu'au frigo, toujours sans la regarder. Jimmy émet un gloussement de gratitude quand Ove, revenu au salon, lui fourre un reste de saucisson dans les mains. Ove se poste à quelques mètres de lui, l'air résolu.

— Alors ? Comment il va ? demande-t-il avec un bref signe de tête en direction du chat dans les bras de Jimmy.

L'eau ruisselle toujours sur le sol, mais l'animal reprend, lentement mais sûrement, sa silhouette et ses couleurs.

— Ça a l'air d'aller mieux, hein, mec ? dit Jimmy avec un grand sourire avant d'engloutir le saucisson d'une seule bouchée.

Ove l'observe d'un air sceptique. Jimmy transpire comme un poêle à sauna. Son visage se voile de tristesse quand il croise les yeux d'Ove.

— Tu sais… c'est… moche, ce qui est arrivé à ta femme, Ove. Je l'aimais bien. Elle faisait super bien la bouffe.

Ove le regarde. Pour la première fois de la matinée, il n'a plus l'air fâché.

— Oui. Elle faisait… bien la cuisine, renchérit-il.

Il va vers la fenêtre, dont il secoue la poignée et pince les joints en tournant le dos à la pièce. Revenue de la cuisine, Parvaneh s'est arrêtée sur le seuil et pose les bras sur son ventre.

— Il peut rester jusqu'à ce qu'il soit décongelé, ensuite vous l'emportez, dit Ove d'une voix forte en pointant l'épaule vers le chat.

Il note du coin de l'œil que Parvaneh l'observe aussi attentivement que si, assis chacun d'un côté d'une table de poker, elle essayait de deviner quelles cartes Ove avait en main. Ça le met mal à l'aise.

— Je ne peux pas, dit-elle finalement. Les filles sont… allergiques.

Ove remarque sa pause avant le mot « allergiques ». Il regarde d'un air soupçonneux le reflet de Parvaneh dans la vitre, mais au lieu de répondre, il se tourne vers Jimmy.

— Dans ce cas c'est toi qui t'en occuperas, dit-il au jeune homme obèse.

Jimmy, qui non seulement ruisselle de transpiration mais commence à présent à avoir des plaques violacées sur le visage, regarde le chat dans ses bras avec bienveillance. L'animal remue lentement son moignon de queue et enfouit son museau dégoulinant plus loin dans le bras rebondi de Jimmy.

— *Sorry*, mec. Je ne crois pas que ça soit une bonne idée que je m'occupe du minet, dit le jeune homme avec un haussement d'épaules qui secoue le félin comme des montagnes russes.

— Et pourquoi pas ?

Jimmy écarte le chat de sa poitrine. Sa peau est cloquée comme s'il s'était brûlé.

— Moi aussi, je suis un peu allergique…

Parvaneh pousse immédiatement un cri et lui reprend le chat qu'elle enveloppe de nouveau rapidement dans la couverture.

— Il faut aller aux urgences ! crie-t-elle.

— Je suis banni des urgences, répond Ove sans réfléchir.

Quand il lorgne sa voisine et s'aperçoit qu'elle envisage de lui lancer le chat, il baisse les yeux avec une plainte résignée. « Tout ce que je veux, c'est mourir », pense-t-il en appuyant la pointe du pied sur une latte qui ploie légèrement. Ove observe Jimmy et le chat. Son regard se pose sur le plancher mouillé. Il secoue la tête à l'intention de Parvaneh.

— On peut prendre ma voiture, murmure-t-il.

Il décroche son manteau d'une patère et ouvre la porte d'entrée. Quelques secondes plus tard, il passe de nouveau la tête par l'embrasure et lance un regard sombre à Parvaneh.

— Mais il est hors de question que j'amène la voiture jusqu'ici, parce que c'est inter…

Elle l'interrompt de quelques mots en persan qu'Ove ne comprend pas, mais qu'il trouve tout de même inutilement exagérés. Puis elle emmitoufle plus étroitement le chat dans la couverture et sort dans la rue enneigée en passant devant lui.

— Ce sont les règles, lui dit Ove d'un air maussade tandis qu'elle s'éloigne vers le parking, mais elle ne répond pas.

Ove se tourne vers Jimmy en pointant l'index.

— Et toi, enfile un pull ! Sinon tu ne mettras pas un orteil dans la Saab, que cela soit bien clair.

Parvaneh paie le parking à l'hôpital. Ove ne fait pas d'histoires.

18

La vie selon Ove
avec un chat qui s'appelait Ernest

Ce n'est pas qu'Ove détestait Ernest en particulier. Il n'aimait simplement pas les chats en général. Il les avait toujours trouvés extrêmement peu fiables. Surtout si, comme Ernest, ils avaient la taille d'une mobylette. Au premier coup d'œil, on hésitait entre un chat exceptionnellement gros et un lion exceptionnellement petit. Et on ne pouvait pas faire ami-ami avec une créature dont on n'était pas absolument certain qu'elle n'allait pas attaquer un homme dans son sommeil. Telle était la philosophie d'Ove.

Mais Sonja aimait inconditionnellement Ernest, et Ove garda pour lui ce genre d'arguments, même si leur logique était imparable. Il avait assez de bon sens pour ne pas dire du mal de ce qu'elle aimait ; lui-même bénéficiait de l'amour de Sonja sans que nul n'en comprenne la raison. Ainsi, abstraction faite de la fois où Ernest mordit Ove qui s'était assis sur sa queue, le jeune homme et le chat apprirent à cohabiter suffisamment lors des visites à la maison dans la forêt. Ou du moins, à garder leurs distances, comme avec le père de Sonja.

Et même si Ove protesta vivement que la bestiole ne pouvait pas s'installer sur une chaise et étendre sa queue sur une deuxième, chacun fit preuve de bonne volonté. Pour Sonja.

Ove n'apprit jamais à pêcher, mais les deux automnes suivant sa première visite à la cabane dans la forêt, il n'y eut plus de fuite dans le toit pour la première fois depuis que la maison avait été construite. Et le camion démarrait dès qu'on mettait le contact, sans émettre le moindre crachotement. Le père de Sonja ne lui témoigna jamais ouvertement sa gratitude, mais n'évoqua plus le fait qu'Ove venait « de la ville ». Ce qui était, de sa part, le meilleur compliment possible.

Deux printemps passèrent, puis deux étés. Pendant le troisième, une nuit fraîche de juin, le père de Sonja mourut. Ove n'avait jamais vu quelqu'un pleurer autant qu'elle pleura. Les premiers jours, elle quitta à peine le lit. Ove, qui avait déjà été confronté à la mort, était pourtant désemparé par la réaction qu'elle provoquait chez sa femme. Il errait comme une âme en peine dans la cuisine de la cabane, quand le pasteur du village vint expliquer les détails de l'enterrement.

— Un type bien, dit-il brièvement en indiquant une photo de Sonja et son père au mur de la salle de séjour.

Ove hocha la tête. Il ne savait pas ce qu'il était censé répondre. Alors, il sortit chercher quelque chose d'utile à faire, comme resserrer une vis du camion.

Le quatrième jour, Sonja se leva et entreprit de faire le ménage dans la cabane tout entière avec une telle frénésie qu'Ove resta hors de son chemin, avec la prudence des gens intelligents qui évitent de se trouver sur la trajectoire d'une tornade. Il déambula dans la cour à la recherche d'une occupation. Il répara le bûcher disloqué par les tempêtes printanières et passa les jours suivants à le remplir de bois fraîchement coupé. Il tondit la pelouse et scia les branches des premiers arbres qui s'étendaient au-dessus du terrain. Le septième soir, tard, ils reçurent un appel de l'épicerie.

Bien sûr, tout le monde dit que c'était un accident. Mais ceux qui connaissaient Ernest ne pouvaient croire qu'il avait surgi devant une voiture par malchance. Les êtres vivants agissent de manière étonnante sous l'empire de la peine.

Cette nuit-là, Ove conduisit plus vite que jamais sur la route départementale. Sonja soutint l'énorme tête d'Ernest pendant tout le trajet. Il respirait toujours lorsqu'ils arrivèrent chez le vétérinaire, mais ses blessures étaient bien trop sévères, l'hémorragie bien trop importante.

Au bout de deux heures agenouillée près de lui dans la salle d'opération, Sonja embrassa le gros chat sur la tête et murmura : « Au revoir, mon cher Ernest. » Puis elle ajouta d'une voix tendre : « Et au revoir, mon cher, mon très cher papa. »

Et à ces mots, le chat ferma les yeux.

Quand elle rejoignit la salle d'attente, Sonja appuya le front contre le large torse d'Ove.

— Il me manque tellement, Ove. C'est comme si mon cœur était tombé de ma poitrine.

Ils restèrent silencieux un long moment, enlacés. Finalement, elle leva le visage vers lui et le regarda dans les yeux, l'air grave.

— Tu dois m'aimer deux fois plus maintenant, exigea-t-elle.

Alors, Ove lui mentit et répondit qu'il le ferait. Bien qu'il sache qu'il ne pouvait l'aimer plus qu'il ne l'aimait déjà.

Ils enterrèrent Ernest près du lac où il avait l'habitude de pêcher avec le défunt. Le pasteur, qui les avait accompagnés, lut la bénédiction. Puis Ove chargea la Saab et conduisit le long des petites routes, la tête de Sonja reposant sur son épaule. Sur le chemin vers la ville, il s'arrêta dans la première localité qu'ils atteignirent, où se trouvait un centre commercial. Sonja y avait un rendez-vous. Ove ignorait avec qui. C'était l'un des traits de caractère qu'elle estimait le plus chez lui, raconterait-elle souvent ensuite. Elle ne connaissait personne d'autre capable d'attendre pendant une heure dans la voiture sans demander quel était l'objet de la visite ou combien de temps cela prendrait. Cela ne signifiait pas qu'il ne rouspétait pas ; Dieu sait s'il se plaignait. Surtout s'il devait payer le parking. Mais il ne cherchait jamais à savoir ce qu'elle faisait. Et il l'attendait toujours.

Quand Sonja réapparut enfin, elle ferma la portière avec la délicatesse qu'elle avait acquise pour qu'Ove ne la regarde pas d'un air aussi blessé que si elle venait de tirer à la carabine sur des oiseaux. Puis elle posa la main sur la sienne.

— Je crois que nous devrions chercher une maison, Ove, dit-elle doucement.

— Pour quoi faire ? demanda Ove.

— Je pense que les enfants devraient grandir dans une maison, répondit-elle en amenant délicatement la main d'Ove sur son ventre.

Ove se tut un long moment. Au point de battre ses propres records de silence. Il observa le ventre de Sonja d'un air songeur, comme s'il s'attendait à en voir surgir un drapeau. Finalement, il se redressa sur son siège, tourna la molette de l'autoradio de cent quatre-vingts degrés dans un sens, puis dans l'autre, et ajusta les rétroviseurs. Enfin, il hocha la tête, impassible.

— Alors, il va falloir acheter un break.

19

Ove et un chat qui était déjà en mauvais état

Ove regarde le chat. Le chat regarde Ove. Ove n'aime pas les chats, et les chats n'aiment pas Ove. Ove le sait parfaitement. Même Ernest n'appréciait pas Ove, et Ove n'appréciait pas du tout Ernest. Pourtant, de tous les chats de sa connaissance, Ernest était celui qu'Ove détestait le moins.

Cet animal n'a pas le moindre point commun avec Ernest. Mis à part son air suffisant, mais Ove suppose que tous les chats sont comme ça. Ce spécimen est si petit et décharné qu'on le prendrait presque pour un gros rat. Il a visiblement perdu encore plus de pelage pendant la nuit. Ove n'aurait pas cru cela possible.

« Mais puisque je vous dis que je ne m'entends pas bien avec les chats ! » avait-il répété, buté, à Parvaneh la veille.

Puis Ove avait crié à Parvaneh que, lui vivant, jamais cette bestiole ne vivrait dans sa maison.

Maintenant, Ove regarde le chat. Le chat lui rend son regard. Ove est, selon toute apparence, toujours bien vivant. Ce qui l'exaspère au plus haut point.

195

Ove s'est réveillé une demi-douzaine de fois cette nuit parce que l'animal, avec un irrespect sans bornes, s'était glissé à côté de lui dans le lit. Le chat s'est réveillé tout autant de fois parce que Ove l'a repoussé du pied sans ménagement.

Il est maintenant six heures moins le quart. Ove s'est levé, et le chat, assis au milieu de la cuisine, arbore la même expression que si Ove lui devait de l'argent. Ove examine l'envahisseur comme si celui-ci avait sonné à la porte, une bible sous la patte, et lui avait demandé s'il était « prêt à laisser Christ entrer dans sa vie ».

— Je suppose que tu attends ta pitance, marmonne finalement Ove.

Le chat ne répond pas. Il se contente de mordiller les taches pelées sur son ventre et de se lécher non-chalamment les coussinets.

— Dans cette maison, il n'y a pas de place pour les paresseux qui prennent de grands airs en attendant que les moineaux leur tombent tout cuits dans la bouche, ajoute Ove en pointant un index critique vers son hôte, pour bien lui faire comprendre à qui il s'adresse.

Le chat le regarde comme s'il aimerait faire une bulle de chewing-gum en guise de réponse.

Ove met en marche la cafetière électrique. Il tourne les yeux vers l'horloge, puis vers le félin. Après qu'ils avaient emmené Jimmy à l'hôpital, Parvaneh avait réussi à contacter, pendant la nuit, une de ses connaissances qui était manifestement vétérinaire. Ce dernier était venu examiner le chat et avait constaté « d'importantes gelures et une sévère dénutrition ». Puis il avait délivré à Ove une longue série d'instructions sur la nourriture à lui donner et sur la façon

« d'en prendre soin », à croire que le félin était un canapé et Ove un service de rénovation.

— Je ne suis pas un service de rénovation de chats, fait savoir Ove à son hôte.

Ce dernier reste coi.

— Tu es là pour la simple raison qu'on ne peut pas discuter avec cette bonne femme, continue Ove avec un signe de tête vers la fenêtre du séjour qui donne sur la maison de Parvaneh.

Le chat est très occupé à essayer de se lécher l'œil.

Ove brandit quatre petites chaussettes qu'il a reçues du vétérinaire. La sale bestiole a besoin de mouvement, paraît-il, et Ove pense pouvoir se rendre utile de ce côté. Plus ces griffes resteront à l'écart du papier peint d'Ove, mieux cela vaudra.

— Enfile ça tout de suite pour qu'on puisse y aller. Je suis déjà en retard !

Le félin se lève avec une lenteur délibérée et avance d'une démarche souple et assurée vers la porte d'entrée, comme s'il défilait sur un tapis rouge. Il regarde d'abord les chaussettes d'un air sceptique, mais ne se débat quasiment pas quand Ove les lui enfile sans délicatesse sur chaque patte. Quand il a fini, Ove se redresse et le contemple de toute sa hauteur. Il secoue la tête.

— Un chat avec des chaussettes, on aura tout vu !

En revanche, l'animal, qui observe avec curiosité son nouvel accoutrement, a l'air soudain très content de lui-même. On dirait presque qu'il envisage de prendre une photo avec son téléphone portable et de télécharger l'autoportrait sur son blog. Ove enfile son manteau bleu, met les mains dans ses poches d'un air autoritaire et donne un coup de menton vers la porte.

— Tu ne vas pas rester là toute la matinée à faire le prétentieux. En route.

Et, pour la première fois, Ove a de la compagnie lors de sa tournée d'inspection. Il donne des coups de pied dans le panneau interdisant le lotissement aux voitures et désigne une pancarte qui dépasse du tapis de neige quelques mètres plus loin au bord d'une pelouse, et qui annonce « Interdiction de promener des animaux de compagnie dans le lotissement ». Ove l'a installée quand il était président du conseil syndical, informe-t-il le chat d'une voix ferme.

— À l'époque, les choses étaient en ordre ici, ajoute-t-il en avançant d'un pas lourd vers le garage.

Le chat donne l'impression de vouloir se soulager.

Ove secoue la poignée de son garage et inspecte le local à poubelles et la remise à vélos. Le félin le suit avec la démarche assurée d'un berger allemand de soixante kilos de l'unité anti-narcotique. Ove soupçonne soudain que c'est à ce manque total de discernement que la bestiole doit sa queue amputée et ses taches pelées. Quand le chat commence à s'intéresser un peu trop à l'odeur des sacs-poubelle dans les bennes du local, Ove le pousse du pied sans délicatesse.

— Bas les pattes ! Je t'interdis de manger dans les poubelles, bon sang.

Le chat lui lance un regard sombre, mais ne dit rien. Quand Ove se détourne, il va uriner sur le panonceau au bord de la pelouse couverte de neige.

Ove fait un détour par l'extrémité de la rue. Devant la maison d'Anita et Rune, il ramasse un mégot de cigarette qu'il fait rouler entre ses doigts. Le type des services sociaux parade dans le lotissement au volant de sa Skoda avec des allures de propriétaire. Ove pousse un juron et fourre le mégot dans sa poche.

Une fois de retour chez lui, Ove ouvre une boîte de thon qu'il pose sur le sol de la cuisine.

— Je suppose que je n'aurai pas la paix si je te laisse mourir de faim.

Le chat mange directement dans la boîte et Ove boit son café debout devant le plan de travail. Quand ils ont terminé, Ove lave soigneusement sa tasse et la boîte avant de les mettre dans l'égouttoir. Son hôte semble vouloir demander pourquoi Ove nettoie une boîte de conserve, mais renonce.

— J'ai une course à faire, alors on ne peut pas passer la journée ici, annonce Ove quand il a fini.

Il est peut-être contraint de donner l'asile à la petite créature, mais ça serait le comble s'il laissait ce fauve seul dans la maison. Le chat va devoir l'accompagner. Même s'ils sont tout de suite en désaccord, au moment de décider si le passager s'installera ou non sur le papier journal qui protège le siège avant de la Saab. Ove plaque le chat sur deux doubles pages de la rubrique Loisirs, mais l'animal, profondément offensé, les repousse de ses pattes arrière et se love sur le siège moelleux. Ove soulève alors sans ménagement le chat par la peau du cou ; le félin émet un feulement agressif qui n'a rien de passif tandis qu'Ove étale sous ses pattes trois pages d'informations culturelles et de critiques littéraires. L'animal lui jette un regard furibond mais, à la surprise d'Ove, reste assis calmement sur le papier journal et se contente de regarder par la fenêtre d'un air boudeur. Du moins, jusqu'à ce qu'Ove pense avoir remporté le duel, hoche la tête et s'engage sur la route. À cet instant précis, le chat déchire le papier de ses griffes avec une lenteur délibérée et pose les pattes avant sur le siège, à travers la déchirure, tout en lançant à Ove un regard provocateur, comme pour demander : « Alors, qu'est-ce que tu vas faire MAINTENANT ? »

Ove donne un coup de frein si brusque que son passager, choqué, est propulsé, museau le premier, contre le tableau de bord. Puis il fixe l'animal comme pour rétorquer : « ÇA ! » Le chat l'ignore ostensiblement pendant le reste du trajet et se masse le museau d'un air offensé, blotti dans un coin du siège. Néanmoins, pendant qu'Ove est chez le fleuriste, il applique de grands coups de langue sur le volant, la ceinture et toute la portière du conducteur.

Quand Ove revient avec les fleurs et découvre sa voiture couverte de bave, il agite furieusement l'index à la manière d'un sabre en direction du chat. Ce dernier mord le sabre. Ove ne lui adresse plus la parole du voyage.

Quand ils se garent devant le cimetière, Ove, qui préfère prendre ses précautions, enroule le reste du journal en un bâton et pousse brutalement le chat hors de la voiture. Puis il prend le pot de fleurs dans le coffre, verrouille la Saab avec la clé et contrôle chacune des portières. Assis par terre, le chat l'observe. Ove passe près de lui sans lui accorder un regard.

Ils grimpent ensemble le coteau de l'église tapissé de gravier gelé, tournent dans une allée en avançant péniblement dans la neige, et s'arrêtent devant Sonja. Ove balaie du dos de la main la pierre enneigée et agite légèrement le pot.

— J'ai apporté des fleurs, murmure-t-il. Roses, comme tu les aimes. Ils disent qu'elles ne résistent pas au froid, mais c'est juste pour m'en faire acheter des plus chères.

Le chat enfonce l'arrière train dans la neige. Ove le considère d'un air renfrogné, puis se tourne vers la pierre tombale.

— Oui... oui, voilà le vagabond. Cette sale bestiole habite chez nous, maintenant. Elle était en train de mourir de froid devant la maison.

Le chat lui lance un regard offensé. Ove s'éclaircit la gorge.

— Il était déjà comme ça quand je l'ai trouvé, explique-t-il, soudain sur la défensive, en inclinant la tête vers l'animal puis vers la pierre. Ce n'est pas moi qui ai essayé de le réduire en pièces. Il était déjà en mauvais état.

La pierre tombale et le chat gardent le silence. Ove contemple un moment ses chaussures. Il émet un grognement, s'agenouille et balaie encore un peu de neige de la pierre. Il pose lentement la main sur la stèle.

— Tu me manques, souffle-t-il.

Une larme luit brièvement au coin de son œil. Il sent quelque chose de doux contre son bras. Il met quelques secondes à comprendre que le chat a posé doucement la tête sur sa main.

20

Ove et un envahisseur

Ove reste sûrement vingt minutes assis au volant de la Saab, dans le garage ouvert. Les cinq premières, le chat le regarde avec impatience depuis le siège passager, comme s'il pensait qu'on devrait réveiller Ove d'une tape sur la nuque. Les cinq suivantes, il commence à s'inquiéter et essaie un moment d'ouvrir la portière lui-même. Après quelques tentatives infructueuses, il se couche promptement sur le siège et s'endort.

Quand l'animal roule sur le flanc et se met à ronfler, Ove lui lance un coup d'œil. Il doit l'admettre, cette saleté de chat a une façon redoutablement efficace de résoudre les problèmes. C'est le moins qu'on puisse dire.

Il regarde de nouveau le garage d'en face, de l'autre côté du parking, où il avait dû se tenir des centaines de fois avec Rune. À une époque, ils étaient amis. Ove ne se souvient pas d'avoir connu beaucoup de personnes dont il peut dire cela. Ove et sa femme avaient emménagé les premiers dans le lotissement, il y a des années de cela, alors qu'il venait juste d'être construit, et était encore entouré d'arbres. Rune et Anita étaient arrivés un jour après eux. Anita était aussi enceinte et devint naturellement tout de suite la meilleure amie de Sonja, comme seules les femmes peuvent l'être. Et comme toutes les meilleures amies, elles se mirent immédiatement en tête que Rune et Ove devaient le devenir aussi. Parce qu'ils avaient tellement « d'intérêts communs ». Ove ne voyait pas ce qu'elles voulaient dire par là. Après tout, Rune roulait en Volvo.

Ce n'était pas qu'Ove avait une dent contre Rune. Son nouveau voisin avait un bon travail et ne parlait pas pour ne rien dire. Il avait une Volvo, certes, mais ça ne faisait pas de lui un crétin fini, répétait avec insistance la femme d'Ove. Alors, Ove s'en accommoda. Au bout de quelque temps, il lui avait même prêté des outils. Et un après-midi, les pouces passés sous la ceinture, ils discutèrent les prix des tondeuses à gazon, plantés sur le parking. Ils se séparèrent sur une poignée de main, comme si la décision de devenir amis était un accord commercial.

Quand ils apprirent que toutes sortes de gens allaient bientôt emménager dans les quatre autres maisons, les deux hommes tinrent conseil dans la cuisine d'Ove et Sonja, où ils mirent au point un ensemble de règles pour le lotissement, des panneaux annonçant ce qui était interdit ou pas, et un conseil syndical pour la copropriété. Ove en devint le président et Rune le vice-président.

Les mois suivants, ils se rendirent ensemble à la décharge, sermonnèrent les gens qui ne se garaient pas correctement, marchandèrent la peinture des façades et les gouttières à la quincaillerie, et surveillèrent étroitement l'électricien venu poser des lignes téléphoniques et des prises de courant. L'un comme l'autre brandissaient un index impérieux en lui faisant la leçon sur la bonne façon de s'y prendre. Aucun d'eux ne s'y connaissait vraiment, mais ils savaient parfaitement que ce genre de freluquets essayait d'escroquer les honnêtes gens si on ne gardait pas un œil sur eux. C'était aussi simple que ça.

Les deux couples dînaient parfois ensemble, dans la mesure où l'on peut parler de dîner quand Ove et Rune passaient la plus grande partie de la soirée sur le parking, à donner des coups de pied dans les pneus de leurs voitures respectives, à comparer leurs coffres et leurs diamètres de braquage et autres choses essentielles. Mais ce n'était tout de même pas rien.

Les ventres de leurs épouses grossissaient régulièrement, ce qui, d'après Rune, avait « court-circuité » le cerveau d'Anita. À l'en croire, il dut retirer la cafetière du frigo presque tous les jours à partir du troisième mois. Sonja, quant à elle, développa une irascibilité plus fulgurante que les portes de saloon dans les films avec John Wayne. En conséquence, Ove évita d'ouvrir la bouche, ce qui, évidemment, énervait tout autant Sonja. Et quand elle n'était pas en nage, elle grelottait. Dès qu'Ove, fatigué de se chamailler avec elle, ouvrait les radiateurs d'un chouïa, elle transpirait de nouveau, et il devait refaire le tour de la maison pour les refermer. Elle mangeait aussi de telles quantités de bananes que le marchand de primeurs finit par croire qu'Ove avait ouvert un zoo.

— Leurs hormones font une danse guerrière, dit Rune avec un hochement de tête entendu, un de ces soirs où Ove et lui étaient assis sur la terrasse derrière sa maison, tandis que leurs épouses parlaient dans la cuisine de Sonja et Ove de choses dont parlaient alors les femmes.

Rune raconta que, la veille, il avait découvert Anita en train de pleurer à chaudes larmes devant la radio pour la simple raison que l'appareil faisait « un joli bruit ».

— Un joli… bruit ? répéta Ove sans comprendre.

— Un joli bruit, confirma Rune.

Les deux hommes secouèrent la tête d'un même mouvement et scrutèrent l'obscurité en silence.

— Il faudrait tondre la pelouse, dit finalement Rune.

— J'ai acheté de nouvelles lames pour la tondeuse, répondit Ove en opinant du chef.

— Tu les as payées combien ? demanda Rune.

Et leur amitié continua ainsi.

Le soir, Sonja mettait de la musique pour son ventre, en disant que ça calmait l'enfant. Ove, assis dans son fauteuil à l'autre extrémité de la pièce, faisait alors généralement semblant de regarder la télé, une expression incertaine sur le visage. Il se demandait avec inquiétude ce qui arriverait quand le marmot se déciderait à sortir. Est-ce qu'il détesterait son père parce que ce dernier n'aimait pas tellement la musique ?

Ce n'est pas qu'Ove avait peur. Il ne savait simplement pas comment on se préparait à devenir père. Il avait réclamé un manuel, mais Sonja s'était contentée d'éclater de rire. Ove ne comprenait pas pourquoi. Il y avait des manuels pour tout.

Il se demandait avec scepticisme s'il arriverait vraiment à être le père de quelqu'un. En fait, il n'aimait pas tellement les enfants et il n'avait lui-même pas vraiment réussi à en être un. Sonja pensait qu'il devrait discuter avec Rune, puisqu'ils étaient « dans la même situation ». Ove ne voyait pas ce qu'elle voulait dire par là. Rune n'allait pas être le père du gosse d'Ove, mais d'un autre. En tout cas, Rune semblait être d'accord avec Ove sur le fait qu'ils n'avaient pas grand-chose à discuter, et c'était toujours ça. Alors, quand Anita rendait visite à Sonja le soir et s'asseyait dans la cuisine pour parler de contractions, Ove et Rune prétextaient qu'ils devaient « discuter », allaient dans la remise d'Ove et trifouillaient en silence les outils sur l'établi.

Alors que, pour le troisième soir de suite, ils se tournaient les pouces dans le cabanon fermé, ils décidèrent de trouver une façon de s'occuper avant que, comme le dit Rune, « les nouveaux voisins commencent à se demander ce qu'on manigance là-dedans ».

Ove trouva aussi que c'était préférable. Ils ne bavardaient pas beaucoup en travaillant, mais s'aidèrent mutuellement à dessiner les plans, prendre des mesures et s'assurer que les angles étaient bien droits. Tard un soir, alors que Sonja et Anita étaient dans leur quatrième mois, chacune découvrit un lit à barreaux bleu clair dans la future chambre d'enfant.

— On pourra le repeindre en rose si c'est une fille, marmonna Ove en le montrant à Sonja.

Sonja se jeta à son cou et il sentit des larmes couler sur sa joue. C'était bien vrai : les hormones les rendaient complètement irrationnelles.

— Je veux que tu me demandes de t'épouser, souffla-t-elle.

Il s'inclina. Ils se marièrent sans prétention dans leur pavillon. Aucun d'eux n'avait plus de famille, aussi Rune et Anita furent-ils les seuls invités. Sonja et Ove se passèrent la bague au doigt, puis ils allèrent tous les quatre au restaurant. Ove paya, mais Rune l'aida à s'assurer que « tout était en ordre » sur l'addition. Ce qui n'était naturellement pas le cas. Au bout d'une bonne heure, ils parvinrent à convaincre le serveur que, dans son propre intérêt, le plus simple était de diviser par deux la somme totale, s'il ne voulait pas qu'ils aillent « porter plainte » à la police. Ils ne dirent pas clairement de qui ils comptaient se plaindre, ni de quoi, mais le garçon finit par abandonner la lutte et retourna en cuisine dresser une nouvelle addition avec force jurons et gesticulations. Rune et Ove hochèrent gravement la tête d'un air entendu sans remarquer que, comme à l'accoutumée, leurs femmes avaient pris un taxi vingt minutes plus tôt.

Ove opine du chef, assis au volant de la Saab, tandis qu'il observe le garage de Rune. Il n'arrive pas à se souvenir quand il a vu la porte ouverte pour la dernière fois. Il éteint les feux de la Saab, réveille le chat sans délicatesse en lui enfonçant l'index dans les côtes, et sort de la voiture.

— Ove ? fait une voix avec curiosité.

Un instant plus tard, une inconnue, à qui appartient manifestement la voix, passe la tête par l'ouverture du garage. Elle doit avoir environ quarante-cinq ans ; elle est vêtue d'un jean usé et d'un coupe-vent kaki trop grand. Elle n'a pas une trace de maquillage, ses cheveux sont relevés en queue-de-cheval. La nouvelle venue entre sans la moindre gêne et regarde autour d'elle avec intérêt. Le chat fait un pas vers elle, feulant en guise d'avertissement. Elle s'immobilise. Ove met les mains dans ses poches.

— C'est pour quoi ?

— Ove ? demande-t-elle de nouveau, avec l'enthousiasme exagéré d'un vendeur de gâteaux qui essaie de donner l'impression de ne pas vouloir vendre ses gâteaux.

— Non, merci, je n'en veux pas, dit Ove en désignant du menton la porte du garage pour signifier à l'inconnue qu'elle n'a pas besoin de chercher un autre chemin que celui qu'elle a emprunté pour entrer.

L'intruse n'a pas l'air le moins décontenancée du monde.

— Je m'appelle Lena ! Je travaille pour le journal local et je… commence-t-elle en tendant la main.

Ove regarde la main, puis la femme.

— Je n'en veux pas, répète-t-il.

— De quoi ? demande-t-elle.

— Vous êtes venue pour me vendre un abonnement, c'est ça, non ? Je ne suis pas intéressé.

Elle lui lance un regard déconcerté.

— Oui… euh, enfin… je ne suis pas venue vous vendre des journaux. Je les écris. Je suis journaliste, explique-t-elle en exagérant les « r », comme le font toujours les journalistes qui croient que les gens raisonnables sont méfiants simplement parce qu'ils n'ont pas entendu la première fois.

— Je ne suis quand même pas intéressé, répond Ove avant de la rabattre lentement vers la porte.

— Mais je veux vous PARLER, Ove ! insiste-t-elle en essayant d'entrer de nouveau de force.

Ove fait de grands gestes des bras, comme s'il voulait l'effrayer en secouant un tapis invisible.

— Vous avez sauvé quelqu'un hier à la gare ! Je voudrais vous poser quelques questions à ce propos, s'exclame-t-elle d'un ton enjoué.

Elle s'apprête de toute évidence à poursuivre ses explications, mais s'aperçoit qu'elle a perdu l'attention de son interlocuteur. Ove regarde par-dessus l'épaule de la journaliste, les yeux étrécis.

— C'est pas vrai, bande de fumiers, peste-t-il.

— Euh... fait-elle, je voulais vous deman...

Mais Ove l'a déjà repoussée hors de son chemin et court vers la Skoda blanche qui vient de tourner devant le parking et se dirige vers les maisons.

La femme aux lunettes assise côté passager est si surprise quand Ove tambourine sur la vitre qu'elle s'assène un coup de classeur sur le nez. L'homme à la chemise blanche, en revanche, reste impassible. Il baisse la vitre.

— Oui ? demande-t-il.

— Le lotissement est interdit aux voitures, crache Ove en désignant tour à tour les pavillons, la Skoda, le conducteur et les garages. Dans cette copropriété, on se gare sur le *parking* !

Le conducteur regarde les maisons, le parking, puis Ove.

— La commune m'a autorisé à conduire jusqu'à la maison. Alors, je vous prierais de me laisser passer.

Ove est tellement choqué qu'il met plusieurs secondes à élaborer une réponse contenant autre chose que des jurons. Pendant ce temps, l'homme prend un paquet de cigarettes sur le tableau de bord et le tapote contre sa jambe.

— Écartez-vous, s'il vous plaît, enjoint-il à Ove.

— Qu'est-ce que vous venez faire ici ? rétorque Ove.

— Ne vous préoccupez pas de ça, répond le conducteur avec la voix monocorde d'un répondeur de centre d'appels annonçant qu'Ove vient d'être placé en file d'attente téléphonique.

Il saisit entre les lèvres la cigarette qui dépasse du paquet et l'allume. Ove respire si lourdement que sa poitrine se lève et s'abaisse sous sa veste. La femme sur le siège passager rassemble ses classeurs et papiers et rajuste ses lunettes. Le conducteur soupire comme si Ove était un enfant qui s'obstinait à rouler en skateboard sur le trottoir.

— Vous savez ce que je fais ici. Nous allons nous occuper de Rune dans la maison au bout de la rue.

Il passe le bras par la fenêtre et tapote sa cigarette sur son rétroviseur pour faire tomber la cendre.

— « Vous occuper de » ? répète Ove.

— Oui, dit l'autre d'un ton indifférent en hochant la tête.

— Et si Anita ne veut pas ? crache Ove en tambourinant de l'index sur le toit de la Skoda.

L'homme en chemise blanche regarde la femme aux lunettes avec un sourire résigné. Il se tourne de nouveau vers Ove en parlant très lentement, comme s'il allait employer des mots trop difficiles à comprendre pour ce dernier.

— Cette décision n'appartient pas à Anita, mais à la commission d'enquête.

La respiration d'Ove se fait plus pénible. Il sent les pulsations dans sa gorge.

— Vous ne pouvez pas entrer dans le lotissement en voiture, dit-il, les dents serrées.

Il ferme les poings et parle d'un ton menaçant, mais le conducteur reste très calme. Il écrase sa cigarette sur la portière et la jette par terre. Comme si Ove radotait, tel un vieillard sénile.

— Et comment exactement comptez-vous m'en empêcher, Ove ? dit-il finalement.

En l'entendant prononcer son nom, Ove affiche la même expression que s'il avait reçu un coup de massue dans l'estomac. Il fixe l'homme, bouche bée, puis son regard dérive sur la voiture.

— Comment vous connaissez mon nom ?

— Je sais beaucoup de choses sur vous, dit l'envahisseur.

Ove réussit à enlever son pied de la trajectoire de la roue arrière juste avant que l'homme ne fasse de nouveau avancer la Skoda vers les maisons. Choqué, Ove les regarde s'éloigner.

— C'était qui ? demande la femme en coupe-vent derrière lui.

Ove fait volte-face.

— Comment vous connaissez mon nom ? demande-t-il d'un ton impérieux.

La journaliste recule d'un pas, puis écarte quelques mèches de cheveux rebelles de son front sans lâcher des yeux les poings serrés d'Ove.

— Je travaille au journal local… Nous avons interrogé les gens sur le quai à propos du sauvetage…

— Comment vous connaissez mon nom ? répète Ove, la voix à présent emplie de colère.

— Vous avez utilisé votre carte bancaire pour payer votre billet de train. J'ai examiné le registre de paiement à la caisse, dit-elle en faisant un nouveau pas en arrière.

— Et lui !!! Comment est-ce qu'IL connaît mon nom ? rugit Ove avec un geste dans la direction qu'a empruntée la Skoda, les veines palpitant sur ses tempes comme des serpents sous la peau d'un tambour.

— Je… je ne sais pas, dit-elle.

Ove inspire vigoureusement par le nez, les yeux rivés sur elle, pour déterminer si elle ment.

— Je n'en ai aucune idée, je n'avais jamais vu cette personne auparavant, lui assure-t-elle.

Ove plisse les yeux plus fort. Il hoche finalement la tête, l'air résolu, puis s'éloigne en direction de sa maison. Elle l'interpelle, mais il ne réagit pas. Le chat le suit dans l'entrée. Ove referme la porte. Au bout de la rue, l'homme en chemise blanche et la femme aux lunettes et classeurs sonnent chez Anita et Rune.

Ove s'affaisse sur le tabouret du couloir, frémissant d'humiliation. Il avait presque oublié ce sentiment. La dégradation. L'impuissance. La conscience qu'on ne peut pas lutter contre les chemises blanches.

Voilà qu'ils sont de retour. Ils ne s'étaient pas montrés depuis qu'Ove et Sonja étaient rentrés d'Espagne. Depuis l'accident.

21

La vie selon Ove lorsqu'il se rendait dans un pays où on joue de la musique étrangère dans les restaurants

Naturellement, le car était l'idée de Sonja. Ove n'en voyait pas du tout l'intérêt. S'ils devaient absolument partir en voyage, ils pouvaient prendre la Saab. Mais Sonja insista, en expliquant que les cars étaient « romantiques », et Ove comprit qu'ils étaient d'une importance vitale. Il céda, en dépit du fait que les Espagnols semblaient se croire spéciaux parce qu'ils zézayaient, jouaient de la musique étrangère dans les restaurants et dormaient au milieu de la journée. Et en dépit, aussi, des gens qui buvaient de la bière dès le matin, dans l'autocar qui les amenait à destination, à croire qu'ils travaillaient dans un cirque.

Ove s'efforçait de ne pas apprécier le séjour, mais Sonja était si euphorique qu'il ne put éviter d'être saisi de la même félicité. Elle riait si fort que les vibrations se propageaient à son propre corps quand il la prenait dans ses bras. Même Ove ne pouvait pas détester cela.

Ils séjournaient dans un petit hôtel, avec une petite piscine et un petit restaurant, tenu par un petit homme qui répondait au nom de Rossé. Ça s'écrivait « José », mais les Espagnols étaient apparemment assez souples en matière de prononciation. Rossé ne parlait pas un mot de suédois, ce qui ne l'empêchait pas de parler quand même. Sonja feuilletait un livre et essayait de dire « coucher de soleil » et « jambon » en espagnol. Ove pensait que ça restait du cul de cochon même si on utilisait un mot étranger, mais ne dit rien.

En revanche, il tenta d'expliquer à Sonja qu'elle ne devait pas donner d'argent aux mendiants dans la rue, parce qu'ils allaient à coup sûr s'acheter du tord-boyaux avec. Elle n'en fit néanmoins qu'à sa tête.

— Ils peuvent s'acheter ce qu'ils veulent, dit-elle.

Quand Ove protesta, elle se contenta de sourire, prit ses larges mains dans les siennes et les embrassa.

— Ove, quand une personne fait un don à une autre, ce n'est pas celle qui reçoit qui est bénie. C'est celle qui donne.

Le troisième jour, elle fit une sieste au milieu de la journée, parce que c'était l'usage en Espagne, et qu'il fallait « adopter les coutumes locales ». Ove soupçonna que les coutumes locales étaient une excuse bien pratique. Depuis qu'elle était enceinte, elle dormait seize heures sur vingt-quatre. Il avait l'impression d'être en vacances avec un chiot.

Pendant ce temps, Ove alla se promener. Il longea la route départementale reliant l'hôtel au village. Toutes les maisons étaient en pierre, observa-t-il, et aussi loin que le regard portait, aucune des fenêtres n'avait de vraie moulure. Plusieurs des bâtisses n'avaient même pas de seuil. Ove trouva l'architecture un peu primitive. Ils n'étaient même pas foutus de construire des habitations correctes.

En retournant vers l'hôtel, il aperçut, au bord du chemin, Rossé penché sur une petite voiture brune qui dégageait de la fumée. Dans l'habitacle, deux enfants, et une femme très âgée, coiffée d'un foulard, qui n'avait pas l'air en forme.

Quand il aperçut Ove, Rossé se mit à agiter frénétiquement les bras dans sa direction, le regard panique. « Sennioor », appela-t-il, comme à chaque fois qu'il s'adressait à Ove depuis leur arrivée à l'hôtel. Ove supposait que cela voulait dire « Ove » en espagnol ; il n'avait pas vérifié dans le livre de Sonja. Rossé faisait de grands signes vers le véhicule, puis gesticulait à l'intention de son interlocuteur. Ove enfonça les mains dans ses poches et s'arrêta à distance respectable de la voiture.

« Hospital ! » cria Rossé en désignant la vieille femme sur la banquette. Elle n'avait décidément pas l'air en bonne santé. Rossé montra sa passagère, puis le moteur fumant et répéta d'une voix désespérée « Hospital ! Hospital ! » Ove examina la scène et en conclut que Hospital devait être la marque de voiture à laquelle appartenait cet exemplaire fumant.

Il jeta un coup d'œil au moteur ; ça ne semblait pas bien compliqué.

— Hospital, répéta Rossé en hochant plusieurs fois la tête, assez affolé.

Ove ne savait pas vraiment ce qu'il était censé répondre, mais cette marque était apparemment très populaire en Espagne, et il ne put qu'éprouver de la sympathie.

— *Saab*, dit-il en se frappant la poitrine de l'index, d'une mimique éloquente.

Rossé le dévisagea quelques secondes, interroga-teur, puis se désigna lui-même :

— Rossé !

— Je ne vous ai pas demandé votre nom, bon sang ! J'ai dit que...

Ove s'interrompit en croisant, de l'autre côté du capot, le regard vide de l'hôtelier.

Rossé comprenait manifestement encore moins le suédois qu'Ove l'espagnol. Ce dernier soupira et regarda, perplexe, les enfants sur la banquette arrière. Ils tenaient les mains de la vieille dame, terrifiés. Ove observa de nouveau le moteur.

Puis il retroussa ses manches et fit signe à Rossé de s'écarter.

Malgré des recherches assidues dans son livre, Sonja ne comprit jamais pourquoi ils mangèrent gra-tuitement au restaurant de José le reste de la semaine. Mais elle éclatait d'un rire pétillant à chaque fois que le petit Espagnol s'illuminait à la vue d'Ove, écartait grands les bras et s'écriait « Señor Saab !!! ».

Les siestes de Sonja et les promenades d'Ove devinrent un rituel quotidien. Le deuxième jour, Ove croisa un homme en train d'ériger une clôture, et s'arrêta pour lui expliquer qu'il s'y prenait mal. L'autochtone ne comprit pas un traître mot, et Ove décida qu'une démonstration serait beaucoup plus rapide. Le troisième jour, il aida le curé à maçonner le nouveau mur d'un bâtiment paroissial. Le qua-trième jour, il suivit Rossé jusqu'à un champ en lisière du village et aida un ami de l'hôtelier à secourir un cheval embourbé dans un fossé boueux.

De nombreuses années plus tard, Sonja eut l'idée de lui poser la question au sujet de la gratuité de leurs repas. Quand Ove lui raconta enfin, elle secoua longuement la tête. « Si je comprends bien, pendant que je dormais, tu sortais en douce et tu aidais ton prochain à... construire des clôtures ? Les gens peuvent bien dire ce qu'ils veulent, Ove, mais tu es le super-héros le plus bizarre dont j'ai jamais entendu parler. »

Dans le car qui les ramenait chez eux, elle posa la main d'Ove sur son ventre, et il sentit pour la première fois bouger l'enfant. Un coup faible, très faible ; il lui semblait qu'on lui tapotait la paume à travers un gant de cuisine très épais. Ils passèrent plusieurs heures à guetter les petits chocs mats. Ove ne dit rien, mais Sonja le vit passer le dos de la main sur ses yeux quand il se leva finalement en marmottant qu'il avait « besoin d'aller aux toilettes ».

Ce fut la plus belle semaine de la vie d'Ove.

La suivante allait être la pire de toutes.

22

Ove et un intrus dans un garage

Ove et le chat attendent en silence dans la Saab garée sur la zone de livraison de l'hôpital.

— Arrête de me dévisager comme si c'était ma faute, dit Ove à son passager.

L'animal lui renvoie un regard déçu plutôt que fâché. Ove partagerait presque ce sentiment. Il lance des coups d'œil sombres par la vitre.

Il n'était pas censé revenir ici. Il déteste les hôpitaux, et voilà qu'il échoue devant celui-ci pour la troisième fois en moins d'une maudite semaine. Ce n'est pas bien du tout. Mais on ne lui a laissé aucun choix. Pour dire les choses franchement, Ove a plutôt le sentiment qu'il est victime d'un chantage.

La journée avait déraillé dès le début.

Tout a commencé lors de la tournée d'inspection, quand Ove et le chat ont constaté qu'on avait embouti le panneau interdisant la circulation en voiture dans le lotissement. Ove a gratté du bout de l'ongle un reste de peinture blanche et poussé une telle bordée de jurons que même l'animal a paru décontenancé. Ove a ensuite découvert des mégots par terre devant la maison d'Anita et Rune. Il était si enragé qu'il a fait une ronde supplémentaire pour se calmer. À son retour, le félin assis dans la neige lui a lancé un regard accusateur.

— Je ne suis pas responsable de tout ça, a grommelé Ove à son intention en se dirigeant vers la remise.

Il en est ressorti avec la pelle à neige et est allé se poster dans la rue entre les maisons, son manteau bleu se soulevant et s'abaissant au rythme de sa respiration. Il a jeté un coup d'œil vers le pavillon d'Anita et Rune, les mâchoires serrées à s'en faire grincer les dents.

— Ce n'est pas ma faute si cet imbécile a vieilli, a-t-il déclaré d'un ton plus résolu.

Le chat n'a pas semblé trouver cette explication suffisante, et Ove a brandi sa pelle à neige vers lui.

— Tu crois que je n'ai jamais eu affaire aux services sociaux, c'est ça ? Tu crois que ce sera terminé une fois qu'ils auront pris une décision concernant Rune ? Ça ne finit JAMAIS ! Ça ira d'appels en enquêtes, et ils vont tout renégocier et passer à leur moulinette bureaucratique de merde ! Tu comprends ? On se dit que ça va vite, mais ça dure des mois ! Des années ! Tu crois que je vais patienter aussi longtemps juste parce que cet imbécile est devenu impotent ?

L'animal n'a pas répondu.

— Tu n'y comprends rien du tout ! Tu m'entends ? a craché Ove en se détournant.

Il sentait le regard du chat dans son dos tandis qu'il déblayait la neige.

Voilà. Pour dire la vérité, ce n'est pas exactement pour cette raison qu'Ove et le chat sont à présent dans la Saab devant l'hôpital. Mais ça a un rapport direct avec le fait qu'Ove dégageait le chemin quand la journaliste en coupe-vent trop grand a surgi devant sa maison.

— Ove ? a-t-elle demandé dans son dos, craignant peut-être qu'il n'ait changé d'identité depuis la dernière fois qu'elle était venue l'importuner.

Ove a continué à s'activer en faisant mine de ne pas l'avoir entendue.

— Je voudrais seulement poser quelques questions… a-t-elle avancé.

— Eh bien, allez les poser ailleurs, parce qu'elles n'ont rien à faire ici, a rétorqué Ove en projetant de la neige autour de lui si vigoureusement qu'un spectateur pouvait légitimement se demander s'il était en train de déblayer ou de creuser.

— Mais je veux seul…

Elle s'est arrêtée net en voyant Ove et le chat rentrer dans la maison et lui claquer la porte au nez.

Ove et son hôte se sont accroupis dans le couloir en attendant son départ. Mais au lieu de s'éloigner, elle s'est mise à cogner sur le battant en criant : « Voyons, vous êtes un héros !!! »

— Elle est complètement psychotique, cette bonne femme, a dit Ove au félin.

Ce dernier ne l'a pas contredit.

Quand la journaliste, toujours tambourinant, a commencé à trompeter encore plus fort, Ove n'a su que faire. Il a entrouvert la porte en posant l'index sur ses lèvres pour la faire taire comme s'il lui rappelait qu'ils se trouvaient dans une bibliothèque.

La journaliste a souri et levé un objet qu'Ove a identifié instinctivement comme une sorte d'appareil photo. Mais dans cette maudite société, on ne savait plus avec certitude quels objets photographiaient ou non.

Puis elle a essayé d'entrer dans le vestibule. Mal lui en a pris.

D'une main, Ove l'a repoussée, la faisant presque basculer tête la première dans la neige.

— Je n'en veux pas, merci, a-t-il dit.

Elle a repris son équilibre et brandi de nouveau son appareil en criant quelque chose, mais Ove n'écoutait pas. Il a regardé l'engin comme si elle agitait une arme, et décidé alors de fuir. On ne pouvait pas discuter avec cette personne.

Ove et le chat ont verrouillé la porte derrière eux et sont partis aussi vite qu'ils le pouvaient vers le parking. La journaliste les a suivis en trottinant.

Oui. Voilà. Pour être honnête, ce n'est évidemment pas non plus pour ça qu'Ove est retourné à l'hôpital. Mais environ un quart d'heure plus tard, quand Parvaneh est venue toquer à la porte d'Ove avec sa plus jeune fille, elle n'a pas obtenu de réponse, mais a entendu des éclats de voix en provenance des garages. Cet élément a un rapport plus direct avec le fait qu'Ove soit à cet instant précis devant l'hôpital.

Après avoir tourné au coin du parking, Parvaneh et sa fille ont découvert un Ove renfrogné, planté devant son box fermé, les mains dans les poches. Le chat était assis à ses pieds, une expression coupable sur le museau.

— Qu'est-ce que vous faites ? a demandé Parvaneh.

— Rien, a répondu Ove.

Le félin et lui ont baissé les yeux.

Des coups se sont fait entendre de l'intérieur du garage.

— Qu'est-ce que c'est ? a demandé Parvaneh, interdite, en regardant la porte fermée.

Ove a soudain manifesté un grand intérêt pour les quelques centimètres carrés de bitume sous ses chaussures. Le chat semblait presque vouloir s'éclipser en sifflotant.

De nouveaux coups ont retenti.

— Il y a quelqu'un ? a demandé Parvaneh à voix haute.

— Ohé ! a répondu la porte.

Parvaneh a écarquillé les yeux.

— Mon Dieu… vous avez enfermé quelqu'un dans le GARAGE, Ove !? s'est-elle écriée en saisissant son voisin par le bras.

Ove n'a pas répondu. Parvaneh l'a secoué comme un prunier.

— OVE !

— Oui, oui, oui ! Mais ce n'est vraiment pas ma faute, a-t-il marmonné en se dégageant.

Parvaneh a secoué la tête.

— Pas votre faute ?

— Nan, pas ma faute, a dit Ove pour mettre fin à la discussion.

Quand il s'est aperçu que Parvaneh attendait des explications, il s'est gratté la tête en soupirant.

— Elle… oui… c'est un genre de journaliste. Je ne voulais vraiment pas l'enfermer, bon sang. Je voulais me barricader avec le chat, mais elle nous a suivis à l'intérieur. Alors, voilà. Maintenant, c'est elle qui est enfermée à notre place.

Parvaneh a commencé à se masser les tempes.

— Je n'en peux plus…

— Vilain, a dit la petite fille en agitant l'index vers Ove.

— Hou ! hou ! a appelé le garage.

— Il n'y a personne ! a répondu Ove d'une voix sifflante.

— Je vous entends discuter ! a dit la voix.

Ove a poussé un profond soupir en lançant un regard résigné à Parvaneh, comme pour lui dire : « Non mais, vous vous rendez compte ? La porte du garage me parle ! »

Parvaneh lui a fait signe de s'écarter, posé l'oreille contre la porte et toqué une fois. La porte a toqué en retour, apparemment disposée à poursuivre la conversation en morse. Parvaneh s'est éclairci la gorge.

— Pourquoi est-ce que vous voulez parler à Ove ? a-t-elle demandé.

— Parce que c'est un héros !

— Un… quoi ?

— Ah, pardon ! Voilà : je m'appelle Lena, je travaille pour le journal local et je voudrais intervi…

Parvaneh a regardé Ove, choquée.

— Comment ça, un héros ?

— Elle raconte un tas d'âneries ! a protesté Ove.

— Il a sauvé la vie d'un homme qui était tombé sur les rails ! s'est écriée la porte.

— Vous êtes sûre que vous avez trouvé le bon Ove ? a demandé Parvaneh.

Ove s'est vexé.

— Je vois. Alors, comme ça, c'est impensable que je sois un héros, a-t-il rouspété.

Parvaneh l'a regardé en plissant les yeux d'un air soupçonneux. La petite fille a essayé d'attraper le chat par son moignon de queue en appelant « minou ! » d'un ton surexcité. Le minou, peu affable, s'est abrité derrière les jambes d'Ove.

— Qu'est-ce que vous avez fait, Ove ? a demandé Parvaneh sur le ton de la confidence en s'éloignant de quelques pas du garage.

La petite s'est lancée à la poursuite du chat autour des chevilles d'Ove qui, quant à lui, ne savait que faire de ses mains.

— Euh, j'ai ramassé un type à cravate sur les rails. Il n'y a vraiment pas de quoi en faire toute une histoire, a-t-il marmonné.

Parvaneh essaya de réprimer un rire.

— Et il n'y a pas de quoi rire non plus, a ajouté Ove, morose.

— Pardon, a fait Parvaneh.

La porte a crié quelque chose qui ressemblait à « Hou ! hou ! Vous êtes encore là ? ».

— Non ! a rétorqué Ove d'un ton sec.

— Pourquoi vous vous fâchez ? a demandé le garage.

Ove a hésité. Il s'est penché vers Parvaneh.

— Je… je ne sais vraiment pas quoi faire avec elle, a-t-il dit d'un ton que Parvaneh aurait presque trouvé implorant si elle n'avait pas su à qui elle avait affaire. Je ne veux pas la laisser toute seule là-dedans avec la Saab ! a-t-il soufflé gravement.

Parvaneh a hoché la tête pour lui signifier qu'elle saisissait l'ampleur de la situation. Ove a tendu une main fatiguée entre la petite fille et le chat en guise de médiation, avant que la situation ne dégénère autour de ses chevilles. L'enfant semblait vouloir serrer le chat dans ses bras. Celui-ci paraissait prêt à désigner la petite au milieu d'un rang de suspects au poste de police. Ove a attrapé la petite qui s'est mise à glousser.

— Au fait, qu'est ce que vous faites là ? a demandé Ove à Parvaneh en lui tendant l'enfant riant aux éclats comme si c'était un sac de patates.

— Nous allons chercher Patrick et Jimmy à l'hôpital en bus, a-t-elle répondu.

Elle a vu Ove contracter les mâchoires à la mention du mot « bus »

— Nous... a commencé Parvaneh, perdue dans ses pensées.

Elle a regardé le garage, puis Ove.

— Je n'entends pas ce que vous dites ! Parlez plus fort ! a dit la porte.

Ove s'est immédiatement écarté de deux pas. Parvaneh a soudain souri avec assurance, comme si elle venait de trouver la solution d'une grille de mots croisés.

— Écoutez, Ove ! Si vous nous emmenez à l'hôpital, je vous aide à vous débarrasser de la journaliste ! D'accord ?

Ove a levé les yeux, pas le moins du monde convaincu. Il n'avait en vérité aucune intention de retourner une nouvelle fois à l'hôpital.

— Sinon, je vais dire à la journaliste que moi, je peux lui raconter d'autres histoires sur vous, Ove, a-t-elle suggéré en haussant les sourcils.

— Des histoires ? Quel genre d'histoires ? a crié la porte, qui a recommencé à tambouriner avec enthousiasme.

Ove a regardé le box, découragé.

— C'est du chantage, a-t-il dit à Parvaneh.

Celle-ci a acquiescé gaiement.

— Ove tapé le cloun ! a fait la petite en hochant la tête d'un air bien informé, croyant manifestement devoir expliquer au chat qui n'avait pas été de la partie l'aversion d'Ove pour l'hôpital.

Le félin ne semblait pas comprendre ce que cela signifiait, mais si le clown avait été au moins aussi énervant que la petite, il ne pouvait pas reprocher à Ove de l'avoir frappé.

— Je ne céderai pas à ce chantage ! a dit fermement Ove en brandissant l'index vers Parvaneh pour clore la discussion.

Voici pourquoi Ove attend maintenant devant l'hôpital. Le chat considère de toute évidence comme une infâme trahison le fait qu'Ove l'ait obligé à rester à l'arrière avec la petite pendant tout le trajet. Ove ajuste le papier journal sur les sièges. Il se sent floué. Quand sa voisine avait promis de le « débarrasser » de la journaliste, il ne s'était pas vraiment demandé comment elle s'y prendrait. Certes, il ne s'attendait pas à ce que Parvaneh la fasse disparaître dans un nuage de fumée, ou l'abatte à coups de pelle et l'enterre dans un désert, ou autre méthode radicale.

Mais Parvaneh a simplement ouvert le garage et donné sa carte de visite à la journaliste en disant : « Appelez-moi pour qu'on parle d'Ove. » C'était ÇA, sa façon de se débarrasser de quelqu'un ? Ove ne la trouve pas efficace du tout.

Bien sûr, c'est trop tard pour protester. Le voilà devant l'hôpital pour la troisième fois en moins d'une satanée semaine. Du chantage, voilà ce que c'était.

Ove doit en plus supporter l'air accusateur du chat. Quelque chose dans l'attitude de l'animal lui rappelle la façon qu'avait Sonja de le regarder.

— Ils ne vont pas emmener Rune. Ils disent ça, mais ces procédures durent plusieurs années, dit Ove à son passager.

Peut-être s'adresse-t-il aussi à Sonja. Peut-être à lui-même. Il ne sait pas.

— Arrête au moins de te plaindre. Sans moi, tu serais obligé de vivre avec cette gosse et tu y aurais laissé le morceau de queue qu'il te reste. N'oublie pas ça ! maugrée-t-il à l'intention du félin pour changer de sujet.

Le chat roule sur le flanc, s'écartant d'Ove, et s'endort en guise de protestation. Ove jette de nouveau un coup d'œil par la fenêtre. Il a bien compris que la petite n'est pas allergique. Parvaneh lui a menti pour l'obliger à s'occuper de cette sale bestiole.

Il n'est pas sénile, bon sang.

23

La vie selon Ove
lorsqu'un car n'arriva jamais

« Chaque homme a besoin de savoir pour quoi il se bat », dit-on. Du moins, c'était ce que Sonja avait lu un jour à voix haute dans un de ses livres. Ove ne savait plus lequel, sa femme était constamment entourée d'une véritable bibliothèque ambulante. Pendant leurs vacances, elle en avait acheté toute une valise alors qu'elle ne parlait pas l'espagnol. « J'apprendrai en lisant », avait-elle expliqué simplement. Comme si ça fonctionnait de cette façon. Ove avait déclaré qu'il préférait raisonner par lui-même plutôt que lire ce que pensaient tout un tas d'incapables. Sonja avait souri en lui tapotant la joue. Ove n'avait pas d'arguments contre ça.

Il avait porté la valise pleine à craquer jusqu'au car. En passant, il avait remarqué que le chauffeur empestait le vin, mais il s'était dit que c'était l'usage dans ce pays et que ça ne le regardait pas. Il était resté assis près de Sonja qui guidait sa main sur son ventre, et il avait senti l'enfant bouger pour la première et la dernière fois. Puis il s'était levé pour aller aux toilettes, et quand il arriva au milieu de l'allée, le car tangua et percuta la glissière centrale de l'autoroute. Il y eut une seconde de silence, le temps lui-même semblait prendre une grande inspiration. Elle fut immédiatement suivie d'une explosion d'éclats de verre. Du froissement impitoyable de la tôle. Du fracas des voitures qui emboutirent l'arrière du car.

Et les cris. Il ne les oublierait jamais.

Ove se souvint seulement qu'il atterrit à plat ventre. Il regarda tout autour de lui, affolé, fouillant des yeux l'amas de corps, mais Sonja avait disparu. Il se jeta en avant, se blessant avec le verre qui pleuvait, mais il avait l'impression qu'un fauve enragé le tirait en arrière. Que le diable en personne l'avait saisi à la nuque et le plaquait au sol, ajoutant l'humiliation à la panique. Ce sentiment le poursuivrait chaque nuit aussi longtemps qu'il vivrait : l'impuissance totale.

La première semaine, il passa chaque instant à son chevet, jusqu'à ce que les infirmières l'obligent d'une main ferme à aller prendre une douche et enfiler des vêtements propres. Tous le regardaient d'un air de compassion et de « profond regret ». Un médecin vint dire à Ove, d'une voix indifférente, clinique, qu'il devait « se préparer à l'éventualité qu'elle ne se réveille pas ». Ove jeta le médecin dehors. Sans avoir préalablement ouvert la porte.

— Elle n'est pas morte ! Arrêtez de tous parler comme si elle était morte ! hurla Ove dans le couloir.

Plus personne ne s'y risqua.

Le dixième jour, tandis que la pluie tapait sur les carreaux et que la radio parlait de la pire tempête depuis plusieurs décennies, Sonja ouvrit les yeux, une mince fente torturée. Découvrant Ove, elle glissa sa main dans la sienne en recroquevillant le doigt dans sa paume.

Puis elle s'assoupit et dormit toute la nuit. Quand elle se réveilla, les infirmières offrirent de tout expliquer, mais Ove répondit d'un ton résolu que c'était à lui de le faire. Il parla avec sang-froid, en serrant les mains de sa femme dans les siennes comme si elles étaient très, très froides. Il raconta comment le chauffeur empestait le vin, comment le car avait vacillé vers la glissière, et la collision. L'odeur de caoutchouc brûlé. L'impact assourdissant.

Et l'enfant qui ne viendrait jamais au monde.

Elle pleura. Des pleurs inconsolables, une plainte immémoriale, entrecoupée de cris, qui les déchirèrent jusqu'au plus profond de leur être. Le temps, la peine et la colère se fondirent en d'interminables ténèbres. Ove sut alors qu'il ne pourrait jamais se pardonner de ne pas être resté près d'elle et de n'avoir pas pu les protéger. Il sut que cette peine durerait éternellement.

Néanmoins, Sonja n'aurait pas été Sonja si elle avait laissé les ténèbres l'emporter. Un matin – Ove ne savait pas combien de temps s'était écoulé depuis l'accident – elle demanda simplement à commencer la rééducation. Quand Ove la regarda comme si c'était sa propre colonne vertébrale qui poussait des gémissements d'animal blessé à chaque mouvement qu'elle faisait, elle posa doucement la tête contre sa poitrine et souffla : « Nous pouvons nous employer à vivre ou nous employer à mourir, Ove. Nous devons aller de l'avant. »

Et ils s'y appliquèrent.

Au cours des mois suivants, Ove rencontra un nombre incalculable d'hommes en chemise blanche. Assis à des bureaux en bois clair dans les locaux de différentes autorités, ils avaient visiblement le temps d'expliquer à Ove quels papiers remplir dans quels buts, mais pas celui de discuter les mesures à prendre pour que Sonja aille mieux.

Une femme d'un service quelconque vint les trouver à l'hôpital et expliqua avec animation que Sonja pouvait obtenir une place dans un « foyer » pour « personnes dans une situation similaire ». Elle déclara qu'il était parfaitement compréhensible que les « difficultés du quotidien » puissent devenir trop « pesantes » pour Ove. Elle ne le dit pas directement, mais c'était clair comme de l'eau de roche qu'elle le pensait. Elle n'imaginait pas un instant qu'Ove pouvait envisager de rester au côté de sa femme. « Dans les circonstances actuelles », dit-elle tout au long de la discussion avec des signes de tête furtifs en direction du lit. De la même façon que si Sonja n'était pas là.

Cette fois, Ove ouvrit d'abord la porte avant de mettre l'assistante sociale dehors.

— Le seul foyer où nous irons est le nôtre ! Celui où nous VIVONS ! rugit-il dans le couloir.

De frustration et de colère, il lança une des chaussures de Sonja après la femme.

Il dut ensuite demander aux infirmières, que le projectile avait manquées de peu, si elles avaient vu où était passée la chaussure. Ce qui, naturellement, le mit encore plus en colère. À cet instant, il entendit Sonja rire, pour la première fois depuis l'accident. D'un rire qui fusait sans qu'elle puisse le réprimer, terrassée qu'elle était par sa propre voix. Elle rit tant et tant que les notes ricochèrent sur les murs et le sol, abolissant les lois du temps et de l'espace. Ove eut le sentiment de redresser lentement les épaules et d'émerger des ruines après un tremblement de terre. Son cœur avait de nouveau assez de place pour battre.

Il retourna dans leur pavillon où il aménagea toute la cuisine, arrachant le vieil évier pour en installer un nouveau, moins haut. Il réussit même à trouver un four adapté. Il modifia les montants des portes et plaça des rampes d'accès devant chaque pièce. Le lendemain de sa sortie de l'hôpital, Sonja retourna à sa formation. Elle passa ses examens au printemps. Une annonce parut dans le journal à propos d'un poste dans l'école à la pire réputation de toute la ville, pour une classe à laquelle aucun diplômé sain d'esprit n'enseignerait de son plein gré. C'était avant que l'on ne découvre les troubles de l'apprentissage. « Ces garçons et ces filles sont des cas désespérés », annonça pendant l'entretien le directeur en personne, épuisé. « Ce n'est plus une classe, c'est une garderie. » Sonja comprenait peut-être ce que cela faisait d'être décrit en ces termes. Elle fut la seule à présenter sa candidature, et réussit à faire lire Shakespeare aux adolescents placés sous sa charge.

Ove, quant à lui, éprouvait tant de rage que, certains soirs, Sonja lui demandait de sortir avant qu'il ne se mette à casser les meubles. Elle souffrait infiniment de voir ses épaules ployer sous des envies destructrices. Envie de détruire le chauffeur du car. L'agence de voyages. La glissière de l'autoroute. Le producteur de vin. Tout et tous. Frapper, encore et encore, jusqu'à annihilation complète du moindre de ces salauds, voilà ce qu'il voulait. Il déversait sa colère dans la remise et dans le garage. Il la répandit derrière lui lors de ses tournées d'inspection. Mais ça ne suffisait pas. Finalement, il se mit à en remplir des lettres. Il écrivit au gouvernement espagnol. Au suédois. À la police.

Aux tribunaux. Mais personne n'endossa la responsa-
bilité. Personne ne s'intéressait à leur situation. Leurs
réponses ne faisaient qu'en référer à différentes lois et
d'autres autorités. Ils rejetaient tous la faute sur
d'autres. Quand la commune refusa d'aménager
l'escalier de l'école où travaillait Sonja, Ove envoya
des lettres et fit appel pendant des mois. Il écrivit des
tribunes dans le journal local. Il essaya de la poursuivre en justice. Il l'inonda littéralement de la rage
d'un père qui a perdu son enfant.

Mais partout, il fut tôt ou tard arrêté dans sa campagne vengeresse par des hommes en chemise blanche
à l'expression froide et hautaine. Il ne pouvait pas
lutter contre eux. Ils n'avaient pas seulement la loi de
leur côté : ils étaient la loi. L'ultime recours fut rejeté.
La lutte était finie simplement parce que les chemises
blanches en avaient décidé ainsi. Ove ne leur pardonna jamais.

Sonja voyait les démarches d'Ove. Elle comprenait
ce qui le blessait, alors elle le laissa se battre, elle le
laissa être en colère, elle le laissa déverser sa rage à
tous les vents et dans toutes les directions. Enfin, en
mai, un de ces soirs qui contenaient la douce promesse
de l'été, elle s'approcha de lui, son fauteuil roulant
laissant d'infimes traces sur le parquet. Ove était en
train d'écrire des lettres à la table de la cuisine. Elle
lui prit son stylo, glissa la main dans la sienne en
recroquevillant le doigt dans sa paume rugueuse et
appuya tendrement le front contre sa poitrine.

— Ça suffit, Ove. Plus de lettres. La vie ne peut
pas reprendre son cours dans cette maison à cause de
toutes ces lettres.

Elle leva les yeux vers lui, effleura sa joue avec
douceur et sourit.

— Ça suffit maintenant, mon cher Ove.

Il s'inclina.

Le lendemain, Ove se leva à l'aube, et alla installer lui-même devant l'école la rampe d'accès pour fauteuils roulants que la commune refusait de construire. Après cela, autant qu'Ove se souvienne, elle lui parla chaque soir de ses garçons et de ses filles, les yeux brillants. Ils arrivaient avec une escorte policière et repartaient en citant de la poésie vieille de quatre siècles. Ils la firent pleurer, rire, chanter au point que le pavillon retentissait d'échos. Ove ne comprit jamais ces petits vauriens dyslexiques, il le reconnaissait. Ça ne l'empêchait pourtant pas de les apprécier pour le seul bien qu'ils faisaient à Sonja.

Chaque personne a besoin de savoir pour quoi elle se bat, dit-on. Sonja se battait pour ce qui était bien, pour les enfants qu'elle n'avait jamais eus. Ove se battit pour elle.

C'était la seule chose qu'il savait faire.

24

Ove et une maudite gamine qui dessine
à la craie grasse

La Saab est tellement chargée quand ils repartent de l'hôpital qu'Ove regarde sans arrêt la jauge à essence, comme s'il avait peur qu'elle entame une petite gigue moqueuse. Dans le rétroviseur, il voit Parvaneh donner du papier et des craies grasses à sa fille sans se soucier du propriétaire du véhicule.

— Elle doit vraiment faire ça dans ma voiture ? demande Ove.

— Vous préférez qu'elle essaie d'arracher le rembourrage des sièges ? rétorque Parvaneh, sans se départir de son calme.

Ove ne répond pas. Il surveille seulement dans le rétroviseur la petite qui agite une grande craie violette vers le chat sur les genoux de sa mère en hurlant : « DESSINE ! » Le félin observe la gamine avec prudence, l'air peu enclin à dévoiler ses talents d'artiste.

À côté d'elles, Patrick se contorsionne pour trouver une position confortable, sa jambe plâtrée reposant sur l'accoudoir entre les sièges avant. La tâche est d'autant moins aisée qu'il a peur de faire glisser les

235

journaux étalés sur la banquette arrière et sous son tibia.

La petite fille fait tomber une craie grasse qui roule sous le siège passager, occupé par Jimmy. Dans une acrobatie presque olympique vu sa corpulence, Jimmy ramasse la craie sur le tapis à ses pieds. Il l'évalue quelques instants, sourit et se tourne vers la jambe plâtrée de Patrick où il entreprend de dessiner un grand bonhomme à l'air jovial. La petite hurle de rire.

— Toi aussi, tu fais des saletés ? demande Ove.

— Joli, non ? dit Jimmy avec un sourire, en levant la main pour taper celle d'Ove.

Le regard que lui lance son voisin le coupe dans son élan.

— *Sorry*, mec, j'ai pas pu m'en empêcher, dit Jimmy en rendant la craie à Parvaneh, légèrement embarrassé.

Sa poche tinte brièvement. Il en extirpe un téléphone mobile de la taille de sa paume et se met à pianoter frénétiquement sur l'écran.

— À qui est le chat ? demande Patrick.

— Le minou à Ove ! répond la petite avec assurance.

— Ce n'est *pas* mon chat, la corrige immédiatement Ove.

Parvaneh lui adresse un sourire exaspérant dans le rétroviseur.

— Si, c'est votre chat ! dit-elle.

— Il n'est PAS à moi ! répète Ove.

Elle rit. Patrick affiche un air interrogateur. Elle lui donne une tape encourageante sur le genou.

— N'écoute pas ce que raconte Ove. Bien sûr que c'est son chat.

— C'est un satané vagabond, voilà ce que c'est !
proteste Ove.

L'animal dresse l'oreille pour identifier la cause de
ce tapage, mais semble décider qu'au fond il n'est
absolument pas intéressé, et se recouche confortablement sur les genoux de Parvaneh. Ou, plus précisé-
ment, contre son ventre rebondi.

— Vous ne pouvez pas le placer ? suggère Patrick
en considérant l'animal sur les genoux de sa femme.

Le chat lève légèrement la tête et feule brièvement en
guise de réponse.

— Comment ça « le placer » ? demande Ove d'un
ton sec.

— Eh bien, oui… dans un foyer pour animaux ou
quelque…

Avant qu'il puisse finir sa phrase, Ove tonne :

— Personne ne mettra personne dans un maudit
foyer !

Cela clôt le sujet. Patrick essaie de ne pas paraître
trop effaré. Parvaneh essaie de se retenir de rire.
Aucun n'y parvient tout à fait.

— On peut s'arrêter quelque part pour casser la
croûte ? Je crève de faim, lance Jimmy qui change de
position sur son siège, faisant vaciller toute la Saab.

Ove considère le groupe dans l'habitacle comme
s'il avait été enlevé et téléporté dans un univers paral-
lèle. Un bref instant, il envisage de lancer la voiture
dans le fossé, mais se dit tout de suite que, si les
choses tournent mal, il aura ses passagers pour
compagnie dans l'au-delà. À cette pensée, il ralentit
l'allure et laisse une distance de sécurité correcte avec
la voiture qui les précède.

— Pipi ! crie la petite.

— Est-ce qu'on peut s'arrêter, Ove ? Nasanin a envie de faire pipi, hurle Parvaneh comme le font les gens qui croient que la banquette arrière d'une Saab est à deux cents mètres du siège du conducteur.

— Oui ! Et on pourrait peut-être grignoter quelque chose pendant qu'on y est ? renchérit Jimmy avec un signe de tête plein d'espoir.

— Oui, faisons ça. Moi aussi j'ai envie de faire pipi, ajoute Parvaneh.

— Il y a des toilettes au McDo, l'informe Jimmy, serviable.

— Va pour McDonald's, arrêtez-vous là, approuve Parvaneh.

— Non, on ne s'arrête pas, dit Ove d'un ton résolu.

Parvaneh le dévisage dans le rétroviseur. Ove lui renvoie un regard sombre. Dix minutes plus tard, il attend le reste du groupe dans la Saab, devant le McDonald's. Même le chat les a suivis. Ce traître. Parvaneh réapparaît et toque à la fenêtre du conducteur.

— Vous êtes sûr que vous ne voulez rien ? demande-t-elle d'une voix douce.

Ove hoche la tête. Elle prend un air résigné. Il remonte la vitre et elle contourne la voiture pour s'asseoir d'un bond sur le siège passager.

— Merci d'avoir attendu, dit-elle avec un sourire.

— Oui, oui, fait Ove.

Elle mange des frites. Ove étale du papier journal aux pieds de Parvaneh qui se met à rire. Il ne voit pas ce qu'il y a de drôle.

— J'ai besoin de votre aide, Ove, lance-t-elle soudain.

Ove n'est pas très enthousiasmé.

— Je me disais que vous pourriez m'aider à passer le permis de conduire, poursuit-elle.

— Qu'est ce que vous racontez ? demande Ove, certain d'avoir mal compris.

Elle hausse les épaules.

— Patrick doit garder son plâtre plusieurs mois. J'ai besoin du permis pour transporter les filles. Je pensais que vous pourriez m'apprendre à conduire.

Ove est tellement surpris qu'il en oublie d'être irrité.

— Vous n'avez vraiment pas le permis ?

— Non.

— Ce n'était pas une plaisanterie ?

— Non.

— On vous l'a retiré ?

— Non. Je ne l'ai jamais eu.

Le cerveau d'Ove met un long moment à assimiler cette information si invraisemblable.

— C'est quoi votre métier ? demande-t-il.

— Qu'est-ce que ça a à voir avec le permis ? rétorque-t-elle.

— Eh bien, tout ?

— Je suis agent immobilier.

Ove fait un signe entendu.

— Et vous n'avez pas le permis.

— Non.

Ove secoue la tête d'un air sévère, pensant sans doute que c'est le comble de l'irresponsabilité. Parvaneh affiche de nouveau son petit sourire exaspérant, froisse son cornet de frites vide et ouvre la portière.

— Essayez de voir les choses sous cet angle, Ove : est-ce que vous voulez vraiment que quelqu'un D'AUTRE me donne des cours de conduite dans le lotissement ?

Elle descend de la voiture et s'éloigne vers la poubelle. Ove ne répond pas. Il frissonne rien qu'à cette idée.

Jimmy passe la tête par la portière ouverte.

— Je peux manger dans la voiture ? demande-t-il, un morceau de poulet au coin de la bouche.

Ove veut d'abord refuser, avant de se dire qu'ils vont être coincés ici pendant des lustres s'il dit non. À la place, il étale plusieurs couches de papier journal sur le siège passager et sur le sol, comme s'il voulait repeindre la salle de séjour.

— Assieds-toi maintenant, qu'on puisse enfin rentrer, soupire-t-il avec un signe à Jimmy.

Le jeune homme acquiesce joyeusement. Son téléphone retentit.

— Et arrange-toi pour que cette chose arrête de sonner. On n'est pas dans un casino, ordonne Ove en mettant la voiture en mouvement.

— *Sorry*, mec, c'est le boulot qui m'envoie sans arrêt des messages, dit Jimmy en tenant son repas d'une main et en extrayant le téléphone de sa poche de l'autre.

— Donc, au moins, tu as un boulot, fait Ove.

Jimmy hoche la tête avec enthousiasme.

— Je suis développeur d'applis pour iPhone !

Ove ne cherche pas à en savoir plus.

Les occupants de la voiture sont relativement calmes pendant les dix minutes que dure le trajet jusqu'au garage d'Ove. Celui-ci s'arrête à la hauteur de la remise à vélos, passe au point mort et lance un regard éloquent aux passagers.

— Oui, oui, ne vous en faites pas, Ove. Patrick s'en sortira parfaitement avec ses béquilles, dit Parvaneh d'un ton nettement ironique.

Ove tend le bras par la fenêtre pour montrer le panneau, à présent un peu de guingois.

— La circulation en voiture est interdite dans le lotissement.

— Ça ira, Ove. Merci de nous avoir ramenés ! intervient Patrick, ravi de pouvoir jouer les médiateurs.

Il se lève de la banquette arrière avec force contorsions, embarrassé par sa jambe plâtrée, tandis que Jimmy s'extirpe du siège passager, le tee-shirt couvert de graisse de hamburger.

Parvaneh soulève sa fille, toujours dans son siège pour enfant, et pose l'ensemble sur le sol. La petite agite quelque chose en criant des mots décousus. Parvaneh hoche la tête d'un air entendu et se penche par la portière avant pour tendre un papier à Ove.

— Qu'est-ce que c'est ? demande Ove, sans un geste.

— C'est un dessin de Nasanin.

— Qu'est-ce que vous voulez que j'en fasse ?

— Elle vous a dessiné, répond Parvaneh en lui fourrant le papier dans les mains.

Ove regarde le dessin à contrecœur. La feuille est couverte de lignes et de gribouillis.

— Là c'est Jimmy, là c'est le chat, et là c'est Patrick et moi. Et là c'est vous, explique Parvaneh.

En prononçant ces derniers mots, elle pointe le doigt sur un personnage au milieu du dessin. Tout le reste est en noir, mais le bonhomme au centre ressemble littéralement à un feu d'artifice. Du jaune et du rouge, du bleu et du vert, de l'orange et du violet, le tout mélangé.

— Vous êtes la personne la plus drôle qu'elle connaisse. C'est pour ça qu'elle vous dessine toujours en couleurs, l'informe Parvaneh.

Elle s'éloigne après avoir refermé la portière.

Quelques secondes s'écoulent avant qu'Ove ait l'idée de demander : « Comment ça, *toujours* ? Pourquoi vous dites qu'elle me dessine *toujours* en couleurs ? » Mais le petit groupe s'éloigne déjà en direction des maisons.

Un peu offensé, Ove ajuste le journal sur le siège passager. Le chat vient s'installer confortablement à l'avant. Ove manœuvre la Saab en marche arrière et ferme la porte du garage. Il passe au point mort sans couper le moteur, et sent les gaz d'échappement remplir lentement le local. Il observe d'un air songeur le tuyau de plastique accroché au mur. Pendant quelques minutes, on n'entend que la respiration du félin et la toux régulière du moteur. Ça serait facile de rester ici et d'attendre que l'inévitable se produise. Ce serait logique. Il attend cela depuis si longtemps. Le bout du voyage. Elle lui manque tellement que, parfois, il supporte à peine d'être dans son propre corps. Ce serait rationnel : rester là jusqu'à ce que les gaz d'échappement les plongent dans le sommeil, lui et le chat, et les emmènent vers leur fin.

Il baisse les yeux vers l'animal. Puis il coupe le moteur.

Le lendemain matin, ils se lèvent à six heures moins le quart, boivent leur café ou mangent leur thon. Quand ils ont fini leur tournée d'inspection, Ove déblaye soigneusement la neige devant sa maison. Sa tâche accomplie, il s'appuie sur la pelle, près de la remise, et observe le reste du lotissement.

Puis il traverse la rue et commence à déblayer devant les autres pavillons.

25

Ove et un morceau de tôle ondulée

Ove attend la fin du petit déjeuner, quand son hôte demande à sortir pour faire ses besoins. Tout en haut du placard de la salle de bains, Ove prend un flacon en plastique qu'il soupèse comme s'il s'apprêtait à le lancer. Il le fait rebondir comme si cela lui permettait de juger de la qualité des comprimés à l'intérieur.

Vers la fin, les médecins avaient prescrit à Sonja tellement d'analgésiques que la salle de bains ressemble à un entrepôt de mafieux colombien. Ove n'aime pas les médicaments, évidemment. Il ne leur fait pas confiance. Il a toujours eu le sentiment que leur seul effet est psychique et qu'ils ne peuvent donc fonctionner que chez les faibles d'esprit.

Mais il a compris que la voie chimique n'est pas une façon inhabituelle de mettre fin à ses jours. Et il y a plus qu'assez de médicaments dans cette maison. Comme chez tous les malades du cancer.

Cela ne le frappe que maintenant.

Il entend un bruit à la porte d'entrée. Le chat est déjà de retour et miaule de l'autre côté du panneau. Quand personne ne vient lui ouvrir, le félin commence à gratter le seuil en émettant des plaintes dignes d'un animal pris dans un piège à loup. À croire qu'il pressent quelque chose. Ove sait qu'il va le décevoir, mais n'attend pas que l'animal comprenne son geste.

Il se demande quel effet une overdose de calmants peut bien faire. Il n'a jamais absorbé de narcotiques. C'est tout juste s'il a déjà été éméché. Il n'a jamais aimé perdre le contrôle. Il a constaté, au fil du temps, que les gens normaux recherchent cette sensation, mais selon Ove, seuls les crétins finis y voient une expérience incontournable. Il se demande s'il aura la nausée, s'il sentira ses organes s'arrêter. Ou s'il va simplement s'endormir pendant que son corps cessera toute activité.

Le chat hurle à présent dans la neige. Ove ferme les yeux et pense à sa femme. Ce n'est pas qu'il soit du genre à abandonner et se laisser mourir, il ne veut pas qu'elle croie ça. Mais tout ça, c'est la faute de Sonja. Elle s'est mariée avec lui. Maintenant il ne sait pas comment continuer à vivre quand il s'endort sans sentir le bout de son nez dans le creux de son cou. C'est tout.

Il dévisse le couvercle du flacon, verse les comprimés dans le creux de sa main et les observe comme s'il s'attendait à ce qu'ils se transforment en minuscules robots tueurs. Ce qu'ils ne font évidemment pas. Ove n'est pas impressionné par ce qu'il voit : il a du mal à assimiler l'idée que ces petites pastilles blanches puissent lui nuire, quel que soit leur nombre. Dehors, les bruits laissent penser que le félin crache de la neige sur la porte. Mais il est soudain interrompu par un son complètement différent.

Des jappements.

Ove lève la tête. Après une seconde de silence, il entend le hurlement de douleur du chat. De nouveaux aboiements. Et les cris de la bécasse blonde.

Ove serre le poing. Il ferme les yeux comme s'il pouvait occulter les bruits. Ça ne fonctionne pas. Finalement, il se redresse avec un soupir, remet les comprimés dans le flacon et descend l'escalier. En traversant la salle de séjour, il pose les médicaments sur l'appui de la fenêtre. À travers la vitre, il voit sa voisine, dans la rue entre les maisons, prendre son élan et se précipiter vers le félin.

Ove ouvre la porte à l'instant où elle lance de toutes ses forces un coup de pied vers la tête du petit animal. Celui-ci est juste assez rapide pour éviter au dernier moment le talon acéré. Il recule ensuite vers la remise. La serpillière sur pattes émet des grognements si hystériques que la bave jaillit de sa gueule, tel un animal enragé. Le roquet a de la fourrure entre les mâchoires. Ove se rend compte qu'il n'a encore jamais vu sa voisine sans ses lunettes de soleil. Ses yeux verts brillent de malveillance. Elle prend de nouveau son élan pour frapper, mais s'immobilise en plein mouvement quand elle aperçoit Ove. Sa bouche frémit de colère.

— Je l'aurai, cet enculé ! siffle-t-elle en désignant le chat.

Ove secoue lentement la tête sans la quitter des yeux. Elle déglutit. Sur le visage d'Ove, quelque chose commence à faire fondre son assurance meurtrière.

— C'est un fout… foutu chat de gouttière et… il va crever ! Il a griffé Prince ! bredouille-t-elle.

Ove garde le silence, mais son expression s'assombrit. Même la serpillière se décide finalement à reculer.

— Viens, Prince, dit la jeune femme, en tirant sur la laisse.

Le chien se détourne immédiatement. La bécasse lance un dernier regard en coin à Ove et disparaît à l'angle comme si Ove l'avait poussée dans le dos par la seule force de sa pensée.

Ove inspire profondément. Il serre le poing sur sa poitrine, où son cœur cogne de façon désordonnée. Il pousse une brève plainte, puis se tourne vers le chat qui lève les yeux vers lui. Il a des blessures fraîches sur le flanc et sa fourrure est de nouveau tachée de sang.

— Neuf vies ne vont foutrement pas te suffire, hein ? dit Ove.

Le chat se lèche la patte avec l'expression de celui qui ne trouve pas très important de tenir ses comptes. Ove hoche la tête et fait un pas de côté.

— Allez, entre.

Le félin franchit le seuil et Ove ferme la porte. Il se plante au milieu de la salle de séjour, où Sonja le regarde depuis chaque mur. Il remarque pour la première fois qu'il a accroché tellement de photos qu'elle peut l'observer partout dans la maison. Elle est sur la table de la cuisine, dans le couloir ainsi qu'à mi-hauteur de l'escalier. Elle est sur l'appui de la fenêtre du salon, où le chat vient de la rejoindre d'un bond. Assis juste à côté d'elle, l'animal lance à Ove un regard grincheux et, d'un coup de patte, pousse le flacon de comprimés qui atterrit par terre avec fracas. Ove ramasse les médicaments. Le chat le regarde comme s'il s'apprêtait à tonner : « J'accuse ! »

Ove donne un petit coup de pied dans la plinthe et va ranger le flacon dans un placard de la cuisine. Puis il se fait un café et verse un bol d'eau à son hôte.

Ils boivent en silence.

— Tu es vraiment un cabochard de chat, dit finalement Ove.

Celui-ci ne répond pas. Ove ramasse le bol vide qu'il pose dans l'évier à côté de sa tasse. Il réfléchit un bon moment, les mains dans les poches, puis se dirige vers le couloir.

— Suis-moi, ordonne-t-il au chat sans le regarder. On va donner une bonne leçon à ce sale cabot.

Ove enfile le manteau d'hiver bleu et ses sabots, et cède le passage à l'animal. Il regarde la photo de Sonja. Elle lui adresse un rire. Il n'est pas pressé de mourir au point de ne pas pouvoir attendre une heure de plus.

Ove attend quelques minutes que la porte s'ouvre. Il entend un long frottement sur le sol pouvant laisser croire qu'un spectre traîne ses chaînes dans la maison. Puis le battant s'ouvre, et Rune pose un regard vide sur Ove et son compagnon à quatre pattes.

— Est-ce que par hasard tu aurais de la tôle ondulée ? demande Ove sans préambule.

Rune l'observe quelques secondes d'un air concentré, son cerveau luttant apparemment contre des forces inconnues.

— De la tôle ? répète-t-il, goûtant le mot comme s'il venait de se réveiller et s'efforçait de se souvenir de son rêve.

— De la tôle, oui, dit Ove en hochant la tête.

Rune semble regarder à travers Ove. Ses yeux ont un éclat vitreux. Il a maigri, son dos s'est voûté, sa barbe grise vire presque au blanc. Autrefois, il était un homme robuste dont l'apparence imposait le respect, mais à présent ses vêtements pendent sur ses épaules comme des chiffons. Il a vieilli. Il est devenu très, très vieux, observe Ove. Cette constatation l'ébranle avec beaucoup plus de force qu'il ne s'y attendait. Le regard de Rune chancelle un moment, le coin de ses lèvres tressaille.

— Ove ? s'écrie-t-il.

— Ah, ben ! Ça ne risque pas d'être le pape, rétorque Ove.

Le visage flasque de Rune s'étire soudain en un sourire mal réveillé. Les deux hommes, qui furent à une époque aussi proches que peuvent l'être des hommes de leur tempérament, se regardent fixement. L'un se refuse à oublier le passé, et l'autre ne peut pas lutter contre l'oubli.

— Tu as vieilli, dit Ove.

Rune sourit.

La voix inquiète d'Anita se fait entendre, et quelques instants plus tard elle arrive dans l'entrée à petits pas nerveux.

— Il y a quelqu'un à la porte, Rune ? Qu'est-ce que tu fais là ? appelle-t-elle d'une voix terrifiée avant de découvrir son voisin.

— Oh… bonjour, Ove, dit-elle en s'immobilisant.

Ove reste planté là, les mains dans les poches. À côté de lui, le chat donne l'impression qu'il aurait fait de même s'il avait eu des poches. Ou des mains. Anita est petite et grise, vêtue d'un pantalon gris et d'un gilet en tricot gris, avec les cheveux gris et la peau grise. Ove remarque cependant ses yeux un peu rouges et gonflés tandis qu'elle les essuie et bat des paupières pour effacer la douleur. À la manière des femmes de cette génération qui, dressées chaque matin sur le seuil, interdisent à coups de balai le passage au chagrin. Elle prend tendrement Rune par les épaules et le guide vers son fauteuil près de la fenêtre de la salle de séjour.

— Bonjour, Ove, répète-t-elle d'une voix chaleureuse mais surprise quand elle reparaît à la porte. Que puis-je faire pour toi ?

— Vous avez de la tôle ondulée ?

Elle le dévisage d'un air confus.

— « De la tôle modelée », murmure-t-elle comme si c'était un genre de tôle que l'on pouvait malaxer à la manière d'une pâte.

Ove pousse un profond soupir.

— Mais non, bon sang ! De la tôle *ondulée*.

Anita n'en paraît pas moins confuse.

— J'en ai, moi ?

— Rune en a sûrement dans la remise, dit Ove en tendant la main.

Anita acquiesce. Elle décroche du mur une clé qu'elle dépose dans la paume d'Ove.

— De la tôle. Ondulée ? répète-t-elle.

— Oui, fait Ove.

— Mais nos toits ne sont pas en tôle.

— Quel rapport avec la question ?

Anita hoche et secoue la tête tout à la fois.

— Naan… non, évidemment, ça n'a pas forcément de rapport.

— On a toujours de la tôle, dit Ove sur le ton de l'évidence.

Anita opine du chef avec l'expression des gens confrontés au fait indiscutable que n'importe quelle personne raisonnable a un peu de tôle ondulée dans sa remise pour parer à toute éventualité.

— Mais toi, tu n'en as pas ? avance-t-elle, sans doute pour entretenir la conversation plus que par intérêt.

— J'ai utilisé tout ce que j'avais.

Anita hoche la tête, compréhensive, avec l'expression des gens confrontés au fait indiscutable qu'un homme normal qui n'a pas de toit en tôle arrive tout de même à utiliser assez de tôle ondulée pour épuiser son stock.

Une minute plus tard, Ove émerge triomphalement de la remise en traînant une plaque de tôle de la taille d'un tapis de salon. Anita n'a aucune idée de la façon dont cette plaque est arrivée là.

— Je te l'avais bien dit, lance Ove en lui rendant la clé avec une mine satisfaite.

— Oui… oui, tu avais raison, répond Anita, forcée de le reconnaître.

Ove jette un coup d'œil vers la fenêtre. Rune lui rend son regard. À l'instant précis où Anita se détourne pour rentrer, Rune sourit et lève brièvement la main, comme si pendant une seconde il avait su exactement qui était Ove et ce qu'il faisait là. Ove émet un bruit évoquant un piano qu'on déplace sur un plancher.

Anita s'immobilise, hésitante, puis fait face à son voisin.

— Les gens des services sociaux sont revenus. Ils veulent me prendre Rune, dit-elle sans lever les yeux.

Sa voix se déchire comme du papier journal quand elle prononce le nom de son mari. Ove tripote la plaque de tôle.

— Ils disent que je ne peux pas m'occuper de lui. Pas avec la maladie et tout ça. Ils disent qu'il doit aller en foyer, poursuit-elle.

Ove continue à caresser la plaque.

— Il va mourir si je l'envoie dans un foyer. Tu le sais, Ove… souffle-t-elle.

Ove hoche la tête et observe un mégot de cigarette pris dans un morceau de glace entre deux dalles. Du coin de l'œil, il note qu'Anita se tient légèrement penchée. Sonja lui avait raconté, quelques années plus tôt, que c'était à cause de cette opération de la hanche. Les mains d'Anita tremblent aussi, à présent. « Premier stade d'une sclérose en plaques », avait expliqué Sonja. Et quelques années plus tard, Rune avait développé un alzheimer.

— Votre fiston peut vous aider, non ? murmure Ove.

Anita lève la tête et sourit avec indulgence.

— Johan ? Bah !... N'oublie pas qu'il vit en Amérique. Il est suffisamment occupé de son côté. Tu sais comment sont les jeunes !

Ove ne répond pas. Anita dit « Amérique » avec autant de fierté que si leur égoïste de fils avait migré au paradis. Ove n'a pas vu le garçon une seule fois depuis que Rune est tombé malade. Il est adulte maintenant, mais quand il s'agit de s'occuper de ses parents, il n'a pas le temps.

Anita tressaille, comme si elle s'était surprise à faire quelque chose de très déplacé. Elle sourit à Ove avec un air d'excuse.

— Pardon, Ove. Je ne vais pas te retenir plus longtemps avec mes bavardages.

Elle s'apprête à refermer la porte. La plaque de tôle en mains, le chat à ses côtés, Ove marmonne, peut-être pour lui-même, juste avant qu'elle pousse le battant. Anita interrompt son geste, stupéfaite, et le regarde.

— Pardon ?

Ove se balance d'un pied sur l'autre sans croiser ses yeux, puis il se détourne, les mots lui échappant tandis qu'il s'éloigne :

— J'ai dit que si tu as encore des problèmes avec ces fichus radiateurs, tu peux passer me voir. Le chat et moi, nous sommes à la maison.

Le visage ridé d'Anita s'éclaire d'un sourire surpris. Elle fait un petit pas vers lui, semble vouloir ajouter quelque chose. Peut-être veut-elle parler de Sonja, lui dire que sa meilleure amie lui manque terriblement. Dire combien elle regrette l'époque où ils partageaient tout, ensemble, quand ils ont emménagé dans ce quartier près de quarante ans plus tôt. Combien elle regrette le temps où Rune et Ove se chamaillaient sans cesse. Mais Ove a déjà tourné à l'angle.

De retour devant sa maison avec le chat, Ove s'engouffre dans la remise où il prend la batterie de rechange de la Saab et deux grandes pinces métalliques. Il pose la plaque sur les dalles entre le cabanon et le pavillon, et la recouvre soigneusement de neige.

Debout à côté de son compagnon, il contemple le résultat un long moment. Un parfait piège à clébard, caché sous la neige, bourré d'électricité, prêt à frapper. La vengeance sera parfaitement proportionnée. La prochaine fois que la bécasse emmènera son fumier de chien pisser sur les plates-bandes d'Ove, le maudit roquet s'avancera sans le savoir sur une plaque de tôle électrifiée. On verra bien s'ils trouvent toujours ça drôle.

— Il va avoir une sacrée surprise, explique Ove au chat.

Celui-ci penche la tête sur le côté et regarde la plaque de tôle.

— Il aura l'impression que la foudre remonte dans son canal urinaire, dit Ove.

L'animal le dévisage longuement, comme pour demander : « Mais tu plaisantes, hein ? » Ove met les mains dans ses poches et secoue la tête.

— Nan, nan, nan, soupire-t-il finalement.

Ils se taisent.

— Non, bien sûr que non, ajoute Ove en se grattant le menton.

Il rassemble la batterie, les pinces et la tôle qu'il range dans le garage. Ce n'est pas que la bécasse et son sale cabot n'aient pas mérité une bonne décharge, au contraire. Mais il y a quelque temps, quelqu'un lui a rappelé la différence entre être méchant parce qu'on le doit et être méchant parce qu'on le peut.

— Mais c'était quand même une rudement bonne idée, lance-t-il au chat quand ils rentrent.

L'animal n'a pas l'air entièrement convaincu.

— Tu penses sûrement que ça n'aurait pas fonctionné, avec l'électricité. Mais si ! Ça aurait marché ! Tu peux en être certain !

Le félin se dirige vers la salle de séjour, avec l'attitude d'une personne qui marmonne : « Oui, tout à fait, bien sûûûr que ça aurait fonctionné… »

Puis ils prennent leur déjeuner.

26

Ove et un monde où plus personne ne sait réparer un vélo

Ce n'était pas que Sonja n'avait jamais encouragé Ove à se faire des amis. Elle avait essayé de temps à autre. Mais Ove voyait dans le fait qu'elle ne rabâchait jamais le sujet avec insistance une des plus grandes preuves d'amour de sa part. Bien des gens ont du mal à vivre avec une personne qui apprécie la solitude. Cela embarrasse ceux qui ont du mal à s'en accommoder eux-mêmes. Sonja, en revanche, ne poussait jamais la complainte trop loin. « Je t'ai pris tel que je t'ai trouvé », disait-elle. C'était ainsi.

Bien sûr, cela ne l'empêcha pas de se réjouir pendant les années où Ove et Rune partagèrent un semblant d'amitié. Non pas que les deux hommes se soient beaucoup exprimés. Rune parlait très peu, et Ove presque pas, mais Sonja n'était pas assez bête pour ne pas s'apercevoir que même les hommes comme Ove apprécient d'avoir quelqu'un avec qui ne pas parler de temps en temps. Et cela fait longtemps qu'il n'en a pas eu l'occasion. C'est le moins qu'on puisse dire.

— J'ai gagné, lance-t-il lorsqu'il entend le clapet de la boîte aux lettres.

Le chat bondit de l'appui de fenêtre du séjour et se dirige vers la cuisine. « Mauvais perdant », pense Ove en allant vers la porte d'entrée. Cela fait plusieurs dizaines d'années qu'il n'a pas parié sur les horaires de passage du facteur. Rune et lui faisaient cela si souvent quand ils avaient des congés estivaux qu'ils avaient dû mettre au point un système complexe de marges et de plages de trente secondes pour déterminer qui était tombé au plus près. C'était à l'époque où le facteur passait à midi, et où ils avaient besoin de limites claires pour désigner le vainqueur. Ce n'est plus possible, à présent. Le facteur passe n'importe quand, même au milieu de l'après-midi. À croire que le bureau de poste est libre de distribuer le courrier quand ça lui chante et que le destinataire doit en plus dire merci. Après que lui et Rune se furent brouillés, Ove avait essayé de jouer avec Sonja, mais elle n'avait pas compris les règles. Alors, Ove avait abandonné.

Le jeune homme rejette souplement le torse en arrière pour éviter la porte que fait valser Ove. Celui-ci le regarde avec étonnement. Le visiteur porte un uniforme de facteur.

— Oui ? fait Ove.

Le nouveau venu, qui n'est apparemment pas en état de répondre, tripote un journal et une lettre. Ce n'est qu'à cet instant qu'Ove reconnaît le voyou qui a voulu l'empêcher de ranger le vélo dans la remise, quelques jours plus tôt. Celui que l'adolescent disait vouloir « réparer ». Mais Ove sait bien ce qu'il en est. Avec les vauriens de ce genre, « réparer » signifie

« voler et revendre sur Internet », voilà ce que cela veut dire.

Le jeune homme a l'air encore moins enthousiaste qu'Ove – un défi en soi – quand il le reconnaît à son tour. Il affiche la même expression qu'une serveuse qui hésite entre poser une assiette devant un client ou retourner en cuisine pour cracher encore une fois sur son contenu. Il regarde Ove d'un air distant, baisse les yeux sur la lettre et le journal, relève la tête. Finalement, il lui tend le courrier avec un « t'nez » laconique. Ove s'en saisit sans quitter le voyou des yeux.

— Votre boîte aux lettres est abîmée, alors j'ai préféré vous donner le courrier directement, dit le jeune facteur.

Il désigne du menton la boîte en tôle, pliée en deux depuis son assaut par un lourdaud pas fichu de faire marche arrière avec une remorque. Ove baisse les yeux. Le journal est une quelconque feuille de chou locale, une de celles qui sont distribuées gratuitement en dépit de l'autocollant stipulant clairement qu'ils peuvent se la garder. Et la lettre contient à coup sûr de la réclame, devine Ove. Son nom et son adresse sont écrits à la main sur l'enveloppe, mais c'est encore une ruse publicitaire pour faire croire que la lettre émane d'une vraie personne. Et quand on ouvre, boum ! On découvre une avalanche de prospectus. Mais ils n'auront pas Ove avec ça, il peut le garantir.

Le jeune homme se balance sur les talons en regardant ses pieds, comme s'il réprimait des paroles.

— Autre chose ? demande Ove.

Le garçon passe rapidement la main dans sa tignasse grasse d'adolescent prépubère.

— Oh ! et puis merde… ! Je me demandais seulement si vous avez une femme qui s'appelle Sonja, marmotte-t-il en s'adressant à la neige.

Ove lui lance un regard soupçonneux. Le voyou désigne l'enveloppe.

— À cause du nom de famille. J'avais une prof qui s'appelait comme ça. Je me demandais juste… oh ! merde !

Il semble se maudire d'avoir parlé. Il se détourne, mais Ove s'éclaircit la gorge en donnant des coups de pied contre le seuil.

— Oui… oui, ça se peut bien. Et qu'est ce qu'il y a avec Sonja ?

Le jeune homme s'arrête quelques mètres plus loin.

— Ah… merde. C'est juste que je l'aimais bien. C'est tout ce que je voulais dire. Je suis… vous savez… je suis pas très doué pour ce qui est de lire et d'écrire et tout ça.

Ove s'apprête à rétorquer d'un ton ironique qu'il ne s'en serait jamais douté, mais se retient. Le garçon se tortille sur place. Il ébouriffe ses cheveux d'un air égaré, donnant l'impression d'y chercher la formule correcte.

— C'est la seule de tous mes profs qui pensait pas que j'étais complètement idiot, murmure-t-il, la gorge serrée. Elle m'a fait lire çui-là… vous savez, Shakespeare. Je savais même pas que je pouvais lire, vous voyez le truc. Elle m'a fait lire un bouquin vachement épais et tout. Je me suis senti trop mal quand j'ai appris qu'elle était morte, vous savez.

Ove garde le silence. Le jeune homme baisse la tête et hausse les épaules.

— C'est tout…

Il se tait. Le retraité et l'adolescent, plantés à quelques mètres l'un de l'autre, donnent des coups de pied dans la neige, comme s'ils faisaient des passes avec le souvenir d'une femme qui persistait à déceler chez certains hommes plus de potentiel que ces hommes voyaient en eux-mêmes. Aucun d'eux ne sait que faire de cette expérience commune.

— Qu'est-ce que tu voulais faire avec le vélo ? demande finalement Ove.

— J'ai promis à ma copine de le réparer. Elle habite là-bas, dit le garçon en pointant le menton vers la maison tout au bout de la rue, en face de chez Anita et Rune.

Celle où vivent les trieurs sélectifs quand ils ne sont pas fourrés en Thaïlande ou Dieu sait où.

— Enfin, vous savez, c'est pas encore ma copine. Mais je pense qu'elle va l'être. Vous voyez le truc.

Ove considère son interlocuteur avec l'expression caractéristique d'un homme âgé face à un homme plus jeune qui donne l'impression d'inventer la grammaire au fur et à mesure.

— Tu as des outils ? demande-t-il.

Le garçon secoue la tête.

— Comment tu comptes réparer le vélo sans outils ? s'écrie Ove, avec une surprise non feinte.

Le voyou hausse les épaules.

— J'sais pas.

— Pourquoi tu as promis de le réparer, alors ?

L'adolescent donne un coup de pied dans la neige, puis se passe la main sur le visage, embarrassé.

— Parce que j'suis amoureux d'elle.

Ove ne sait que répondre à cela. Il enroule le journal et la lettre en un tube dont il se frappe la paume.

Il reste un long moment immobile sur le seuil, hypnotisé par le mouvement régulier.

— Il faut que je me tire, murmure le jeune facteur d'une voix presque inaudible en se détournant.

— Reviens après ton travail et j'irai chercher le vélo dans la remise.

Les mots semblent venir de nulle part, comme si Ove avait seulement pensé tout haut.

— Mais tu apportes tes propres outils.

Le visage du jeune homme s'illumine.

— Sérieux ?

Ove continue à battre la mesure avec sa matraque en papier. L'adolescent déglutit.

— Euh, vous savez, je veux dire, vous êtes sérieux ? Je... vous savez... ah, merde... je ne peux pas revenir aujourd'hui ! J'ai mon autre boulot ! Mais demain, mec ! Je peux passer le prendre, genre demain !

Ove secoue la tête, aussi surpris que si un personnage de dessin animé venait de surgir devant lui. Le garçon inspire profondément et rassemble ses pensées.

— Demain ? Ça va si je reviens demain ? propose-t-il.

— Quel autre boulot ? demande Ove, comme si un candidat lui avait donné une réponse incomplète à la dernière manche de « Questions pour un champion ».

— Je travaille dans un café le soir et le week-end, explique son visiteur.

Ses yeux brillent soudain de l'espoir de sauver la relation imaginaire, que seul peut avoir un adolescent prépubère aux cheveux gras, avec une jeune fille qui ne sait même pas qu'elle est sa petite amie.

— Il y a des outils au café ! Je peux apporter le vélo là-bas ! poursuit-il avec enthousiasme.

— Un autre boulot ? Un seul ne suffit pas ? demande Ove en pointant son bâton en papier vers le logo de la poste sur la veste du jeune homme.

— Je fais des économies, répond celui-ci.

— Pour quoi faire ?

— Pour acheter une voiture.

Ove ne manque pas de noter qu'il redresse légèrement les épaules au mot « voiture ». Ove hésite quelques instants, puis il abat à nouveau le bâton dans le creux de sa main avec une lenteur calculée.

— Quel genre de voiture ?

— J'ai trouvé un modèle chez Renault ! déclare le garçon d'un ton enjoué en bombant un peu plus la poitrine.

Autour des deux hommes, l'air paraît se figer pendant plusieurs longues inspirations, comme souvent dans des circonstances de ce genre. Sur un plateau de tournage, la caméra aurait probablement filmé les deux personnages sous tous les angles en décrivant un cercle autour d'eux, avant qu'Ove ne perde toute maîtrise de soi.

— Renault ? Mais merde, c'est FRANÇAIS ! Bon sang, tu ne vas quand même pas acheter une voiture française !!!

Le vaurien semble vouloir répondre, mais Ove remue vigoureusement les bras, comme pour chasser une guêpe obstinée.

— Mon Dieu ! Tu n'y connais rien aux voitures ou quoi, espèce de blanc-bec ?

L'adolescent fait signe que non. Ove pousse un profond soupir et porte la main à son front, comme s'il avait subitement la migraine.

— Et comment tu vas apporter le vélo au café si tu n'as pas de voiture ? demande-t-il finalement, un peu plus calme.

— Je… n'avais pas pensé à ça, admet le jeune homme.

Ove secoue la tête.

Une Renault ? Vraiment ? répète t il.

Le garçon acquiesce. Ove se pince la racine du nez dans un geste de frustration.

— Comment tu m'as dit que s'appelle le satané café où tu bosses ? marmonne-t-il.

Vingt minutes plus tard, Parvaneh ouvre sa porte d'entrée, étonnée. Sur le seuil, Ove frappe sa paume de sa matraque, l'air détaché.

— Vous avez un macaron blanc ?

— Quoi ?

— Il faut mettre un macaron blanc quand on prend des leçons de conduite. Vous en avez un ou pas ?

Elle hoche la tête.

— Oui… oui, j'en ai un, mais qu'est-ce que…

— Je viens vous chercher dans deux heures. On prend ma voiture.

Sans attendre de réponse, Ove remonte la rue en tapant des pieds.

27

Ove donne une leçon de conduite

Au cours des quarante ans, ou presque, dans le lotissement, il arriva parfois qu'un nouveau voisin inconscient ait l'audace de demander à Sonja la vraie cause de la profonde inimitié entre Ove et Rune. Comment deux hommes qui avaient été amis en étaient-ils venus à se détester avec une telle intensité ?

Sonja répondait que la raison en était toute simple : quand les deux hommes avaient emménagé chacun dans sa maison avec sa femme, Ove roulait en Saab 96 et Rune en Volvo 244. Quelques années plus tard, Ove avait une Saab 95 et Rune une Volvo 245. Au bout de trois ans ils les avaient remplacées par une Saab 900 et une Volvo 265. Au cours des dix années qui suivirent, Ove posséda successivement deux autres Saab 900, puis une Saab 9000. Rune choisit une autre Volvo 265, suivie d'une Volvo 745, mais retourna vers la berline quelques années plus tard et acquit une Volvo 740. Après quoi, Ove opta pour une deuxième Saab 9000 et Rune pour une Volvo 760, puis Ove renouvela sa Saab 9000 et Rune échangea sa voiture contre une Volvo 760 Turbo.

Et un jour qu'Ove était allé chez un concessionnaire pour jeter un coup d'œil à la toute nouvelle Saab 9-3, il revint le soir pour constater que Rune avait acheté une BMW. « Une B-M-W ! avait-il hurlé à Sonja. Comment veux-tu discuter avec un type pareil, hein ? »

Ce n'était peut-être pas l'entière raison pour laquelle les deux hommes s'exécraient, expliquait Sonja, mais soit on comprenait ça, soit on ne comprenait pas. Et dans le second cas, raconter le reste n'était qu'une perte de temps.

Naturellement, la plupart des gens ne voyaient pas le problème, avait observé Ove. Mais qui comprenait encore des valeurs comme la loyauté ? Aujourd'hui, une voiture n'était qu'un « moyen de transport », et une route, un contretemps entre deux points. Ove est convaincu que cela explique l'état actuel des routes. Si les gens s'inquiétaient un peu plus pour leurs voitures, ils ne conduiraient pas comme des imbéciles, se dit-il tandis qu'il regarde, l'air contrarié, Parvaneh enlever le papier journal avant de s'asseoir. Elle est obligée de reculer le siège conducteur jusqu'au bout des glissières pour faufiler son ventre rond dans le véhicule, et le remettre en position originale pour atteindre le volant.

La leçon de conduite ne débute pas très bien. Pour être exact, Parvaneh commence par s'installer dans la Saab avec un soda à la main. Elle n'aurait pas dû. Ensuite, elle se met à trafiquer l'autoradio sous prétexte d'écouter « une station plus sympa ». Elle n'aurait peut-être pas dû non plus.

Ove enroule le journal qu'il cogne nerveusement contre sa paume, telle une variante agressive de balle antistress. Parvaneh empoigne le volant et observe le tableau de bord avec une curiosité enfantine.

— Par quoi on commence ? lance-t-elle, enthousiaste, après avoir accepté de se débarrasser de son soda.

Ove soupire. Assis à l'arrière, le chat arbore soudain une expression de vif regret que son espèce ne sache pas boucler une ceinture de sécurité.

— Enfoncez l'embrayage, dit Ove, légèrement récalcitrant.

Parvaneh regarde tout autour d'elle, l'air de chercher quelque chose, puis se tourne vers Ove avec un sourire obséquieux.

— Où est l'embrayage ?

Ove la dévisage, incrédule.

— Mais bon sang vous savez bien… Oh, mon Dieu !

Elle inspecte de nouveau les environs de son siège, observe la sortie de la ceinture sur son dossier, pensant de toute évidence y trouver l'embrayage. Ove porte la main au front. Parvaneh prend immédiatement l'air furieux et offensé.

— Je vous ai dit que je voulais passer mon permis sur boîte automatique ! Pourquoi vous m'obligez à prendre votre voiture ?

— Pour que vous ayez un vrai permis de conduire ! rétorque Ove d'un ton sec.

Son insistance sur le mot « vrai » annonce clairement que, pour lui, le terme ne s'applique pas à un permis pour boîte automatique, de la même manière qu'une voiture avec embrayage automatique n'est pas une « vraie » voiture.

— Arrêtez de me crier dessus ! s'égosille Parvaneh.

— Je ne crie pas ! hurle Ove en retour.

Le chat s'aplatit sur la banquette arrière, peu dési-reux de se mêler à cet échange d'amabilités. Parvaneh croise les bras et regarde dehors, renfrognée. Ove bat la mesure contre sa paume avec sa matraque en papier journal.

— L'embrayage, c'est la pédale la plus à gauche, finit-il par bougonner.

Après une expiration si profonde qu'il doit reprendre son souffle, il poursuit :

— Au milieu, c'est le frein. À droite, c'est l'accé-lérateur. Vous enfoncez lentement l'embrayage jusqu'au point de patinage, vous appuyez sur l'accé-lérateur, vous lâchez l'embrayage et vous roulez.

Parvaneh considère manifestement l'explication comme des excuses. Elle hoche la tête, calmée, puis elle empoigne le volant, démarre et s'exécute. La Saab fait un grand bond en avant, une petite pause, et se lance avec un hurlement strident vers les places de sta-tionnement où elle manque de justesse d'emboutir une voiture. Ove tire sur le frein à main. Parvaneh lâche le volant et, poussant un cri de panique, se plaque les mains sur les yeux quand la Saab s'arrête avec une rude secousse. Ove respire avec autant de difficulté que s'il avait dû exécuter un parcours du combattant pour atteindre le levier. Les muscles de son visage tressaillent comme s'il avait reçu une giclée de jus de citron dans les yeux.

— Qu'est-ce que je fais maintenant !? hurle Par-vaneh quand elle s'aperçoit que la Saab n'est qu'à deux centimètres des feux arrière du véhicule.

— Marche arrière. Vous faites marche arrière, siffle Ove entre ses dents.

— J'ai failli percuter la voiture ! halète Parvaneh.

Ove jette un coup d'œil par-dessus le capot, puis le calme revient soudain sur son visage. Il se tourne vers elle et hoche la tête avec insouciance.

— Ce n'est pas grave. C'est une Volvo.

Ils mettent un quart d'heure à s'engager sur la route. À la sortie du parking, Parvaneh accélère tellement en première que la Saab vibre comme si elle allait tomber en morceaux. Ove lui dit de passer une autre vitesse, ce à quoi elle répond qu'elle ne sait pas comment on fait. Pendant ce temps, le chat, selon toute vraisemblance, essaie d'ouvrir la portière arrière.

Quand ils s'arrêtent à un premier feu rouge, un gros 4 × 4 noir occupé par deux jeunes hommes au crâne rasé s'approche si près de leur suspension arrière qu'Ove est certain que sa Saab aura leur numéro de plaque imprimé sur la peinture. Parvaneh jette un coup d'œil nerveux dans le rétroviseur. Le 4 × 4 fait rugir son moteur comme s'il était sur la ligne de départ d'un rallye. Ove se retourne sur son siège. Les deux hommes ont le cou couvert de tatouages. Le 4 × 4 ne signalait visiblement pas assez à leur goût qu'ils étaient des crétins finis.

Le feu passe au vert. Parvaneh enfonce l'embrayage ; la Saab crachote et le tableau de bord s'assombrit. Tendue, Parvaneh tourne la clé de contact, mais le moteur se contente d'émettre un grincement à fendre le cœur. La voiture hurle, tousse, et cale de nouveau. Les tatoués klaxonnent. L'un d'eux fait de grands gestes impatients.

— Appuyez sur l'embrayage et l'accélérateur dans le même mouvement, commande Ove.

— C'est ce que je fais ! réplique-t-elle.

— Ce n'est pas du tout ce que vous faites.

— Bien sûr que si, c'est ce que je fais !

— C'est vous qui criez, maintenant.

— JE NE CRIE PAS DU TOUT, MERDE ! vocifère-t-elle.

Le 4 × 4 klaxonne. Parvaneh enfonce l'embrayage. La Saab recule de quelques centimètres et percute l'avant du véhicule tout-terrain. Les tatoués se couchent littéralement sur le klaxon, comme si c'était une sirène de raid aérien.

Parvaneh tourne désespérément la clé, mais ne peut éviter de caler de nouveau. Soudain, elle lâche les commandes et enfouit le visage dans ses mains.

— Mais Seign... vous pleurez, maintenant ? s'exclame Ove.

— JE NE PLEURE PAS DU TOUT, MERDE ! hurle t elle, projetant des larmes sur le tableau de bord.

Ove s'écarte, baisse les yeux sur ses genoux et se met à tripoter le bord de son tube en papier.

— C'est juste que c'est vraiment dur, en ce moment, vous comprenez ? sanglote t-elle.

De désespoir, elle pose le front sur le volant comme si c'était un oreiller moelleux.

— Et puis je suis ENCEINTE ! lance-t-elle en tournant la tête vers Ove d'un air accusateur. Je suis juste un petit peu STRESSÉE ! Personne n'a d'indulgence pour une foutue bonne femme enceinte un petit peu STRESSÉE !?!?!?

Ove se tortille sur le siège passager, mal à l'aise. Elle martèle le volant de ses poings en pestant que tout ce qu'elle veut c'est « boire un soda, merde ». Puis elle croise les bras sur le volant, enfouit son visage dans les manches de son pull et recommence à pleurer.

Le 4 × 4 derrière eux klaxonne si fort qu'Ove a l'impression de stationner sur le pont d'un ferry pour la Finlande. C'est à cet instant que, pour employer le terme technique, Ove « pète un plomb ». Il sort brusquement de la Saab, contourne le 4 × 4 à grands pas et ouvre vigoureusement la portière du conducteur.

— Ça ne t'est jamais arrivé de caler ?

Le jeune homme n'a pas le temps d'ouvrir la bouche.

— Putain d'abruti de salopard ! lui hurle Ove à la figure en postillonnant.

Sans attendre sa réponse, Ove empoigne le tatoué par le col et le soulève si brutalement que le jeune homme titube hors de la voiture. Le tatoué au corps musclé pèse sûrement plus de cent kilos, mais Ove le maintient par son pull d'une poigne de fer. Le conducteur est lui-même si surpris par la force du vieillard que l'idée de résister ne lui traverse même pas l'esprit. Les yeux d'Ove luisent de rage tandis qu'il plaque l'homme qui a sans doute la moitié de son âge contre le flanc du 4 × 4 en faisant résonner la carrosserie. Il pose son index en plein sur le crâne rasé du tatoué et approche son visage au point de sentir le souffle de l'autre.

— Klaxonne encore une fois et c'est la DERNIÈRE chose que tu feras sur cette terre. Compris ?

Le regard du conducteur se tourne brièvement vers son passager tout aussi musculeux, puis vers la file de voitures qui s'allonge derrière eux, mais nul ne fait mine de venir à son secours. Personne ne klaxonne. Personne ne bouge. Tout le monde pense la même chose : si un vieil homme sans tatouages avance sans hésiter sur un jeune homme tatoué et le plaque si aisément contre une voiture, alors ce n'est peut-être pas le tatoué qu'il vaut mieux éviter de contrarier.

La colère assombrit les yeux d'Ove. Après un court instant de réflexion, le conducteur au crâne rasé semble trouver cette raison suffisante pour se convaincre que son assaillant est, sans l'ombre d'un doute, très sérieux. La pointe de son nez s'abaisse et se relève presque imperceptiblement.

Ove hoche la tête, satisfait, et repose le tatoué par terre. Tournant les talons, il retourne s'asseoir dans la Saab, où Parvaneh le dévisage bouche bée.

— Maintenant, écoute-moi bien, dit Ove calmement en refermant la portière avec précaution. Tu as mis deux enfants au monde et tu t'apprêtes à en faire un troisième. Tu viens d'un autre pays et tu as probablement fui la guerre et les persécutions et toutes les catastrophes possibles et imaginables. Tu as appris une nouvelle langue, tu as suivi une formation qui te permet de gagner ta vie, et tu prends soin de toute une famille d'empotés notoires. Et c'est bien le diable si je t'ai déjà vue avoir peur de quoi que ce soit.

Ove ne la lâche pas des yeux. Parvaneh se contente de le regarder, sans voix. Ove pointe un index impérieux vers les pédales.

— Je ne te demande pas de te lancer dans une intervention en neurochirurgie. Je te demande de conduire une voiture. Il y a un accélérateur, un frein, un embrayage. Quelques-uns des pires imbéciles finis de l'histoire ont réussi à comprendre comment ça fonctionne. Et tu vas réussir aussi.

Puis il prononce neuf mots dont Parvaneh se souviendra comme du plus beau compliment qu'il lui fera jamais.

— Parce que tu n'es pas une imbécile finie.

Parvaneh écarte de son front une mèche de cheveux trempée de larmes et repose maladroitement les mains sur le volant. Ove hoche la tête, attache sa ceinture et se cale dans son siège.

— Maintenant tu enfonces l'embrayage, et ensuite tu fais ce que je dis.

Voilà comment Parvaneh apprend à conduire l'après-midi même.

28

La vie selon Ove et la vie selon Rune

Sonja disait souvent qu'Ove était « rancunier ». Comme quand il refusa pendant huit ans de retourner chez le boulanger local qui s'était trompé en lui rendant la monnaie, à la fin des années 90. Ove appelait ça « avoir des principes ». Ils n'étaient jamais entièrement d'accord sur le sens de ces mots.

Il sait qu'elle avait été déçue que Rune et lui se soient brouillés. Leur inimitié avait gâché les chances de Sonja et Anita de devenir les amies qu'elles auraient pu être. Mais quand une querelle a duré trop longtemps, la réconciliation est parfois impossible pour la simple raison que plus personne n'en connaît la cause. Et Ove ne se souvenait pas comment leur dispute avait commencé.

Il savait seulement comment elle avait fini.

Une BMW. Quelques personnes avaient compris, d'autres non. Certaines disaient que les sentiments et les voitures n'avaient aucun rapport. Mais rien n'illustrerait jamais mieux la raison pour laquelle les deux hommes étaient devenus ennemis jurés.

Tout avait commencé de façon innocente, peu de temps après l'accident de Sonja et Ove lors de leur retour d'Espagne. Pendant l'été, Ove posa de nouvelles dalles sur sa terrasse, tandis que Rune dressait une nouvelle clôture autour de la sienne. Ove installa bien entendu une palissade encore plus haute, après quoi Rune se rendit au magasin de bricolage. Quelques jours plus tard, il se vanta dans tout le lotissement d'avoir « construit une piscine ». « Ce n'est pas une piscine, cette merde », avait râlé Ove à l'intention de Sonja. C'était juste un petit bassin pour le bébé de Rune et Anita, voilà ce que c'était. Ove suggéra de signaler la construction illégale aux services de l'urbanisme, mais Sonja répondit que ça commençait à bien faire, et l'envoya tondre la pelouse pour « se calmer un peu ». Ove obtempéra, même si ça ne le calma pas du tout.

La longue pelouse, de seulement cinq mètres de large, longeait l'arrière des maisons d'Ove et de Rune, ainsi que le pavillon qui se dressait entre les deux, et que Sonja et Anita baptisèrent bientôt « la zone neutre ». Personne ne savait exactement pourquoi il y avait une pelouse à cet endroit, ni quelle fonction elle était supposée remplir. À l'époque où le lotissement avait été construit, un urbaniste quelconque avait dû se mettre en tête qu'une pelouse derrière les maisons fai-sait joli sur les plans. Quand Ove et Rune, encore bons camarades, avaient fondé ensemble le conseil syndical de la copropriété, ils avaient décidé qu'Ove serait « responsable de la pelouse » et de son entretien, mis-sion qu'il avait remplie pendant toutes ces années. Un jour, les autres voisins avaient proposé d'y installer des tables et des bancs pour créer une sorte « d'espla-nade commune », mais Ove et Rune s'y étaient bien sûr immédiatement opposés. Ça aurait fait une pagaille monstre et un boucan du diable.

Les jours passèrent dans la paix et l'allégresse. Du moins, dans la mesure où les choses peuvent être « paisibles et allègres » quand des hommes comme Ove et Rune sont impliqués.

Peu de temps après que Rune eut construit sa « piscine », un rat traversa la terrasse d'Ove, coupa par la pelouse récemment tondue, et disparut entre les arbres de l'autre côté. Ove convoqua immédiatement les membres de la copropriété pour une « réunion de crise » et exigea que les habitants répandent de la mort-aux-rats autour des maisons. Naturellement, les voisins protestèrent, parce qu'ils craignaient que les hérissons aperçus entre les arbres en lisière de la forêt ne mangent aussi les appâts. Rune renchérit que les rats allaient lui ramener du poison dans sa piscine. Ove lui répondit de fermer son clapet et de consulter un psy pour discuter de sa confusion entre leur lotissement et la Riviera. Rune riposta par une mauvaise plaisanterie aux dépens d'Ove, en disant que le rat sortait probablement de son imagination. Les autres voisins s'esclaffèrent. Ove ne le pardonna jamais à Rune. Le lendemain matin, « quelqu'un » avait jeté des graines pour les oiseaux sur la terrasse de Rune, qui passa les deux semaines suivantes à chasser à coups de pelle une dizaine de rongeurs de la taille d'un aspirateur. Ove obtint l'autorisation de répandre le raticide, en dépit de Rune qui marmonna qu'il ne perdait rien pour attendre.

Deux ans plus tard, Rune gagna la grande guerre de l'arbre quand il reçut l'accord, lors de l'assemblée générale de la copropriété, d'abattre un spécimen qui faisait écran au soleil en soirée chez lui, mais qui empêchait aussi une lumière aveuglante d'inonder la chambre à coucher de Sonja et Ove tôt le matin. En plus, il réussit à bloquer la motion furieuse d'Ove qui exigeait que la copropriété lui paye au moins de nouveaux stores.

Ove remporta pourtant le conflit du déneigement l'hiver suivant, quand Rune essaya de s'autoproclamer « responsable du déblaiement » et, par la même occasion, de faire acheter par la copropriété un gigantesque chasse-neige. Ove ne laisserait pas Rune s'amuser à « gaspiller de l'essence » aux frais des copropriétaires et envoyer de la neige sur ses fenêtres, fit-il clairement savoir à la réunion du conseil syndical.

Rune fut tout de même nommé responsable, mais à son grand déplaisir il dut déblayer tout l'hiver la neige devant les maisons, armé d'une simple pelle. Naturellement, il évita soigneusement le pavillon d'Ove et Sonja, mais Ove s'en moquait. Pour le seul plaisir d'énerver Rune, il loua à la mi-janvier un gros chasse-neige avec lequel il dégagea les dix mètres carrés devant chez lui. Rune en avait été fou de rage, se souvient encore Ove avec une profonde satisfaction.

L'été suivant, Rune élabora naturellement une nouvelle vengeance en achetant une de ces colossales tondeuses à gazon autoportées. Puis il obtint, avec force mensonges et conspirations, que la copropriété lui transfère le rôle, incombant jusqu'alors à Ove, de responsable de l'entretien de la pelouse. Après tout, Rune avait maintenant « de meilleurs outils que l'ancien responsable », fit-il remarquer avec un sourire narquois à Ove lors de l'assemblée générale. Ce dernier ne pouvait naturellement pas prouver que la décision du transfert ne reposait que sur des mensonges et conspirations, mais il était certain que les choses s'étaient passées ainsi. « Foutue mobylette de frimeur », lançait Ove à chaque fois que Rune passait sous ses fenêtres, assis sur sa tondeuse avec l'air suffisant du cow-boy qui s'apprête à rabattre un taureau dans son enclos.

Ove prit sa revanche quatre ans plus tard, en empêchant Rune de changer les fenêtres de sa maison. Après trente-trois lettres et une dizaine d'appels téléphoniques furieux, le bureau d'urbanisme s'était rangé à l'avis d'Ove, selon qui cette rénovation allait « gâcher l'homogénéité architectonique du lotissement ». Les trois années suivantes, Rune n'appela plus Ove que « ce foutu procédurier ». Ove le prit comme un compliment. L'année suivante, il changea ses propres fenêtres.

À l'approche de l'hiver, la copropriété décida que le lotissement avait besoin d'un nouveau système collectif de chauffage central. Comme par le plus pur des hasards, Rune et Ove furent d'avis diamétralement opposé quant au chauffage nécessaire. Ce que les autres voisins appelèrent plaisamment la « bataille de la pompe hydraulique » prit les proportions d'une lutte acharnée entre les deux hommes.

La vie continua ainsi.

Mais, comme disait Sonja, il y avait aussi d'autres moments. Ils furent peu nombreux, mais Anita et elle étaient passées maîtresses dans l'art de savourer pleinement ces instants. La guerre entre les deux hommes ne battait pas toujours son plein. Par exemple, un été dans les années 80, Ove avait acheté une Saab 9000 et Rune une Volvo 760. Chacun était si satisfait de sa nouvelle acquisition qu'ils se réconcilièrent pour plusieurs semaines. Sonja et Anita en profitèrent pour organiser des dîners ensemble. Le fils de Rune et Anita, qui venait d'entrer dans l'adolescence – période divinement dépourvue de charme et de bonnes manières s'il en est – siégeait en bout de table, incarnation même de la mauvaise humeur. Ce garçon était né en colère, disait parfois Sonja avec tristesse. Ove et Rune réussirent cependant à s'entendre suffisamment pour boire un whisky ensemble en fin de soirée.

Au cours du dernier dîner de l'été, Ove et Rune se mirent malheureusement en tête de faire des grillades. Bien entendu, ils commencèrent à se chamailler sur la « meilleure façon » d'allumer le barbecue sphérique d'Ove. Un quart d'heure plus tard, la dispute avait atteint un tel volume sonore que Sonja et Anita trouvèrent préférable de dîner chacune chez soi. Les deux hommes eurent le temps d'acheter une Volvo 760 (Turbo) et une Saab 9000i avant de se réconcilier de nouveau.

Pendant ce temps, les voisins emménageaient et déménageaient dans le lotissement. À la fin, les nouveaux visages étaient si nombreux qu'ils se fondaient en une masse grise. Là où s'étendait autrefois la forêt, il n'y avait plus que des grues de chantier. Ove et Rune se tenaient devant leurs maisons, les mains enfoncées dans les poches, tels des dinosaures obstinés dans une nouvelle ère, tandis qu'une armée d'agents immobiliers prétentieux au nœud de cravate gros comme un pamplemousse arpentaient la rue en regardant les deux hommes avec la convoitise de vautours observant des buffles vieillissants. Ils crevaient d'impatience d'implanter des foutus consultants et leurs familles dans leurs maisons, Ove et Rune le savaient parfaitement.

Le fils de Rune et Anita quitta la maison à son vingtième anniversaire, au début des années 90. Il s'installa en Amérique, apprit Ove de la bouche de Sonja. Ils ne le virent presque plus. Anita recevait un coup de téléphone à Noël, mais « il a tellement à faire de son côté maintenant », disait-elle en essayant de faire bonne figure, alors que Sonja voyait qu'elle réprimait ses larmes. Certains garçons partaient sans se retourner. C'était ainsi.

Rune n'aborda jamais le sujet, mais ceux qui le connaissaient depuis longtemps eurent l'impression qu'il rapetissa de quelques centimètres les années qui suivirent le départ de son fils. Comme s'il s'était tassé en poussant un profond soupir et n'avait plus jamais inspiré à fond.

Quelques années plus tard, Rune et Ove se querellèrent pour la énième fois à propos du chauffage. Un Ove enragé sortit en trombe d'une réunion de la copropriété et n'y remit jamais les pieds. Leur dernier conflit eut lieu au début des années 2000, quand Rune commanda en Asie un petit robot qui virevoltait sur la pelouse en coupant l'herbe tout seul. Rune pouvait le programmer à distance pour tondre le gazon « selon un certain schéma », raconta Sonja, impressionnée, en revenant un soir de chez Anita. Ove s'aperçut bientôt que ce « certain schéma » signifiait que cette saloperie de robot faisait des allées et venues sous la fenêtre de leur chambre à coucher toute la nuit, en bourdonnant d'excitation. Un soir, Sonja vit Ove sortir par la porte vitrée, un tournevis en main. Le lendemain matin, le petit robot s'était inexplicablement jeté dans la piscine de Rune.

Le mois suivant, Rune fit pour la première fois un séjour à l'hôpital. Il ne remplaça jamais son robot. Ove ne savait plus lui-même comment leur querelle avait commencé, mais il sut qu'elle avait pris fin à ce moment. Bientôt, elle ne fut plus qu'un souvenir pour Ove et une absence de souvenirs pour Rune.

Beaucoup de gens pensent qu'on ne peut pas interpréter les sentiments au travers des voitures.

Néanmoins, quand ils avaient emménagé dans le lotissement, Ove roulait en Saab 96 et Rune en Volvo 244. Après l'accident, Ove acheta une Saab 95 pour transporter le fauteuil roulant de Sonja. La même année, Rune acheta une Volvo 245, pour y placer une poussette. Trois ans plus tard, Sonja obtint un fauteuil roulant pliant, plus moderne ; Ove fit l'acquisition d'un coupé, la Saab 900, et Rune d'un break, une Volvo 265, parce que Anita parlait d'avoir un deuxième enfant.

Puis Ove acheta encore deux Saab 900, suivies de sa première Saab 9000. Rune acheta une nouvelle Volvo 265 et bientôt, une Volvo 745. Mais aucun enfant ne s'annonçait. Un soir, Sonja rentra à la maison et raconta qu'Anita avait consulté un médecin.

Une semaine plus tard, une Volvo 740 occupait le garage de Rune. Une berline.

Ove l'aperçut lorsqu'il lava sa Saab. Le soir, Rune trouva une bouteille de whisky entamée devant sa porte. Ils n'abordèrent jamais le sujet.

Le regret des enfants qui ne vinrent jamais aurait peut-être pu rapprocher les deux voisins. Mais le chagrin est un sentiment à double tranchant, car quand les hommes ne le partagent pas, il peut partager les hommes. Peut-être Ove ne pardonnait-il pas à Rune d'avoir eu un fils avec lequel il ne s'entendait pas. Peut-être Rune ne pardonnait-il pas à Ove de ne pas le lui pardonner. Peut-être aucun d'eux ne se pardonnait-il de ne pas pouvoir donner aux femmes qu'ils aimaient plus que tout ce qu'elles désiraient plus que tout. Le garçon de Rune et Anita grandit et quitta la maison à la première occasion. Et Rune acheta une de ces BMW où l'on ne pouvait asseoir que deux personnes, dont l'une avec un sac à main. Après tout, il était seul avec Anita à présent, avait-il dit à Sonja qu'il avait croisée sur le parking. « On ne peut pas rouler en Volvo toute sa vie », avait-il ajouté avec un sourire peu convaincu. Elle entendit les larmes dans sa voix. C'est à cet instant qu'Ove comprit que Rune avait abandonné pour toujours. Et peut-être ni Ove ni Rune lui-même ne pouvaient-ils pardonner cela.

Beaucoup de gens pensent qu'on ne peut pas interpréter les sentiments au travers des voitures. Ils se trompent.

29

Ove et une personne pédée

— Mais sérieusement ? Où est-ce qu'on va !? demande Parvaneh, hors d'haleine.

— Réparer un truc, répond laconiquement Ove, trois pas devant elle, le chat galopant à son côté.

— Quel genre de truc ?

— Un truc !

Parvaneh s'arrête pour reprendre son souffle.

— Là ! s'exclame Ove en s'arrêtant devant un petit café.

Une odeur de croissants frais s'échappe par la porte vitrée. Parvaneh regarde le parking de l'autre côté de la rue, où ils ont laissé la Saab. Elle s'aperçoit à présent qu'ils n'auraient pas pu arriver plus rapidement, si ce n'est qu'Ove avait soutenu que l'établissement se trouvait de l'autre côté du quartier. Parvaneh avait proposé de se garer là-bas, mais le stationnement coûtait une couronne de plus par heure. Elle avait dû faire une croix dessus.

Parvaneh avait vite découvert que, lorsqu'un homme comme Ove ne connaît pas le chemin, il continue à avancer avec la conviction que tôt ou tard il arrivera à destination. Quand ils découvrent le café, juste en face de leur place de stationnement, Ove ne se laisse pas décontenancer le moins du monde, mais reste aussi serein que si cela avait fait partie de son plan dès le début. Parvaneh essuie la sueur sur son front.

Un homme à la barbe sale est assis contre le mur de la maison, un peu plus bas dans la rue. Un gobelet en carton est posé par terre à ses pieds. Devant le café, Ove, Parvaneh et le chat croisent un garçon élancé d'une vingtaine d'années, avec du charbon autour des yeux. Ove met un certain temps à reconnaître le voyou qui s'abritait derrière l'adolescent au vélo lors de leur premier contact, à côté de la remise. Il a l'air tout aussi prudent que l'autre fois lorsqu'il sourit à Ove, une assiette en carton avec deux sandwichs à la main. Ove répond par un simple hochement de tête, pour signifier que, même s'il n'a pas l'intention de lui rendre son sourire, le message est bien passé.

— Pourquoi tu ne m'as pas laissée me garer à côté de la voiture rouge ? demande Parvaneh tandis qu'ils franchissent la porte vitrée.

Ove ne répond pas.

— J'aurais réussi ! insiste-t-elle avec assurance.

Ove secoue la tête, résigné. Deux heures plus tôt, elle ne savait même pas où se trouvait l'embrayage, et voilà qu'elle boude parce qu'il ne l'a pas laissée faire un créneau dans un mouchoir de poche !

Par la vitre, Ove voit du coin de l'œil le jeune homme élancé donner les sandwichs à l'homme à la barbe sale.

— Bonjour, Ove ! appelle une voix à l'enthousiasme aigu.

Ove se retourne et découvre l'adolescent avec qui il s'est chamaillé à propos du vélo. Le jeune homme se tient derrière un long comptoir poli au fond de la pièce. Il porte une casquette, observe Ove. À l'intérieur !

Le chat et Parvaneh, tout à fait à l'aise, s'installent chacun sur un tabouret de bar, la seconde s'essuyant sans cesse le front, bien que la pièce soit fraîche. Plus froide qu'au-dehors, en fait. Elle se sert de l'eau avec une carafe posée sur le comptoir. Le chat lape nonchalamment dans le verre pendant qu'elle ne fait pas attention.

— Vous vous connaissez ? s'étonne Parvaneh en regardant le garçon.

— Ove et moi, on est super copains, acquiesce celui-ci.

— Ah bon ? Moi aussi, je suis super copine avec Ove ! renchérit Parvaneh avec un sourire, en imitant sans méchanceté son enthousiasme un peu trop naïf.

Ove reste à une distance raisonnable du comptoir, l'air de redouter que quelqu'un lui fasse un câlin.

— Je m'appelle Adrian, dit l'adolescent.

— Parvaneh ! dit Parvaneh.

— Vous voulez boire quelque chose ? demande Adrian en se tournant vers Ove.

— Oh, oui ! Un latte ! s'écrie Parvaneh comme si on lui massait les épaules, avant de s'éponger le front avec une serviette en papier. Glacé, si possible !

Ove se balance d'un pied sur l'autre en jetant un coup d'œil au local tout autour. Il n'a jamais aimé les cafés. Naturellement, Sonja les adorait. Elle pouvait y passer le dimanche complet, simplement pour « regarder les gens ». Ove, assis en face d'elle, essayait généralement de lire le journal. Ils faisaient cela chaque semaine. Il n'a pas mis les pieds dans un café depuis qu'elle est morte. Levant les yeux, il s'aperçoit qu'Adrian, Parvaneh et le chat attendent sa réponse.

— Un café, alors. Noir.

Adrian se gratte les cheveux sous sa casquette.

— Genre... un espresso, c'est ça ?

— Non. Un café.

Adrian commence à se gratter le menton.

— Genre... un café noir, c'est ça ?

— Oui.

— Avec du lait ?

— S'il y a du lait, ce n'est plus un café noir.

Adrian déplace des sucriers sur le comptoir, sans doute pour se donner une contenance et ne pas avoir l'air bête. Trop tard, se dit Ove.

— Du café moulu. Du café moulu normal, bon sang, explique Ove.

Adrian opine du chef.

— Ah, ça ! Ah oui. Nan. Je ne sais pas comment on fait.

Ove affiche l'expression de circonstance pour les occasions où une personne lui dit qu'elle ne sait pas verser de l'eau dans une cafetière, mettre une dose de café dans un filtre et appuyer sur un bouton. Il tend l'index vers la cafetière électrique délaissée sur un coin du plan de travail derrière le garçon, à moitié dissimulée par une gigantesque machine en forme de vaisseau spatial argenté qu'Ove identifie comme l'appareil qui sert à faire les espressos.

— Ah, celle-là, oui, dit Adrian en hochant la tête vers la cafetière, comme s'il venait de comprendre.

Puis il se tourne de nouveau vers Ove.

— Nan, enfin, le truc c'est que je sais pas comment elle marche.

— Mais c'est bon Dieu pas possible… grommelle Ove en passant de l'autre côté du comptoir.

Il écarte l'adolescent et saisit la cafetière. Parvaneh se racle bruyamment la gorge. Ove lui lance un regard sombre.

— Oui ? fait-il.

— Oui ? répète-t-elle.

Ove lève les sourcils. Elle hausse les épaules.

— Quelqu'un compte me dire ce qu'on fait ici ?

Ove verse de l'eau dans la cafetière.

— Le petit a un vélo à réparer.

Le visage de Parvaneh s'éclaire.

— Le vélo accroché à l'arrière de la voiture ?

— Vous l'avez apporté ? lance Adrian à Ove, fou de joie.

— Vu que tu n'as pas de voiture, répond Ove en fouillant dans un placard à la recherche de filtres à café.

— Merci, Ove ! s'écrie Adrian en faisant un pas vers lui.

Il se maîtrise avant de faire une bêtise.

— Alors comme ça, c'est ton vélo ? demande Parvaneh avec un sourire.

Adrian fait signe que oui. Mais l'instant suivant, il secoue la tête.

— En fait, c'est pas le mien. Il est à ma copine. Enfin, j'aimerais bien qu'elle devienne ma copine… vous voyez le truc.

Parvaneh a un sourire radieux.

— Donc, Ove et moi avons fait tout le chemin pour t'apporter le vélo pour que tu puisses le réparer ? Pour une fille ?

Adrian hoche la tête. Parvaneh se penche au-dessus du comptoir et donne à Ove une tape sur le bras.

— Tu sais, Ove, parfois on croirait presque que tu as du cœur !

Ove n'aime pas du tout le ton de sa voix.

Tu as des outils ici ou pas ? demande-t-il à Adrian en mettant son bras hors d'atteinte.

Adrian fait signe que oui.

— Alors, va les chercher. Le vélo est accroché à la Saab sur le parking.

Avec un bref signe de la tête, Adrian s'engouffre dans la cuisine. Il réapparaît quelques minutes plus tard avec une grande caisse à outils et se dirige sans tarder vers la porte.

— Et toi, pas de commentaires, ordonne Ove à sa voisine.

Le sourire de Parvaneh lui donne à penser qu'elle n'a pas la moindre intention d'obéir.

— Je lui ai seulement apporté le vélo pour qu'il ne mette pas la pagaille dans notre remise… murmure-t-il.

— Bien sûr, bien sûr, acquiesce Parvaneh en riant.

Ove se remet en quête des filtres à café.

Sur le pas de la porte, Adrian percute littéralement le garçon aux yeux soulignés de charbon.

— Dis, je vais juste chercher un truc, lance Adrian en trébuchant sur les mots comme sur une pile de cartons. C'est mon patron ! annonce-t-il ensuite à Ove et Parvaneh en indiquant le garçon aux yeux soulignés de charbon.

Parvaneh se lève immédiatement et tend poliment la main. Ove continue à fouiller dans les tiroirs derrière le comptoir.

— Qu'est-ce… que vous faites ? demande le garçon élancé, en regardant avec intérêt le retraité derrière le comptoir de son café.

— Le petit a un vélo à réparer, répond Ove comme si c'était l'évidence même, avant de demander : Tu as des filtres pour préparer un vrai café ?

Le garçon tend l'index. Ove l'observe en plissant les yeux.

— C'est du maquillage ?

Parvaneh lui fait signe de se taire. Ove prend un air fautif.

— Eh bien quoi ? On ne peut plus demander ?

Le garçon aux yeux de panda sourit avec nervosité.

— Oui, c'est du maquillage, acquiesce-t-il, avant de se frotter les yeux. Je suis allé en boîte hier soir, explique-t-il avec un sourire de gratitude quand Parvaneh extrait de son sac une lingette qu'elle lui tend avec un clin d'œil complice.

Ove hoche la tête et retourne à la préparation du café.

— Toi aussi, tu as des problèmes avec les vélos, l'amour ou les femmes ? demande-t-il, désinvolte.

— Non, non, pas avec les vélos en tout cas. Avec l'amour non plus, j'imagine. Et en tout cas... en tout cas pas avec les femmes, répond le cafetier.

Sa bouche frémit. Quand le silence s'éternise, il commence à tripoter le col de son pull. Ove enfonce le bouton de la cafetière électrique, qui se met à ronronner, et s'appuie contre le comptoir, comme s'il n'y avait rien de plus naturel que de prendre ses aises dans un café où on ne travaille pas.

— Un pédé, hein ? fait-il avec un signe de tête au garçon.

— OVE ! s'écrie Parvaneh en le tapant de nouveau sur le bras.

Ove écarte son bras, offensé.

— Quoi ? On ne peut plus demander ?

— On ne dit pas... ça, le rabroue Parvaneh, qui refuse visiblement de prononcer le mot en question.

— Pédé ? répète Ove.

Parvaneh essaie de lui asséner une nouvelle tape, mais Ove l'esquive.

— Ça ne se dit pas ! déclare-t-elle d'un ton impérieux.

Déconcerté, Ove se tourne vers le jeune homme aux yeux charbonneux.

— On n'a plus le droit de dire pédé ? Comment ça s'appelle alors ?

— On dit homosexuel. Ou bien... altersexuel, lâche Parvaneh sans pouvoir se retenir.

Ove la regarde, se tourne vers le garçon, puis de nouveau vers sa voisine.

— Oh, vous pouvez dire ce que vous voulez, c'est bon, dit le cafetier avec un sourire en contournant le comptoir pour enfiler un tablier.

Parvaneh soupire en secouant la tête en signe de désapprobation. Ove fait de même en lui renvoyant son expression critique.

— Bien sûr, bien sûr... fait-il, songeur, en amorçant une pirouette, la main dressée comme s'il essayait de se souvenir des pas d'une danse latine. Mais ces personnes... « pédées », tu en fais partie ou pas ?

Parvaneh regarde le garçon aux yeux charbonneux comme si elle voulait lui faire comprendre par tous les moyens qu'Ove est en fait un évadé de l'unité fermée de l'hôpital psychiatrique et qu'il ne faut pas lui en vouloir. Mais le jeune homme n'a pas l'air fâché du tout.

— Oui. Oui, exactement. J'en fais « partie ».

— Bon, fait Ove avec un hochement de tête, avant de se servir du café encore bouillant.

Puis, sans un mot, il sort sur le parking en emportant la tasse. Le garçon au maquillage ne proteste pas. Après tout, ce n'est qu'un détail après que cet homme s'est autoproclamé barman dans son café et l'a interrogé sur son orientation sexuelle alors qu'ils ne se connaissent pas depuis cinq minutes.

Planté devant la Saab, Adrian donne l'impression de s'être égaré dans une forêt.

— Tout va bien ? demande Ove, de manière purement rhétorique.

Il boit une gorgée de café, en regardant le vélo qu'Adrian n'a même pas décroché de la voiture.

— Nan… c'est que. Vous voyez le truc. Enfin… bredouille-t-il en se grattant compulsivement le torse.

Ove l'observe environ trente secondes. Il prend une autre gorgée de café, puis affiche l'air mécontent d'une personne qui vient d'enfoncer le pouce dans un avocat trop mûr. Fourrant sa tasse dans les mains du garçon, il décroche le vélo qu'il pose à l'envers sur la selle, et ouvre la caisse à outils que le jeune homme a apportée du café.

— Ton père ne t'a pas appris à réparer un vélo ? dit-il en se penchant sur le pneu crevé.

— Mon père est en taule, répond Adrian d'une voix presque inaudible en se grattant toujours la poitrine.

Il donne l'impression de vouloir disparaître sur-le-champ dans un grand trou noir. Ove s'immobilise, puis l'évalue du regard. L'adolescent fixe le sol. Ove se racle la gorge.

— C'est pas bien difficile, marmonne-t-il finalement en faisant signe à Adrian de s'asseoir par terre.

Ils mettent dix minutes à réparer la chambre à air. Ove donne des instructions d'une voix monocorde. Adrian ne prononce pas un mot pendant toute la durée des opérations, mais il est attentif et adroit, et ne se ridiculise pas complètement, concède Ove. Peut-être l'élève de Sonja n'est-il pas aussi malhabile de ses dix doigts qu'avec la grammaire. Ils essuient ensuite leurs mains crasseuses avec un torchon pris dans le coffre de la Saab, chacun évitant de regarder l'autre.

— J'espère que la fille en vaut la peine, dit Ove en refermant le coffre.

Adrian ne sait pas quoi répondre.

Quand ils retournent au café, un petit homme trapu, vêtu d'une chemise tachée, perché sur une échelle, visse un appareil qu'Ove identifie comme un convecteur. Au pied de l'échelle, le garçon maquillé en panda tient à bout de bras un kit de tournevis. Il essuie toujours les traces de khôl en lorgnant le gros homme sur l'échelle d'un air quelque peu nerveux. Il paraît craindre d'être surpris en train de faire une bêtise. Parvaneh se tourne vers Ove, enjouée.

— Voici Amel. C'est-le-propriétaire-du-café ! chantonne Parvaneh, l'index tendu vers l'homme trapu.

Sans se retourner, Amel émet une série de consonnes dures qu'Ove ne comprend pas, mais qu'il devine être un mélange de jurons et de termes anatomiques.

— Qu'est-ce qu'il dit ? demande Adrian.

Le garçon au maquillage se tortille, mal à l'aise.

— Euh… il… en gros, que le radiateur est comme quelqu'un qui aime les…

Il jette un bref regard à Adrian, mais baisse vite les yeux. « Il dit que c'est une sale tafiole de radiateur », chuchote-t-il si bas que seul Ove, le plus proche de lui, l'entend.

Parvaneh, en revanche, désigne Amel, l'air enchantée.

— On ne comprend rien à ce qu'il dit mais on devine quand même que ce sont des jurons ! On dirait ta version doublée, Ove !

Ça ne réjouit pas outre mesure Ove. Ni Amel. Ce dernier interrompt sa tâche et pointe son tournevis sur Ove.

— Le chat ? C'est vôtre ?

— Non, répond Ove.

Il ne veut pas simplement dire qu'il n'est pas le maître de l'animal, mais surtout souligner que celui-ci n'appartient à personne.

— Le chat dehors ! Pas les animaux dans café ! scande Amel, comme si les consonnes désobéissantes dansaient la tarentelle tout autour de la phrase.

Ove observe avec intérêt le convecteur au-dessus d'Amel, puis le félin sur le tabouret de bar. Il jette un coup d'œil à la caisse à outils dans les mains d'Adrian, un autre sur le radiateur, puis se tourne enfin vers Amel.

— Si je le répare pour vous, le chat reste.

Il ne prononce pas ces mots comme une question, plutôt sur le ton d'une affirmation. Pendant un instant, Amel paraît perdre toute maîtrise de soi, mais quand il la recouvre, pour une raison qu'il aura sans doute du mal à s'expliquer après coup, il n'est plus l'homme perché sur l'échelle mais celui qui la tient. Ove s'affaire quelques minutes à l'autre bout, puis il redescend, s'essuie les mains sur son pantalon et rend le tournevis et une petite clé à molette au garçon élancé.

— Vous l'a réparé ! s'extasie l'homme courtaud à la chemise tachée quand le convecteur se met en marche avec une toux éreintée.

Il saisit Ove avec familiarité par les épaules de ses mains ridées.

— Whisky ? Voulez ? Dans la cuisine, j'ai whisky !

Ove regarde sa montre. Deux heures et quart. Il secoue la tête, mal à l'aise. Un peu à cause du whisky, un peu à cause d'Amel qui lui agrippe toujours les épaules. Le jeune homme au maquillage disparaît par la porte derrière le comptoir, en se frottant fébrilement les yeux.

Quand le chat et Ove retournent vers la Saab une demi-heure plus tard, Adrian les rattrape et retient prudemment Ove par la manche.

— Eh, mec, vous direz pas que Mirsad, il...

— Qui ? s'étonne Ove.

— Mon patron, explique Adrian.

Ove ne saisissant toujours pas, il ajoute : « Avec le maquillage. »

— La personne pédée ? fait Ove.

Adrian hoche la tête.

— En fait son père... en fait Amel... il sait pas que Mirsad est...

Adrian cherche le terme correct.

— Une personne pédée ? suggère Ove.

Adrian acquiesce. Ove hausse les épaules. Parvaneh avance en tanguant dans leur direction, le souffle court.

— Où est-ce que tu étais passée ? lui demande Ove.

— Je suis juste allée lui donner ma monnaie, répond Parvaneh avec un signe du menton vers l'homme à la barbe sale contre le mur.

— Tu sais qu'il va seulement s'acheter du tord-boyaux, l'informe Ove.

Parvaneh écarquille les yeux d'une façon qu'Ove soupçonne d'être sarcastique.

— Quoi ? Tu crois vraiment ? Et moi qui espérais TELLEMENT qu'il irait s'inscrire à l'université pour suivre des cours de physique des particules.

Ove renifle de dédain et ouvre la Saab. Adrian se tient toujours de l'autre côté de la voiture.

— Oui ? demande Ove.

— Vous ne direz rien sur Mirsad, hein ? Promis ?

Ove brandit vers lui un index impérieux.

— Dis donc ! C'est toi qui veux acheter une voiture française ! Ne commence pas à t'inquiéter pour les autres, tu as déjà assez de soucis comme ça.

30

Ove et un monde sans lui

Ove déblaye la neige qui couvre la pierre tombale. Il creuse énergiquement la terre gelée pour y piquer les fleurs, puis se redresse en brossant ses vêtements. Penaud, il regarde le nom de Sonja. Lui qui n'arrêtait pas de la houspiller quand elle était en retard, le voilà incapable de la suivre comme il l'avait promis.

— Quelle fichue vie ça a été, marmonne-t-il à la pierre.

Puis il se tait de nouveau.

Il ne sait pas exactement quand c'est arrivé, quand il est devenu si taciturne. Après l'enterrement, les jours et les semaines se sont amalgamés au point qu'il ne peut pas dire ce qu'il a fait pendant tout ce temps. Avant que Parvaneh et le lourdaud, Patrick, ne fassent marche arrière tout droit dans sa boîte aux lettres, il ne se souvient pas d'avoir échangé le moindre mot avec quiconque depuis la mort de Sonja.

Parfois, il oublie de dîner. Cela n'était encore jamais arrivé, aussi loin que remonte sa mémoire. Pas depuis qu'il s'était assis à côté d'elle dans le train il y

293

a près de quarante ans. Quand Sonja était là, ils avaient une routine. Ove se levait à six heures moins le quart, préparait le café, procédait à sa tournée d'inspection. À six heures et demie, Sonja avait fait sa toilette et ils prenaient le petit déjeuner ensemble en buvant du café ; Sonja mangeait des œufs, Ove du pain beurré. À sept heures cinq, Ove portait Sonja jusqu'au siège passager de la Saab, mettait le fauteuil roulant dans le coffre, et emmenait sa femme à l'école. Puis il se rendait à son propre travail. À dix heures et quart, ils avaient une pause chacun de son côté ; Sonja mettait du lait dans son café, Ove le buvait noir. À midi, ils déjeunaient. À trois heures et quart, nouvelle pause. À cinq heures et quart, Ove retrouvait Sonja dans la cour de l'école, l'installait sur le siège passager et embarquait le fauteuil roulant. À six heures, ils dînaient à la table de la cuisine, la plupart du temps de la viande et des pommes de terre avec de la sauce. Le plat préféré d'Ove. Puis elle jouait aux mots croisés, ses jambes inertes ramenées sous elle dans le fauteuil de la salle de séjour, tandis qu'Ove bricolait dans la remise du jardin ou regardait les informations. À neuf heures et demie, Ove portait Sonja dans leur chambre à coucher à l'étage. Les années qui avaient suivi l'accident, elle avait suggéré maintes fois de prendre leurs quartiers dans la chambre d'amis vide au rez-de-chaussée, mais Ove avait refusé. Après une dizaine d'années, elle avait compris que c'était sa façon de lui prouver qu'il n'abandonnerait pas. Que Dieu et l'univers et tout le reste ne gagneraient jamais. Que ces salauds pouvaient aller au diable. Elle n'insista plus.

Le vendredi soir, ils regardaient la télévision jusqu'à dix heures et demie. Le samedi, ils prenaient le petit déjeuner tard, à huit heures parfois. Puis ils allaient faire leurs courses aux magasins de bricolage, de meubles et à la jardinerie. Sonja achetait du terreau et Ove étudiait les outils. Ils n'avaient qu'un petit pavillon avec une petite terrasse à l'arrière et une petite plate-bande, mais toujours quelque chose à planter ou à construire. Sur le chemin du retour, ils s'arrêtaient pour manger une glace, au chocolat pour Sonja, aux noix pour Ove. Une fois par an, le prix des glaces augmentait d'une couronne : « Un véritable calvaire pour Ove », disait alors Sonja. Quand ils rentraient chez eux, elle propulsait son fauteuil roulant à travers la cuisine, jusqu'à la porte vitrée menant à la terrasse, et Ove l'aidait à s'asseoir directement par terre. Sonja appréciait énormément de pouvoir entretenir les plates-bandes sans devoir marcher. Pendant ce temps, Ove inspectait leur foyer, armé d'un tournevis. Ce qu'il y avait de bien avec cette maison, c'est qu'elle n'était jamais terminée. Ove trouvait toujours une vis à resserrer.

Le dimanche, ils allaient au café. Ove lisait le journal et Sonja parlait. Ensuite, le lundi arrivait.

Et un lundi, elle ne fut soudain plus là.

Ove ne sait pas exactement quand il est devenu si taciturne. Peut-être avait-il commencé à parler de plus en plus souvent dans sa tête. Peut-être était-il en train de devenir fou. Il s'interrogeait parfois. C'était comme s'il ne voulait pas qu'on lui parle, de peur que le bruit n'étouffe le souvenir d'une autre voix.

Il fait courir doucement ses doigts sur la pierre tombale, comme à travers les poils d'un épais tapis. Il n'avait jamais compris les jeunes gens qui parlaient tout le temps d'aller « à la rencontre de soi ». Il enten-

dait ça fréquemment dans la bouche de collègues tren-
tenaires. Ils répétaient sans arrêt qu'ils voulaient
« plus de temps libre », à croire que c'était le seul but
du travail : atteindre le moment où on pouvait l'interrompre. Sonja disait souvent en riant qu'Ove était
« l'homme le plus intraitable au monde ». Ove refusait
d'y voir une critique. Un peu d'ordre était nécessaire,
voilà tout. Il fallait des routines, et on devait pouvoir
se fier aux choses. Il ne voyait pas en quoi c'était un
trait de caractère négatif.

Sonja relatait souvent comment, au milieu des
années 80, dans ce qui ne pouvait être qu'un moment
d'égarement, Ove s'était laissé convaincre d'acheter
une Saab rouge, alors qu'il n'en avait eu que des
bleues depuis qu'elle le connaissait. « Les trois pires
années de la vie d'Ove », gloussait Sonja ; après, Ove
n'avait jamais racheté que des Saab bleues. « La plupart des femmes se fâchent quand leur mari ne
remarque pas qu'elles sont allées chez le coiffeur,
mais quand je me coupe les cheveux, mon mari boude
plusieurs jours parce que je ne suis plus comme
d'habitude », racontait volontiers Sonja.

Ove regrette ça plus que tout. Ce qui était comme
d'habitude.

Les humains ont besoin d'une fonction. Il a toujours
eu un rôle à jouer, nul ne peut le nier. Il a fait tout ce
que la société attendait de lui. Il a travaillé, n'a jamais
été malade, a remboursé son emprunt, a payé ses
impôts, a fait ce qu'il avait à faire, a acheté de bonnes
voitures. Et comment la société le remerciait-elle ? En
venant le trouver dans son bureau pour lui dire de rentrer chez lui, voilà comment.

Et un lundi, il n'eut plus de rôle à jouer.

Treize ans plus tôt, Ove avait acheté son break bleu de la série Saab 9-5. Peu de temps après, les Yankees de General Motors avaient repris les dernières parts suédoises de l'entreprise. Ce matin-là, Ove avait refermé le journal en poussant une bordée de jurons qui avait duré jusqu'au milieu de l'après-midi. Il ne racheta jamais d'autre voiture. Il n'avait pas l'intention de mettre l'orteil dans une automobile américaine à moins d'y être porté les pieds devant. Ils pouvaient se le tenir pour dit. Sonja avait lu l'article un peu plus attentivement et émis quelques objections à son récit sur le changement de nationalité de l'entreprise, mais ça n'avait aucune importance. Ove avait pris sa décision, et il s'y tiendrait. Il conduirait ce modèle jusqu'à ce que la voiture ou lui-même tombe en morceaux. De toute façon, ils ne faisaient plus de voitures correctes, avait-il tranché. Les véhicules récents n'étaient plus que des tas d'appareils électroniques de merde. Ça revenait à conduire un ordinateur. On ne pouvait même plus les démonter sans que les fabricants menacent de « suspendre la validité de la garantie », alors, c'était aussi bien. Sonja déclara un jour que cette voiture tomberait en panne quand on enterrerait Ove. Possible.

« Mais il y a un temps pour tout », disait-elle aussi souvent. Par exemple, quand les médecins lui annoncèrent qu'elle n'avait plus que quatre ans à vivre. Elle avait pardonné plus facilement qu'Ove. À Dieu, à l'univers et à tout le reste. Ove, lui, n'avait ressenti que fureur. Peut-être parce que quelqu'un devait se mettre en colère à la place de Sonja. Parce que cette fois, ça suffisait. Parce qu'il ne pouvait pas tolérer un jour de plus que le malheur s'acharne sur la seule personne qui ne le méritait pas.

Alors, il lutta contre le monde entier. Il protesta auprès du personnel hospitalier, auprès des spécialistes, auprès des médecins-chefs. Il protesta auprès des chemises blanches appartenant à des autorités devenues si nombreuses qu'il ne se souvenait plus de leurs noms. Il y avait une assurance pour ceci, une autre pour cela, un interlocuteur parce que Sonja était malade, un autre parce qu'elle était en fauteuil roulant. Un troisième pour qu'elle obtienne un arrêt de travail, et un quatrième pour convaincre les premiers qu'elle voulait justement le contraire. Elle voulait continuer à travailler.

Mais lutter contre les hommes en chemise blanche était impossible. On ne pouvait pas s'opposer à un diagnostic.

Sonja avait un cancer.

« Nous prendrons les choses comme elles viendront », dit Sonja. Ce qu'ils firent. Elle continua à travailler avec ses chers vauriens aussi longtemps qu'elle le put, jusqu'à ce qu'Ove doive pousser son fauteuil jusqu'à la salle de classe parce qu'elle n'en avait plus la force. Au bout d'un an, elle ne travailla plus qu'à trois-quarts temps. Au bout de deux, à mi-temps. Au bout de trois, à un quart-temps. Quand elle dut rester à la maison pour de bon, elle écrivit à chacun de ses élèves une longue lettre personnelle où elle les exhortait à lui téléphoner s'ils avaient besoin de parler à quelqu'un.

Presque chacun d'eux appela. Ils arrivèrent en longues processions. Un week-end, ils furent si nombreux dans le petit pavillon qu'Ove passa six heures dans la remise. Quand le dernier s'en alla, le soir, il fit minutieusement le tour de la maison pour s'assurer que rien n'avait été volé. Fidèlement à son habitude. Sonja lui avait alors crié de ne pas oublier de compter les œufs dans le frigo, après quoi il avait capitulé. Il l'avait portée à l'étage tandis qu'elle riait, l'avait déposée sur le lit, et juste avant qu'ils ne s'endorment, elle s'était tournée vers lui. Elle avait caché le doigt dans le creux de sa main, enfoui le nez dans son cou.

« Dieu m'a pris un enfant, mon cher Ove. Mais il m'en a donné mille autres. »

La quatrième année, elle s'éteignit.

À présent, il passe la main sur la pierre tombale, la caressant encore et encore, comme s'il essayait de la réveiller.

— Je vais aller chercher le fusil de ton père au grenier. Je sais que tu n'aimes pas ça. Ça ne me plaît pas non plus, annonce-t-il à voix basse.

Il inspire profondément, comme pour s'endurcir et l'empêcher de l'en dissuader.

— À tout à l'heure ! dit-il d'un ton ferme en tapant du pied dans la neige, comme pour couper court à toute tentative de protestation.

Il redescend le petit chemin vers le parking, le chat l'escortant d'une démarche feutrée. Il franchit le portail noir, contourne la Saab qui arbore toujours le macaron blanc des apprentis conducteurs et ouvre la portière côté passager. Parvaneh l'observe de ses grands yeux bruns remplis de compassion.

— J'ai une idée, commence-t-elle prudemment en démarrant la Saab pour quitter le parking.

— Oublie-la tout de suite.

Elle l'ignore.

— Je me disais juste que je pourrais t'aider à mettre de l'ordre dans la maison, si tu veux. Par exemple, à ranger les affaires de Sonja dans des boîtes et…

À peine a-t-elle prononcé le nom de Sonja que le visage d'Ove s'assombrit, un véritable masque de colère.

— Je ne veux pas entendre un mot de plus ! rugit-il d'une voix qui retentit dans toute la voiture.

— Mais je pensais juste…

— Pas UN seul foutu mot de plus ! Tu as compris !?

Parvaneh hoche la tête et se tait. Ove regarde dehors pendant tout le trajet du retour, frémissant de rage.

31

Ove fait marche arrière avec une remorque.
Bis repetita.

C'était le jour où Ove aurait dû mourir. C'était le maudit jour où il aurait enfin dû réussir.

Il a fait sortir le chat, posé l'enveloppe avec la lettre et ses papiers sur le paillasson de l'entrée et descendu le fusil du grenier. Il n'aime pas cela, non, mais il a décidé que sa répugnance envers les armes n'égalera jamais son aversion du vide qu'elle a laissé dans la maison. L'heure est venue.

C'était donc le jour où Ove aurait dû mourir. Mais peut-être quelqu'un, quelque part, avait-il compris que le seul moyen de l'arrêter était de lui envoyer quelque chose qui le mette suffisamment en colère pour le détourner de son but.

Et voilà qu'à la place, les bras croisés d'un air mutin, il fait face à l'homme en chemise blanche dans la rue et déclare : « Il n'y avait rien à la télé. »

L'homme l'a observé pendant toute la conversation sans manifester la moindre émotion. En fait, à chacune de leurs rencontres, il a fait à Ove l'effet d'un robot. Comme tous les autres hommes en chemise blanche auxquels Ove s'est mesuré au cours de sa vie. Ceux qui disaient que Sonja allait mourir des suites de l'accident, ceux qui avaient fui leurs responsabilités après l'événement, et ceux qui refusaient de désigner des coupables. Ceux qui n'avaient pas voulu construire de rampe d'accès pour fauteuils roulants à l'école, ceux qui avaient essayé de l'empêcher de travailler, ceux qui avaient exhumé d'élégants alinéas du plus petit papier sur lequel ils avaient mis la main pour interrompre les remboursements de l'assurance. Ceux qui avaient voulu la placer en foyer.

Ils avaient tous eu le même regard indifférent, à croire qu'ils n'étaient que des coquilles vides qui venaient briser la vie des gens.

Mais quand Ove dit ça, qu'il n'y a rien à la télévision, il surprend pour la première fois la légère palpitation d'une veine sur la tempe de l'homme. Une lueur de frustration, peut-être. Une colère stupéfaite, sans doute. Un pur mépris, certainement. Mais Ove constate tout de même enfin qu'il a réussi à atteindre son interlocuteur. Un homme en chemise blanche, qui plus est.

L'homme serre les dents et se détourne, mais n'a plus la démarche maîtrisée et indifférente du représentant d'une autorité qui a la situation en main. Son calme a fait place à la rage. À l'impatience. Au désir de revanche.

Ove ne se souvient pas s'être autant réjoui depuis très, très longtemps.

Il aurait évidemment dû mourir aujourd'hui. Il avait l'intention de se tirer une balle dans la tête tranquillement après le petit déjeuner. Il a nettoyé la cuisine, fait sortir le chat et pris le fusil au grenier avant de s'asseoir bien droit dans son fauteuil. Il a tout planifié ainsi parce que son hôte demande toujours à sortir à ce moment de la journée pour faire ses besoins. Un des rares traits de caractère qu'Ove estime hautement chez ce félin qui répugne à aller aux toilettes chez les autres. Ce n'est pas non plus le genre d'Ove.

Mais bien sûr, Parvaneh est venue tambouriner à sa porte avec le même entêtement que si c'était celle des dernières toilettes en service de la planète. À croire que cette bonne femme n'avait pas de toilettes dans sa propre maison. Ove a caché le fusil derrière le radiateur pour qu'elle ne s'en mêle pas, puis ouvert la porte. Parvaneh a presque dû user de la force pour qu'il prenne le téléphone qu'elle lui tendait.

Qu'est-ce que c'est ? a demandé Ove en tenant le téléphone entre le pouce et l'index comme un objet malodorant.

— C'est pour toi, a haleté Parvaneh, une main plaquée sur le ventre en essuyant son front humide de sueur malgré la température négative. C'est la journaliste.

— Qu'est-ce que tu veux que je fasse de son téléphone ?

— Seigneur ! Ce n'est pas son téléphone, c'est le mien. Elle m'a appelée dessus ! a répondu impatiemment Parvaneh.

Puis elle s'est faufilée dans l'entrée et s'est élancée vers les toilettes sans lui laisser le temps de protester.

— Eh bien ! a fait Ove en tenant le téléphone à quelques centimètres de son oreille, rien n'indiquant s'il s'adressait à Parvaneh ou à la personne à l'autre bout de la ligne.

— Bonjour ! a clamé la journaliste, Lena, d'une voix telle qu'Ove a préféré écarter un peu plus l'appa-

reil. Vous êtes prêt à donner une interview maintenant ? a-t-elle ajouté joyeusement.

— Nan, a dit Ove en examinant le téléphone à la
recherche du bouton « Raccrocher ».

— Est-ce que vous avez lu la lettre que je vous ai
envoyée ? a crié la journaliste. Et le journal ? Vous
avez lu le journal ? Je pensais que vous devriez vous
faire un avis sur nos reportages ! a-t-elle braillé
comme il ne répondait pas.

Ove est allé chercher dans la cuisine le journal et la
lettre qu'Adrian lui avait apportés dans son uniforme
de facteur.

— Vous l'avez ? a hurlé la femme au bout du fil.

— Mais calmez-vous un peu. Laissez-moi au
moins lire ! a lancé Ove au téléphone en se penchant
sur la table de la cuisine.

— Je voudrais seulement savoir si vous… a-t-elle
poursuivi avec entêtement.

— Mais vous allez vous CALMER, à la fin ! a tem-
pêté Ove.

Elle s'est tue.

La journaliste n'entendait plus que le bruit d'un
journal qu'on feuillette, tandis qu'Ove ne percevait
dans le combiné que le martèlement impatient d'un
stylo sur un bureau.

— Vous ne vérifiez plus vos informations maintenant ? a maugréé finalement Ove en lançant des
regards sombres au téléphone comme si l'appareil
était coupable.

— Quoi ?

— Ça dit : « Le restaurant Atmosphere, situé à
442 m d'altitude dans le gratte-ciel Burj Khalifa à
Dubaï, est le restaurant le plus haut du monde. »

— Ah bon ? Ce n'est pas moi qui ai écrit l'article alors je ne sais...

— Mais prenez un peu vos responsabilités, bon sang !

— Quoi ?

— C'est une erreur !

— Bon... sérieusement, Ove. Parmi tous les articles du journal, vous vous fâchez à propos du dernier qui...

— Il y a des restaurants dans les Alpes !

Silence pensif à l'autre bout du fil. Puis un long soupir.

— D'accord, Ove, c'est certainement une erreur. Je vous l'ai dit, ce n'est pas moi qui ai écrit l'article, mais je suppose que l'auteur voulait parler de la hauteur depuis le sol. Pas depuis le niveau de la mer.

— Ce n'est pas du tout la même chose !

— Oui. C'est vrai.

Elle a poussé un nouveau soupir encore plus profond. Elle avait probablement l'intention d'aborder ensuite la question qui lui occupait l'esprit et était la raison de l'appel : demander à Ove de revenir sur son refus d'accorder une interview. Mais elle pouvait autant oublier l'idée, parce qu'à ce moment précis Ove est entré dans la salle de séjour et a vu passer devant sa maison un homme en chemise blanche dans une Skoda blanche.

Et voilà comment Ove n'est pas mort ce jour-là.

— Allô ? a appelé la journaliste un instant avant qu'Ove ne se rue dehors.

— Aïe, aïe, aïe, a murmuré avec inquiétude Parvaneh, qui était sortie des toilettes juste à temps pour voir Ove se précipiter hors de la maison.

Le conducteur est sorti de sa voiture devant le pavillon de Rune et Anita.

— Ça suffit maintenant ! Vous m'entendez ? Je vous DÉFENDS de circuler en voiture dans ce lotissement ! Vous ne ferez pas un seul foutu MÈTRE de plus ! Vous avez compris ? lui a crié Ove, bien avant d'être arrivé à sa hauteur.

Le petit homme a redressé le paquet de cigarettes dans sa poche de poitrine avec un air de profond dédain et soutenu calmement le regard d'Ove.

— J'ai une autorisation.

— Vous n'en avez certainement pas, nom de Dieu !

L'homme en chemise blanche a haussé les épaules, comme pour chasser un insecte.

— Et qu'est-ce que vous pouvez bien y faire, Ove ?

La question a pris Ove par surprise. Une nouvelle fois. Il s'est arrêté, les mains frémissant de rage, avec une dizaine d'invectives prêtes à fuser. Mais à son propre étonnement, il n'est pas arrivé à en prononcer une seule.

— Je sais qui vous êtes, Ove. Je sais tout sur les lettres que vous avez écrites après l'accident et la maladie de votre femme. Vous êtes une sorte de légende chez nous, vous savez ? a poursuivi le fumeur d'une voix plate.

Ove a entrouvert les lèvres. L'homme a hoché la tête.

— Je sais qui vous êtes. Et je fais simplement mon boulot. Une décision est une décision. Vous ne pouvez rien y faire, vous devriez le savoir depuis le temps.

Ove a fait un pas vers lui mais l'homme en chemise blanche l'a repoussé d'une main sur la poitrine. Sans violence. Sans agressivité. Doucement mais avec fermeté, de la même façon que si la main ne lui appartenait pas, mais était pilotée directement par un robot au centre informatique d'une administration publique.

— Rentrez chez vous et allez regarder la télé. Avant d'avoir plus de problèmes avec votre cœur.

La femme à l'air décidé, également en chemise blanche, est descendue de la voiture du côté passager, les bras encombrés d'une pile de papiers. Le conducteur a verrouillé le véhicule dans un bip sonore, puis s'est détourné comme si la conversation n'avait jamais eu lieu.

Ove est resté là, les poings serrés et le menton en avant, ulcéré, tandis que les chemises blanches disparaissaient dans le pavillon d'Anita et Rune. Ce n'est qu'au bout de quelques minutes qu'il s'est résigné à s'éloigner, mais quand il a pris le chemin de la maison de Parvaneh, sa démarche était empreinte d'une fureur déterminée.

— Ton bon à rien de mari est à la maison ? a fait Ove d'une voix menaçante en passant devant sa voisine.

Parvaneh n'a eu que le temps de hocher la tête avant qu'Ove n'arrive à la porte en quatre enjambées. Patrick a ouvert, appuyé sur ses béquilles. Le plâtre semblait couvrir la moitié de son corps.

— Bonjour, Ove ! l'a-t-il salué gaiement en agitant une béquille, ce qui lui a immédiatement fait perdre l'équilibre et l'a envoyé chanceler contre un mur.

— La remorque que tu avais quand vous êtes arrivés. Où est-elle maintenant ? a demandé Ove.

Patrick s'est appuyé contre le mur de son bras indemne, comme pour prétendre qu'il avait toujours eu l'intention de vaciller.

— Quoi ? Oh… la remorque, là. Je l'ai empruntée à un type au boulot !

— Appelle-le. Il faut que tu l'empruntes de nouveau ! a dit Ove en pénétrant dans le couloir sans y être invité pour attendre la remorque.

Voilà grosso modo comment Ove n'est pas mort ce jour-là, juste parce qu'un élément perturbateur l'avait mis suffisamment en colère pour accaparer son attention.

Quand l'homme et la femme en chemise blanche sortent du pavillon d'Anita et Rune, à peine une heure plus tard, ils trouvent leur petite voiture blanche, ornée du logo de la commune, bloquée au bout de la petite impasse par une énorme remorque. Quelqu'un l'a garée là pendant qu'ils étaient dans la maison de sorte qu'elle obstrue tout le passage. En fait, la manœuvre semble presque volontaire.

La femme se contente d'afficher une expression de profonde confusion, mais l'homme s'avance tout de suite droit vers Ove.

— C'est vous qui avez fait ça ?

Ove croise les bras et le regarde froidement.

— Nan.

L'homme a un sourire indulgent, comme le font les hommes en chemise blanche, habitués à être obéis, quand on les contredit.

— Déplacez-la tout de suite.

— Je crois que ça ne va pas être possible.

Le propriétaire de la Skoda soupire, comme s'il s'apprêtait à menacer un enfant d'une punition.

— Déplacez la remorque, Ove. Sinon j'appelle la police.

Ove secoue la tête, serein, en désignant le panneau tout au bout de la rue.

— C'est interdit de circuler en voiture dans le lotissement. C'est écrit en gros sur le panneau.

— Vous n'avez rien de mieux à faire que de jouer les agents de la circulation toute la journée ? gémit le petit homme.

— Il n'y avait rien à la télé, répond Ove.

C'est à cet instant que la tempe de son adversaire palpite. Telle une mince, une intime fissure dans son manque. Il considère la remorque, la Skoda, le panneau, Ove qui se tient devant lui bras croisés. Il paraît se demander un instant s'il arriverait à faire obéir le retraité par la force, mais décide de toute évidence au même instant que ce serait une terriblement mauvaise idée.

— C'est stupide, Ove. Très, très stupide, siffle-t-il finalement.

Pour la première fois, ses yeux bleus sont emplis d'une authentique fureur. Ove le contemple sans broncher. L'homme en chemise blanche s'éloigne en direction de la route d'une démarche signifiant qu'il n'a pas dit son dernier mot. La femme à la pile de papiers le suit d'un pas rapide.

On pourrait croire qu'Ove les regarderait s'éloigner d'un air triomphant. En fait, il s'attendait lui-même à réagir ainsi. Mais maintenant, il n'est plus que triste et fatigué, comme s'il n'avait pas dormi depuis plusieurs mois et que ses forces suffisaient tout juste à croiser les bras. Il glisse les mains dans ses poches et rentre chez lui, mais à peine a-t-il fermé la porte qu'on y tambourine.

— Ils veulent enlever Rune à Anita ! crie Parvaneh, le regard bouleversé, en ouvrant le battant avant qu'Ove ait pu amorcer un geste en direction du verrou.

— Ah, souffle Ove d'un air fatigué.

La lassitude dans sa voix surprend autant Parvaneh qu'Anita, qui l'a suivie. Et peut-être aussi Ove lui-même. Il inspire brièvement et observe Anita. Elle est plus grise et tassée que jamais.

— Ils disent qu'ils vont venir le chercher cette semaine. Que je ne peux pas m'occuper de lui, dit-elle d'une voix si frêle que les mots franchissent difficilement ses lèvres.

Ses yeux sont rougis.

— Il faut que tu les en empêches ! s'écrie Parvaneh en prenant le bras d'Ove.

Celui-ci se dégage en évitant son regard.

— Bah, ils ne vont pas l'emmener avant plusieurs années. Il y aura des appels et ils vont tout passer dans leur moulinette bureaucratique de merde, répond Ove.

Il essaie de se faire plus convaincu qu'il n'en a l'air, mais n'arrive pas à s'inquiéter du ton de sa voix. Il veut simplement que les deux femmes s'en aillent.

— Tu ne sais pas de quoi tu parles ! rugit Parvaneh.

— C'est toi qui ne sais pas de quoi tu parles, réplique-t-il d'une voix inexpressive, les épaules basses. Tu n'as jamais eu affaire à ces autorités. Tu n'as aucune idée de la manière de lutter contre ces gens.

— Mais tu dois parler... fait-elle avec émotion alors qu'Ove sent ses forces l'abandonner.

Peut-être est-ce la vue du visage épuisé d'Anita. Peut-être est-ce la conscience qu'une bataille gagnée ne signifie pas grand-chose. Une Skoda bloquée ne change rien. Ils reviendront. Comme avec Sonja.

Comme à chaque fois. Avec leurs lois et leurs documents. Les hommes en chemise blanche gagnent toujours. Et les hommes comme Ove perdent toujours des personnes comme Sonja. Et rien ne peut la lui rendre.

Au bout du compte, il ne reste qu'une longue suite de jours monotones sans plus de sens qu'un plan de travail huilé dans une cuisine. Ove ne le supporte plus. En cet instant, il le ressent avec plus d'intensité que jamais. Il n'en peut plus. Il n'a plus envie de se battre. Il veut seulement mourir enfin.

Parvaneh continue d'argumenter, mais il ferme simplement la porte. Elle tambourine sur le panneau, mais il ne l'entend plus. Il se laisse choir sur le tabouret, les mains secouées de tremblements. Son cœur bat à lui exploser les tympans. Le poids dans sa poitrine, comme si une masse lui écrasait le larynx, ne s'atténue qu'au bout d'une vingtaine de minutes.

Alors, Ove se met à pleurer.

32

Ove ne tient pas un fichu hôtel

Sonja avait expliqué un jour que, pour comprendre les hommes comme Ove et Rune, on devait d'abord se dire qu'ils étaient nés à la mauvaise époque. Ils n'attendaient que quelques choses toutes simples de la vie. Un toit au-dessus de la tête, une rue calme, une marque de voiture et une femme auxquelles être fidèle. Un métier où ils avaient une fonction. Une maison où les choses se dégradaient à intervalles réguliers, pour avoir quelque chose à réparer.

« Les humains veulent seulement vivre dans la dignité, mais la définition de ce mot varie d'une personne à l'autre », avait ajouté Sonja. Pour les hommes du tempérament d'Ove et Rune, la dignité était peut-être simplement la conscience qu'ils s'étaient débrouillés seuls très jeunes et qu'ils avaient donc le droit de ne jamais dépendre de qui que ce soit une fois adultes. Ils étaient fiers de maîtriser la situation. D'avoir raison. De savoir quel chemin prendre, et comment resserrer une vis ou pas. Ove et Rune étaient d'une génération où un homme était ce qu'il faisait, pas ce dont il parlait, disait Sonja.

Bien sûr, elle était consciente que ce n'était pas la faute des hommes en chemise blanche si elle était en fauteuil roulant. Si elle avait perdu l'enfant. Si elle avait eu un cancer. Mais elle savait aussi qu'Ove ignorait comment vivre avec une colère sans nom. Il avait besoin d'y coller une étiquette. De la ranger dans une catégorie. Alors, quand les hommes en chemise blanche des services sociaux, dont personne de sensé ne connaissait le nom, essayèrent de contraindre Sonja à faire tout ce qu'elle ne voulait pas – quitter son travail, quitter sa maison, accepter qu'elle valait moins qu'une personne valide, accepter qu'elle était mourante –, Ove lutta. À coups de documents, de lettres, de tribunes, de recours, et de choses aussi insignifiantes qu'une rampe d'accès pour handicapés à l'école. Il lutta pour les droits de sa femme si longtemps et résolument qu'il commença à tenir les autorités pour personnellement responsables de ce qui était arrivé à Sonja et à l'enfant. De la mort.

Puis elle l'avait laissé seul dans un monde dont il ne comprenait plus la langue.

Ove est toujours assis dans le couloir quand le chat gratte à la porte. Ove lui ouvre. Ils se regardent un instant, puis Ove s'écarte pour le laisser passer. Ils dînent devant la télévision. À dix heures et demie, Ove éteint la lampe du séjour et monte l'escalier. Son hôte lui emboîte le pas, vigilant, comme s'il sentait qu'Ove veut faire quelque chose dont il ne l'a pas informé, mais qui ne va pas lui plaire. Tandis qu'Ove se déshabille, il s'assied dans la chambre avec la mine de celui qui s'efforce de comprendre un tour de passe-passe.

Ove se couche et attend, immobile, que le félin s'endorme enfin sur le lit, du côté de Sonja. Ça dure plus d'une heure. Évidemment, Ove n'agit pas ainsi parce qu'il a le sentiment de devoir ménager cette sale bestiole. Il n'a simplement pas la force de se disputer avec elle. En fait, il trouve insensé d'expliquer les concepts de vie et de mort à un animal pas fichu de garder une queue entière sans anicroche. C'est tout.

Enfin, quand le chat roule sur le dos et se met à ronfler, gueule ouverte, sur l'oreiller de Sonja, Ove se lève aussi légèrement que possible, traverse la salle de séjour et récupère le fusil derrière le radiateur. Il prend les quatre feuilles de film plastique qu'il avait rapportées de la remise et rangées dans le placard à balais pour que l'animal ne les trouve pas, puis entreprend de les scotcher aux murs du couloir. Après mûre réflexion, Ove a décidé que c'est le meilleur endroit où procéder, puisqu'il y a le moins de surface à protéger. Ça fait sûrement beaucoup d'éclaboussures quand on se tire une balle dans la tête, et il ne voudrait pas laisser plus de désordre que nécessaire. Sonja détestait qu'il mette la pagaille dans la maison.

Il a remis les chaussures et le costume du dimanche. Le tissu est sale et sent toujours les gaz d'échappement, mais il s'en contentera. Il soupèse l'arme des deux mains, à croire que son centre de gravité joue un rôle quelconque dans son entreprise. Il la tourne et la retourne, appuie un peu sur le canon en métal comme pour plier le fusil en deux. Non pas qu'il s'y connaisse en armes à feu, mais n'importe qui voudrait s'assurer de la qualité du matériel, si l'on peut dire. Et puisque Ove présume qu'on ne contrôle pas un fusil à coups de pied, il n'a pas d'autre solution que de le tordre et tirer dessus pour voir ce qui arrive.

Pendant qu'il procède, il est frappé par la pensée que rester tout habillé est une très mauvaise idée. Le costume va être couvert de sang. Ça serait bête. Posant le fusil, il ôte dans le salon le costume qu'il plie avec soin et le met doucement par terre à côté des chaussures du dimanche. Puis il ajoute à la lettre contenant les instructions destinées à Parvaneh la phrase « Enterrer en costume », au pied de la rubrique « Organisation de l'enterrement », avant de déposer l'enveloppe sur la pile de vêtements. La lettre interdit aussi, clairement, toutes fioritures. Pas de cérémonie extravagante, ni autres bêtises du même style. Simplement en terre auprès de Sonja. La concession est déjà payée, et Ove a mis de l'argent dans l'enveloppe pour le corbillard.

Désormais vêtu d'un simple caleçon et de chaussettes, Ove ramasse le fusil dans le couloir. Il aperçoit son reflet dans le miroir mural. Cela fait sûrement trente-cinq ans qu'il n'a pas observé son corps de cette manière. Il est toujours aussi musculeux et robuste, et certainement en meilleure forme que la plupart des hommes de son âge. Mais sa peau a changé ; on croirait qu'il est sur le point de fondre. Ça lui donne l'air idiot.

Un profond silence règne dans la maison. Dans le voisinage entier, en fait. Tout le monde dort. Ce n'est qu'à cet instant qu'Ove se dit que la détonation va réveiller le chat. La pauvre bestiole va être folle de terreur. Il médite la question un bon moment avant de reposer l'arme et d'allumer la radio de la cuisine. Non pas qu'il ait besoin de musique pour mettre fin à ses jours. D'ailleurs, il n'aime pas non plus la pensée que l'appareil va continuer à consommer de l'électricité quand il sera parti. Mais si, après la déflagration, l'animal entend la radio, il pensera peut-être que le bruit provenait d'un de ces nouveaux airs de pop qui passent en permanence de nos jours. Avec un peu de chance, il se rendormira. Voilà le raisonnement d'Ove.

Ce n'est pas de la pop que diffuse la radio en cet instant, constate Ove quand il reprend une nouvelle fois l'arme dans le couloir, mais les informations locales. Il s'immobilise pour écouter un moment. Le bulletin n'est peut-être pas très important quand on s'apprête à se suicider d'une balle dans la tête, mais se tenir au courant ne peut pas faire de mal. On parle de la météo. De l'économie. Du trafic routier. Et à la suite d'une série de cambriolages en ville, on encourage les propriétaires de villas ou de pavillons à la vigilance ce week-end. « Maudits voyous », grommelle Ove en resserrant le poing sur le fusil à cette annonce.

Après coup, les deux voyous, Adrian et Mirsad, auraient sans conteste aimé être avisés de toutes ces informations avant de venir frapper à la porte d'Ove quelques secondes plus tard. Ainsi, ils auraient su qu'Ove entendrait le crissement de la neige sous leurs pas et ne penserait pas « Chouette ! De la visite ! », mais plutôt « Attendez un peu, salopards ! ». De même, ils auraient su qu'Ove, vêtu d'un caleçon et de chaussettes, serait armé d'un fusil de chasse âgé de trois quarts de siècle quand il ouvrirait la porte avec la dégaine d'un vieux Rambo domestique. Alors, Adrian n'aurait pas poussé aussitôt un glapissement strident qui fit trembler les vitres dans tout le quartier, avant de courir, pris de panique, droit dans le mur de la remise où il manqua de s'assommer.

Quelques cris confus et une bonne dose de tumulte s'ensuivirent avant que Mirsad parvienne à décliner son identité de voyou aux normes et non pas de voyou cambrioleur, et avant qu'Ove ne comprenne la situation. Entre-temps, il avait agité le fusil vers eux, faisant hurler Adrian comme une alarme antiaérienne.

— Chut ! Tu vas réveiller le chat, bon sang ! le sermonne Ove d'un ton colérique tandis que le jeune homme tombe à la renverse dans une congère, le front orné d'une bosse de la taille d'un paquet de raviolis.

Mirsad, qui regarde fixement l'arme, se demande soudain si venir voir Ove en pleine nuit sans s'être annoncés était une si bonne idée. Adrian se relève, jambes chancelantes, en s'appuyant à la remise, avec la gestuelle d'une personne qui s'apprête à crier : « Mais non, j'suis pas bourré ». Ove lui lance un regard accusateur.

— Je peux savoir ce que vous fabriquez ?

Il brandit le fusil d'un air menaçant. Mirsad pose lentement un gros sac dans la neige. Adrian lève instinctivement les mains comme s'il était sur le point d'être dévalisé, mais perd l'équilibre et manque de culbuter à nouveau dans la neige.

— C'était l'idée d'Adrian, commence Mirsad, les yeux baissés.

Ove note qu'il n'est pas maquillé.

— Mirsad a fait son coming out aujourd'hui, vous savez ! dit Adrian en hochant la tête avec enthousiasme avant de tituber le long de la remise, une main plaquée sur le front.

— Quoi ? fait Ove en élevant de nouveau le fusil, soupçonneux.

— Il a fait… vous savez bien, son coming out. Il a annoncé qu'il est…

Adrian s'interrompt. Il semble distrait, d'une part par l'homme de cinquante-neuf ans en caleçon qui le tient en joue, d'autre part par la conviction croissante qu'il souffre d'une commotion cérébrale.

Mirsad se redresse avec un signe de tête plus ferme à l'intention d'Ove.

— J'ai annoncé à mon père que je suis homosexuel.

Le regard d'Ove se fait moins menaçant. Néanmoins, il ne baisse pas son arme.

— Mon père déteste les homosexuels. Il a toujours dit qu'il préférerait mourir plutôt qu'avoir un enfant homosexuel, poursuit Mirsad. Alors, il ne l'a pas très bien pris. C'est le moins qu'on puisse dire, ajoute-t-il après un silence.

— Il lui a mis dehors ! lance Adrian.

— Il l'a mis dehors, le corrige Ove.

Mirsad ramasse son sac avec un nouveau signe à Ove.

— Ce n'était pas une bonne idée. On n'aurait pas dû essayer.

— Essayer quoi ? demande Ove d'un ton cassant.

Il a ouvert la porte en caleçon par une température négative, alors il a au moins le droit de savoir de quoi il retourne. Mirsad prend une grande inspiration, ravalant littéralement sa fierté.

— Mon père a dit que je suis malade, et m'a interdit de revenir chez lui avec mes tendances, vous savez… contre nature, explique-t-il en déglutissant avec difficulté.

— Parce que tu es une personne pédée ?

Mirsad hoche la tête.

— Je n'ai pas de famille en ville. Je pensais dormir chez Adrian, mais sa mère a la visite de son nouveau copain…

Il se tait, puis secoue la tête comme s'il se trouvait très bête.

— C'était une idée stupide, dit-il à voix basse en se détournant.

Adrian, qui a visiblement retrouvé sa combativité, avance vers Ove en trébuchant dans la neige.

— Mais, merde, Ove ! Vous avez plein de place chez vous ! Alors, on pensait, vous voyez, qu'il pourrait peut-être crécher ici cette nuit ?

— Chez moi ? Bon sang, je ne tiens pas un fichu hôtel ! proteste Ove en levant le fusil, contre lequel Adrian vient buter.

Ce dernier s'immobilise tout net. Mirsad les rejoint en deux pas rapides et pose la main sur l'arme.

— On n'avait nulle part où aller, désolé, dit-il en regardant Ove droit dans les yeux tout en déviant le fusil de sa trajectoire.

Ove se ressaisit quelque peu et baisse l'arme vers le sol. Il recule de manière imperceptible dans le couloir, comme s'il ne remarquait qu'à cet instant le froid qui assaille son corps, pour dire les choses avec tact, légèrement vêtu. Il aperçoit du coin de l'œil la photo de Sonja au mur. La robe rouge. Le voyage en Espagne quand elle était enceinte. Il l'avait suppliée plus d'une fois de décrocher cette maudite photo, mais elle avait toujours refusé, en disant que c'était « un souvenir aussi précieux que les autres ».

Quelle tête de mule.

Ça aurait donc dû être le jour de la mort d'Ove. À la place, il y eut le soir avant le matin où il se réveille dans sa maison qu'il partage désormais avec un chat et aussi une personne pédée. Sonja aurait adoré, naturellement. Elle aimait les hôtels.

33

Ove et une tournée d'inspection pas tout à fait comme d'habitude

On ne peut pas toujours expliquer pourquoi certains hommes entrent soudain en action. Parfois, ils savent qu'ils devront le faire tôt ou tard, alors ils préfèrent agir vite. Et parfois, au contraire, ils se rendent compte qu'ils auraient dû passer à l'acte bien avant. Ove savait depuis le début ce qu'il avait à faire, mais au fond, les humains sont des créatures optimistes. On croit toujours que l'on aura encore du temps à passer avec les gens. Le temps de parler avec eux. Puis un événement se produit, et tout ce qui reste, ce sont des « si seulement ».

Il s'arrête au milieu de l'escalier, déconcerté. Il n'a pas senti cette odeur dans la maison depuis la mort de Sonja. Il descend lentement les dernières marches et se poste à la porte de la cuisine avec l'attitude de celui qui vient surprendre un cambrioleur.

— C'est toi qui as fait griller du pain ?

Mirsad acquiesce, inquiet.

— Oui… J'espère que ça ne vous gêne pas. Pardon. J'ai mal fait ?

Ove s'aperçoit qu'il a même préparé du café. Le chat mange sa boîte de thon. Ove hoche la tête sans répondre.

— Le chat et moi, nous allons faire notre ronde dans le quartier, déclare-t-il à la place.

— Je peux vous accompagner ?

Ove le dévisage, aussi soupçonneux que si le jeune homme s'était grimé en pirate dans une zone piétonne et venait de mettre Ove au défi de deviner sous quel gobelet était cachée la pièce en argent.

— Peut-être que je peux vous aider ? ajoute Mirsad d'un ton pressant.

Ove enfile ses sabots dans le couloir.

— C'est un pays libre, marmonne-t-il en ouvrant la porte au chat.

Mirsad, qui interprète de toute évidence cette réponse comme un « Avec plaisir ! », met rapidement sa veste et ses chaussures avant de se lancer à leur suite. Si Ove s'imagine que c'est le seul visiteur non annoncé qu'il recevra aujourd'hui, il se trompe lourdement.

— Salut, les mecs ! s'écrie Jimmy quand ils s'avancent dans la rue entre les maisons.

Il surgit derrière eux en haletant, vêtu d'un survêtement vert vif tendu à craquer qu'Ove prend d'abord pour de la peinture corporelle.

— Salut, répond timidement Mirsad.

— Jimmy ! annonce Jimmy qui tend la main en pantelant.

Le chat s'apprête à se frotter amoureusement contre ses jambes, mais change d'avis en se souvenant que son sauveur a fini à l'hôpital à cause de sa réaction allergique, et choisit la meilleure option qui lui reste : se rouler dans la neige. Le jeune homme lance un sourire enjoué à Ove.

— Je te vois souvent sortir tôt le matin, mec, alors je voulais savoir si t'es OK si je m'incruste. J'ai décidé de me mettre à bouger, tu vois !

Quand il hoche la tête, le gras sous son menton ondule vers ses épaules comme une voile dans la tempête. Ove affiche un air particulièrement dubitatif.

— Tu te lèves toujours à cette heure-là ?

Jimmy éclate d'un rire tonitruant.

— Déconne pas, mec. Je me suis pas encore couché !

Et voilà comment un chat, un allergique en surpoids, une personne pédée et un homme nommé Ove font une tournée d'inspection dans le quartier. En regardant ses compagnons se diriger vers le parking, Ove se dit qu'il vient sans doute de fonder l'équipe de vigilance citoyenne la moins intimidante de tous les temps.

— Au fait, qu'est-ce que tu fais ici ? demande Jimmy avec curiosité en boxant l'épaule de Mirsad quand ils arrivent devant les garages.

Mirsad explique brièvement qu'il s'est disputé avec son père et qu'Ove l'héberge de manière temporaire.

— Pourquoi t'es en plein *fight* avec ton daron ?

— Ça ne te regarde pas, répond immédiatement Ove.

Jimmy lui lance un coup d'œil surpris, mais hausse les épaules et semble oublier immédiatement la question. Mirsad adresse à Ove un regard de gratitude. Ove donne un coup de pied dans son panneau.

— Sérieux, mec. Tu viens ici *chaque* matin ? demande Jimmy gaiement.

— Oui, répond Ove, un soupçon moins gaiement.

— Pourquoi ?

— Pour vérifier qu'il n'y a pas eu d'effraction.

— Tu déconnes ? Il y en a souvent ?

— Non.

Jimmy affiche une expression confuse. Ove secoue trois fois la poignée de son garage.

— Il n'y a jamais de cambriolages avant que ça arrive pour la première fois, grogne-t-il en se dirigeant vers les places de stationnement.

Le chat regarde Jimmy, l'air très déçu par les capacités intellectuelles du jeune homme. Celui-ci fait la moue et pose la main sur son ventre, comme pour s'assurer que toute cette activité ne l'a pas fait fondre.

Au fait, tu es au courant pour Rune ? lance-t-il en trottant après Ove.

Celui-ci ne répond pas.

— Les services sociaux vont venir le chercher et tout, tu vois, explique Jimmy, une fois arrivé à sa hauteur.

Ove inscrit les numéros d'immatriculation des voitures dans son carnet. Son voisin prend manifestement son silence pour un encouragement à poursuivre.

— Tu vois, le truc, c'est qu'Anita a demandé à bénéficier de plus de soins à domicile. Rune est HS, et elle tient plus le coup, en gros. Alors, les services sociaux ont fait une enquête, et un type a appelé pour dire qu'ils pensaient qu'elle allait pas s'en sortir. Et donc qu'ils voulaient placer Rune dans une institution. Et Anita a dit que dans ce cas ils pouvaient laisser tomber, qu'elle ne voulait plus les soins à domicile, mais le type est devenu vachement teigneux, et il était plus cool du tout. Il a répondu qu'ils ne pouvaient pas ignorer les résultats, et que c'était elle qui avait demandé l'enquête. Et voilà ce qu'ils avaient conclu, et c'était comme ça. Elle peut dire ce qu'elle veut, ça change rien parce que le type des services sociaux fait ce qui lui chante. Tu piges ?

Jimmy adresse un signe de tête à Mirsad, en quête d'approbation.

— Pas cool… constate Mirsad, hésitant.

— Tu PARLES que c'est pas cool ! fait Jimmy avec un geste affirmatif qui secoue tout son torse.

Ove remet son stylo et son carnet dans sa poche avant de passer au local à poubelles.

— Bah ! Ils mettent une éternité à prendre une décision, répond-il avec dédain. Ils disent qu'ils vont l'emmener maintenant, mais ils ne vont pas remuer le petit doigt avant un an ou deux.

Il sait parfaitement comment fonctionnent ces foutus gratte-papier.

— Mais… ils ont entériné leur décision, mec, dit Jimmy en se grattant le cuir chevelu.

— Il suffit de lancer une foutue procédure d'appel ! Ça prend des années ! s'entête Ove en le dépassant.

Jimmy le regarde, l'air de se demander s'il devrait essayer de le rattraper.

— Mais c'est ce qu'elle a fait ! Elle a envoyé des lettres et tout pendant deux ans !

À ces mots, Ove ralentit l'allure. Il entend le crissement de la neige sous les pas lourds de Jimmy.

— Deux ans ? demande-t-il sans se retourner.

— Au moins, dit Jimmy.

Ove compte dans sa tête.

— C'est un mensonge. Sonja l'aurait su.

— Je n'avais pas le droit de vous le dire. Anita ne voulait pas. Tu vois…

Jimmy se tait, puis baisse les yeux. Ove se retourne, les sourcils en accent circonflexe.

— Je vois quoi ?

Jimmy prend une grande inspiration.

— Elle… elle pensait que vous aviez déjà assez de problèmes, chuchote-t-il.

À ces mots succède un silence si épais qu'on pourrait le détailler à la hache. Jimmy regarde obstinément la neige. Ove ne dit rien. Il entre dans le local à poubelles ; en ressort. Il entre dans la remise à vélos ; en ressort. Mais un déclic se produit. « Ça fait tilt », disait Sonja. Les paroles de Jimmy planent sur les gestes d'Ove comme un nuage lourd, et une colère folle monte en lui, de plus en plus vite, telle une tempête dans sa poitrine. Il ouvre les portes de plus en plus brutalement, donne des coups de pied contre leurs seuils. Et quand Jimmy murmure que « c'est foutu maintenant, mec, ils vont placer Rune en foyer, tu vois », Ove claque si fort la porte que tout le local tremble sur ses bases. Il leur tourne le dos, silencieux, et respire de plus en plus fort.

— Vous… vous allez bien ? demande Mirsad.

Ove leur fait face. Toute sa rage, jusqu'alors contenue, est à présent dirigée vers Jimmy.

— C'est vraiment ce qu'elle a dit ? Qu'elle ne voulait pas demander de l'aide à Sonja parce que nous avions « déjà assez de problèmes » ?

Jimmy hoche la tête, terrifié. Ove baisse les yeux, sa poitrine se soulève sous sa veste. Il pense à l'expression qu'aurait eue Sonja si elle l'avait appris. Si elle avait su que sa meilleure amie n'avait pas voulu lui demander son aide parce qu'elle avait « déjà assez de problèmes ». Ça lui aurait brisé le cœur.

On ne peut pas toujours expliquer pourquoi certains hommes entrent soudain en action. Ove savait depuis le début ce qu'il avait à faire et qui il devait aider avant de mourir. Mais, au fond, les humains sont des créatures optimistes. On croit toujours que l'on aura encore du temps à passer avec les gens. Le temps de parler avec eux.

Le temps de faire appel.

Ove se tourne de nouveau vers Jimmy, résolu.

— Deux ans ?

Jimmy acquiesce. Ove se racle la gorge, incertain pour la première fois.

— Je croyais que ça venait de commencer. Je croyais que… j'avais plus de temps, murmure-t-il.

Jimmy essaie de décider si Ove s'adresse à lui ou parle tout seul. Ove lève les yeux.

— Et ils vont emmener Rune maintenant ? Pour de vrai ? Plus de bazar administratif et toutes ces histoires ? Tu en es ABSOLUMENT certain ?

Jimmy hoche de nouveau la tête et ouvre la bouche, mais Ove s'éloigne déjà, avec la démarche d'un héros de western en noir et blanc sur le point de venger une injustice mortelle dans la rue entre les pavillons du lotissement. Il tourne au niveau de la Skoda blanche toujours immobilisée par la remorque et tambourine à la porte avec tant de force que le panneau n'a pas d'autre choix que de s'ouvrir s'il ne veut pas voler en éclats. Anita apparaît, stupéfaite. Ove s'engouffre dans le couloir.

— Tu as les papiers des services sociaux ici ?

— Oui, mais je croyais…

— Montre-les-moi !

Plus tard, Anita racontera aux voisins qu'elle n'a « jamais vu Ove aussi en colère depuis 1977, quand le journal télévisé avait parlé d'une fusion entre Saab et Volvo ».

34

Ove et un garçon dans la maison d'à côté

Ove déplie une chaise en plastique bleu qu'il plante dans la neige. Il sait qu'il risque d'en avoir pour un moment, comme à chaque fois qu'il doit annoncer à Sonja quelque chose qu'elle ne va pas apprécier. Il balaie soigneusement la neige de la pierre tombale pour qu'ils se voient bien.

En près de quarante ans, toutes sortes de personnes se succèdent dans une maison. La « zone neutre » entre les pavillons d'Ove et de Rune a vu passer des gens calmes, bruyants, originaux, insupportables ou inintéressants. Elle a accueilli des familles avec des adolescents qui ont pissé contre la clôture quand ils étaient ivres ; des familles qui ont voulu planter des arbustes non réglementaires dans le jardin ; des familles qui se sont mis en tête de repeindre la façade en rose. Aussi brouillés qu'ils aient pu être, il y avait une chose sur laquelle Ove et Rune tombèrent toujours d'accord pendant toutes ces années : les occupants de la maison du milieu, quels qu'ils soient, étaient des idiots finis.

À la fin des années 80, un genre de directeur de banque avait acheté le pavillon pour en faire un « bien d'investissement », Ove l'avait-il entendu expliquer à l'agent immobilier. Il loua la maison à différentes personnes au fil des ans. Un été, ce furent trois jeunes gens qui essayèrent hardiment de transformer les lieux en retraite pour toxicomanes, prostituées et criminels. Ils faisaient la fête toute la journée, les bouteilles de bière brisées en mille morceaux jonchaient la rue comme des confettis, et le grondement de la musique faisait vibrer les tableaux accrochés aux murs du salon de Sonja et Ove.

Ove alla frapper à leur porte pour couper court à ce remue-ménage, mais les jeunes gens lui rirent au nez. Quand il campa sur ses positions, l'un d'eux le menaça d'un couteau. Quand Sonja essaya de les raisonner le lendemain, ils la traitèrent de « vieille estropiée ». Ce soir-là, ils mirent la musique plus fort encore, et quand Anita les invectiva depuis sa terrasse, ils lancèrent une bouteille dans les vitres de sa salle de séjour.

Naturellement, c'était une très mauvaise idée.

Ove entreprit sur-le-champ de planifier une revanche en étudiant les agissements économiques du propriétaire de la maison. Il appela des avocats et le centre des impôts pour faire rompre le bail, même s'il devait pour cela « aller jusqu'à la Cour administrative suprême avec cette maudite affaire », comme il l'annonça à Sonja. Il n'eut pas le temps de mettre un orteil dehors.

Une nuit, à une heure avancée, il vit Rune se diriger vers les garages, clés en main, et en revenir avec un sac en plastique dont il ne put déterminer le contenu. Le lendemain, la police emmena les trois jeunes hommes, menottés, pour possession d'une large quantité de stupéfiants découverte dans leur remise après un appel anonyme.

Ove et Rune se trouvaient tous deux dans la rue à ce moment-là. Leurs regards se croisèrent. Ove se gratta le menton.

« Je ne saurais même pas où acheter de la drogue dans cette ville, avança Ove d'un air songeur.

— Derrière la gare, l'informa Rune, les mains dans les poches. Enfin, c'est ce que j'ai entendu dire », ajouta-t-il, la mine réjouie.

Ove hocha la tête. Ils restèrent un long moment silencieux, sourire aux lèvres.

« Et la voiture, ça va ? demanda ensuite Ove.

— Comme sur des roulettes », répondit Rune.

Après cette affaire, ils se réconcilièrent deux mois, puis se brouillèrent à nouveau à propos du chauffage. Mais tant que ça durait, c'était bien, affirma alors Anita.

Les locataires de la « zone neutre » défilèrent les années suivantes, la plupart bénéficiant d'une étonnante mansuétude de la part d'Ove et Rune. Avec le recul, les gens font parfois preuve de plus d'indulgence.

Un été, au milieu des années 90, une femme emménagea avec un petit garçon potelé de neuf ans, pour lequel Sonja et Anita se prirent immédiatement d'affection. Le père de l'enfant les avait abandonnés peu après la naissance. L'homme de quarante ans qui vivait avec eux, doté d'un cou de taureau et d'une haleine que les deux femmes s'efforçaient d'ignorer, était son nouveau grand amour. Il passait peu de temps à la maison, et Anita et Sonja évitèrent de poser trop de questions. La fille lui trouvait sans doute des qualités qu'elles-mêmes ne soupçonnaient pas. « Il s'est occupé de nous. Et vous savez, ce n'est pas simple d'être mère célibataire », expliqua-t-elle une fois en souriant bravement. Ses deux voisines n'insistèrent pas.

La première fois qu'ils entendirent les vociférations de l'homme au cou de taureau à travers les murs, ils décidèrent que chacun avait le droit d'agir comme bon lui semblait chez lui. La deuxième fois, ils se dirent que chaque famille connaît de temps à autre des tensions.

Quand le beau-père s'absenta de nouveau, Sonja invita la femme et le petit garçon à prendre le café. La jeune mère commenta ses ecchymoses avec un rire forcé, en expliquant qu'elle avait simplement ouvert trop vite un placard dans sa cuisine. Le soir même, Rune croisa l'homme au cou de taureau sur le parking. Il sortait de sa voiture, sans nul doute ivre.

Les deux nuits suivantes, les voisins immédiats purent entendre les hurlements de l'homme et le bruit d'objets fracassés sur le sol. La femme émit un bref cri de douleur, et quand les supplications mêlées de sanglots du petit garçon – « la tape pas, la tape pas, la tape pas » – portèrent à travers les murs, Ove sortit sur la terrasse. Rune était déjà sur la sienne.

Une de leurs pires luttes, celle pour la direction du conseil syndical, battait alors son plein, et ils ne s'étaient pas adressé la parole depuis près d'un an. Ce soir-là, ils se regardèrent un bref instant et rentrèrent dans leur foyer respectif sans un mot. Ils s'habillèrent et se retrouvèrent deux minutes plus tard dans la rue. Dans un violent accès de rage, l'homme au cou de taureau se jeta sur eux à l'instant où il ouvrit la porte, mais Ove le frappa en plein sur l'arête du nez.

L'homme vacilla quelques secondes, puis se saisit d'un couteau de cuisine et se rua sur Ove. Il n'atteignit jamais son but. Le poing puissant de Rune s'abattit sur lui comme une masse. Dans ses belles années, Rune était très imposant. Se bagarrer avec lui était un manque de clairvoyance.

Le lendemain, l'homme quitta le lotissement à tout jamais. La jeune femme passa deux semaines chez Anita et Rune avant d'avoir le courage de retourner chez elle avec son fils. Rune et Ove se rendirent à la banque au centre-ville, et le soir, Sonja et Anita expliquèrent à leur voisine qu'elle pouvait choisir de voir dans leur geste un cadeau ou un prêt. Dans les deux cas, les négociations étaient exclues. Voilà comment la jeune femme resta dans la « zone neutre » avec son fils, un petit garçon potelé et fou des ordinateurs du nom de Jimmy.

Ove se penche vers la pierre tombale d'un air grave.

— Je croyais juste que j'aurais plus de temps. Avec… tout.

Elle ne répond pas.

— Je sais ce que tu penses de ceux qui font des histoires, Sonja. Mais cette fois, tu dois comprendre. C'est impossible de discuter avec ces gens.

Il se gratte la paume de l'ongle du pouce. La pierre tombale se dresse, silencieuse, mais Ove n'a pas besoin de mots pour savoir ce qu'aurait pensé Sonja. Lors de leurs discussions, le silence éloquent avait toujours été son meilleur atout. Vivante ou morte.

Ce matin, Ove a contacté l'administration des services sociaux ou Dieu sait quel foutu nom ça porte à présent. Ayant lui-même résilié sa ligne téléphonique, il les a appelés depuis chez Parvaneh, qui lui a enjoint d'être « aimable et conciliant ». Ça n'a pas très bien commencé. Ove a vite été redirigé vers la « personne compétente », qui se trouvait être le fumeur en chemise blanche. L'homme a tout de suite manifesté une grande émotion à propos de la petite Skoda blanche toujours bloquée au bout de la rue devant la maison de Rune et Anita. Ove aurait certainement entamé les négociations sur un terrain plus favorable s'il avait seulement présenté ses excuses, voire admis qu'il avait eu tort de priver délibérément le petit homme de son véhicule. Cela aurait été sans conteste plus productif – c'était le moins qu'on puisse dire – que de persifler : « Vous n'avez qu'à apprendre à lire les panneaux ! Crétin d'analphabète ! »

La phase suivante consistait à convaincre le responsable de ne pas placer Rune en foyer. L'homme a informé Ove que « crétin d'analphabète » était une façon fort peu judicieuse d'amener la conversation sur ce sujet. Il s'est ensuivi à chaque bout du fil un vif torrent d'injures, jusqu'à ce qu'Ove déclare d'une voix forte que ça ne se passerait pas ainsi. On ne débarquait pas chez les gens pour les arracher à leur foyer et les placer en institution juste parce que leur mémoire déclinait. À l'autre bout, le propriétaire de la Skoda a répondu froidement que cela n'avait pas d'importance, puisque « dans l'état actuel » de Rune « l'endroit où la personne en question sera placée ne fera vraisemblablement aucune différence ». Ove a riposté par un flot d'invectives. Puis l'homme en chemise blanche a dit quelque chose de particulièrement stupide.

« La décision est irrévocable. L'enquête a duré deux ans. Il n'y a rien que vous puissiez faire, Ove. Absolument rien. »

Et il a raccroché.

Ove a regardé Parvaneh, puis Patrick. Abattant le téléphone portable de Parvaneh sur la table de la cuisine, il a grommelé qu'ils avaient « besoin d'un nouveau plan ! Tout de suite ! ». Parvaneh semblait profondément triste, mais Patrick a hoché la tête, enfilé ses chaussures et disparu par la porte. Comme s'il avait attendu qu'Ove prononce enfin ces mots. Il est revenu cinq minutes plus tard, accompagné, pour le grand déplaisir d'Ove, d'Anders, le frimeur de la maison voisine. Et de Jimmy qui les escortait d'un air réjoui.

« Qu'est-ce qu'il fait là ? a demandé Ove en désignant le frimeur.

— Tu avais bien besoin d'un plan ? a dit Patrick avec un signe de tête très satisfait en direction de son voisin.

— Anders est notre plan ! » a annoncé Jimmy.

Embarrassé, Anders a regardé autour de lui dans le couloir, un peu intimidé par l'œil torve d'Ove. Mais Patrick et Jimmy l'ont poussé dans la salle de séjour.

« Explique ! l'a exhorté Patrick.

— Expliquer quoi ? a voulu savoir Ove.

— Euh, en fait... j'ai entendu dire que vous avez des ennuis avec le propriétaire de la Skoda », a dit Anders.

Il a lancé un coup d'œil nerveux à Patrick. Impatient, Ove lui a fait signe de continuer.

« Eh bien, je ne vous ai probablement jamais dit quel genre d'entreprise je dirige, si ? » a poursuivi Anders.

Ove a mis les mains dans ses poches et s'est détendu un peu. Anders a expliqué. Même Ove a dû convenir que ça tombait fichtrement à pic.

« Où est passée la béca… a fait Ove avant d'être interrompu par un coup de pied de Parvaneh, … ta fiancée ?

— On n'est plus ensemble. Elle est partie », a répondu Anders en regardant ses chaussures.

Il a expliqué alors qu'elle n'avait manifestement pas apprécié qu'Ove leur ait cherché des noises, à elle et à son chien. Mais ça n'était rien comparé à sa colère quand elle lui avait raconté qu'Ove l'avait traité de « serpillière sur pattes », et qu'Anders n'avait pas pu s'arrêter de rire.

« Son nouveau copain est passé récupérer ses affaires. Ils se voyaient dans mon dos depuis quelques mois, apparemment.

— Beurk ! se sont exclamés Parvaneh, Jimmy et Patrick d'une seule voix.

— Il roule en Lexus, a ajouté Anders.

— BEURK ! » s'est écrié Ove.

Voilà comment, quand l'homme aux mégots est arrivé avec un policier pour exiger qu'Ove relâche la Skoda blanche, la remorque et la voiture avaient déjà disparu. Ove traînait devant sa maison, les mains enfoncées dans les poches, lorsque le fumeur a finalement perdu toute maîtrise de soi et s'est mis à déverser un chapelet de propos complètement décousus. Ove a affirmé qu'il n'avait aucune idée de la façon dont ça avait pu se produire, mais a fait aimablement remarquer que ça ne serait jamais arrivé si le propriétaire avait respecté l'interdiction de circuler en voiture dans le lotissement. Bien sûr, il a oublié de mentionner qu'Anders dirigeait, par le plus grand des hasards, une société de dépannage, et qu'à l'heure du déjeuner une de ses dépanneuses était venue chercher la Skoda pour l'abandonner dans une gravière à quarante kilomètres de la ville. Quand le policier, plein d'égards, a demandé à Ove s'il n'avait vraiment rien vu, ce dernier a regardé le propriétaire du véhicule droit dans les yeux.

« Je ne sais pas. Mais j'ai peut-être oublié. La mémoire flanche à mon âge. »

L'agent en uniforme a regardé alentour et s'est enquis de ce qu'Ove faisait dans la rue au milieu de la journée s'il n'avait rien à voir avec la disparition de la Skoda. Ove a haussé innocemment les épaules en fixant l'homme à la chemise blanche, les yeux plissés.

« Il n'y a toujours rien à la télé. »

La rage a effacé les couleurs du visage de l'homme, le rendant presque plus blanc que sa chemise. Il est parti en trombe, jurant que cette affaire était « loin d'être finie ». C'était on ne peut plus vrai. Quelques heures plus tard à peine, un coursier a délivré au domicile d'Anita une lettre recommandée des services sociaux, signée par l'homme aux mégots. Elle indiquait la date et l'heure de la « prise en charge ».

Devant la tombe de Sonja, Ove dit vaguement qu'il est « désolé ».

— Tu te fais toujours une sacrée bile quand je fais des histoires avec les gens, je le sais bien. Mais voilà où en sont les choses. Tu vas devoir m'attendre encore un peu là-haut, parce que je n'ai pas le temps de mourir maintenant.

Puis il arrache les fleurs givrées du sol dur comme le roc, y pique de nouvelles et retourne vers le parking avec sa chaise en plastique, en marmonnant des paroles qui ressemblent à s'y méprendre à « parce que maintenant, bon sang de bonsoir, c'est la guerre ! ».

35

Ove et l'incompétence sociale

Quand Parvaneh s'engouffre dans le couloir, paniquée, et se rue de nouveau vers les toilettes sans même dire « bonjour », Ove envisage d'entamer la conversation en demandant comment elle se débrouille pour être prise, pendant les vingt maudites secondes de trajet entre leurs deux maisons, d'une envie si pressante qu'elle n'a pas le temps de le saluer comme une personne bien élevée. Mais « l'enfer ne connaît pire colère que celle d'une femme enceinte en détresse », l'avait un jour averti Sonja. Alors, Ove tient sa langue.

Les voisins disent qu'il est devenu « une autre personne », qu'ils ne l'ont jamais connu aussi « engagé ». Mais il ne s'est simplement jamais rangé à leurs satanées causes auparavant, leur a-t-il fait remarquer. Il a toujours été engagé, tonnerre de Dieu !

Patrick affirme que, ces derniers jours, il patrouille entre les maisons et claque les portes à la manière d'un « robot vengeur, venu du futur, et très, très en colère ». Ove ne voit pas ce qu'il veut dire. Néanmoins, il a passé ces derniers soirs plusieurs heures d'affilée chez Parvaneh, Patrick et les filles, au cours desquelles Patrick s'est efforcé de le convaincre de ne pas laisser de traces de doigts furieuses sur l'écran de l'ordinateur à chaque fois qu'il montre quelque chose. Jimmy, Mirsad, Adrian et Anders étaient présents aussi. Jimmy a encouragé les autres à surnommer la cuisine de Parvaneh et Patrick « l'Étoile noire » et leur voisin « Darth Ove ». Ove ne saisit pas, mais soupçonne une plaisanterie stupide.

Ove a d'abord proposé de répéter la manœuvre de Rune et de cacher de la marijuana dans la remise de l'homme en chemise blanche. Mais l'idée n'a pas plu à Parvaneh, et ils ont commencé à échafauder un plan B. Le soir précédent, Patrick a néanmoins annoncé qu'il ne pouvait plus mettre le plan en œuvre par ses propres moyens. Ils se trouvaient dans une impasse. Ove a alors hoché la tête d'un air résolu, demandé à emprunter le téléphone de Parvaneh et quitté la pièce pour entamer les négociations.

Ça ne lui plaisait pas. Mais à la guerre comme à la guerre.

Parvaneh ressort des toilettes.

— On y va ? demande Ove comme si c'était la fin de la mi-temps.

Elle fait signe que oui, mais quand ils longent le couloir, elle jette un coup d'œil dans la salle de séjour et s'immobilise. Ove est déjà sur le seuil, mais il sait parfaitement ce qu'elle observe avec autant d'attention.

— C'est… bah, chiotte. Ce n'est pas grand-chose, marmonne-t-il en la pressant de le suivre.

Mais elle ne bouge pas, et Ove donne de vigoureux coups de pied dans la moulure de la porte.

— Il prenait seulement la poussière, de toute façon. Je l'ai juste poncé, repeint, et verni. Bon sang, c'est vraiment rien d'extraordinaire, bougonne-t-il.

— Oh, Ove, souffle Parvaneh.

Ove entreprend d'administrer des coups de pied contre le seuil.

— On peut le repeindre en rose. Si jamais c'est une fille, je veux dire, murmure-t-il.

Il se racle la gorge.

— Ou même si c'est un garçon. Les garçons peuvent aussi dormir dans du rose maintenant.

Parvaneh contemple le lit à barreaux bleu, les mains plaquées sur la bouche.

— Si tu pleures, je le garde, l'avertit Ove.

Quand elle se met tout de même à pleurer, Ove soupire « Ah, les femmes » et sort dans la rue.

Une demi-heure plus tard, l'homme en chemise blanche écrase sa cigarette sous sa chaussure et tambourine à la porte d'Anita et Rune. Lui aussi semble sur le sentier de la guerre. Il a amené un détachement de trois jeunes gens en blouse d'infirmier, à croire qu'il s'attendait à rencontrer une âpre résistance. Quand la petite femme leur ouvre, les infirmiers semblent presque embarrassés, mais le fumeur avance à grands pas en brandissant un papier à la manière d'une hache.

— C'est l'heure, déclare-t-il d'un ton quelque peu impatient en essayant de s'engouffrer dans le couloir.

Mais Anita lui barre le chemin. Dans la mesure où une personne de sa taille peut faire obstacle à qui que ce soit.

— Non ! dit-elle sans reculer d'un pouce.

L'homme en chemise blanche la dévisage. Il secoue la tête avec lassitude et appuie les doigts sur ses pommettes dans un geste qui lui aplatit le nez.

— Vous avez eu deux ans pour vous faire à l'idée et accepter la manière douce, Anita. La décision est irrévocable maintenant. C'est comme ça.

Il essaie de nouveau d'entrer, mais Anita reste plantée sur le seuil, aussi inébranlable qu'une pierre runique au bord d'une falaise aride. Elle inspire profondément sans lâcher l'homme du regard.

— Quel genre d'amour est-ce donc, si on quitte l'autre à la moindre difficulté ? Si on abandonne l'autre quand les choses deviennent désagréables ? Dites-moi quel genre d'amour c'est ?

Sa voix est un vibrato triste qui frôle la crise de nerfs. Le fumeur pince les lèvres. La frustration fait palpiter une veine sur sa tempe.

— Rune ne sait même pas où il est la moitié du temps, l'enquête l'a…

— Mais MOI, je le sais ! l'interrompt Anita, index tendu vers les trois infirmiers. MOI, je le sais ! leur crie-t-elle.

L'homme en chemise blanche pousse un nouveau soupir.

— Et qui va s'occuper de lui, Anita ? demande-t-il d'un ton ironique en secouant la tête.

Il avance d'un pas en faisant signe à son escorte de le suivre.

— Je vais m'occuper de lui ! répond Anita, l'œil noir.

L'homme secoue de nouveau la tête en forçant le passage. Ce n'est qu'à cet instant qu'il remarque les silhouettes derrière elle.

— Moi aussi, dit Ove.

— Moi aussi, ajoute Parvaneh.

— Moi aussi ! renchérissent Patrick, Jimmy, Anders, Adrian et Mirsad.

L'homme en chemise blanche s'immobilise, les yeux étrécis.

Une femme d'environ quarante-cinq ans, à la queue-de-cheval lâche, au jean usé et au coupe-vent kaki trop grand, surgit à côté de lui.

— Je travaille pour le journal local. J'aimerais vous poser quelques questions, dit-elle en brandissant un dictaphone.

Le propriétaire de la Skoda l'observe un long moment, puis se tourne vers Ove. Les deux hommes se regardent en chiens de faïence. Face au silence de l'intrus, la journaliste extrait de son sac une liasse de papiers qu'elle lui fourre dans les mains.

— Voici la liste de tous les patients dont vous et votre division vous êtes occupés ces dernières années. Toutes les personnes dans la même situation que Rune qui ont été placées en institution contre leur volonté et celle de leurs familles. Toutes les irrégularités qui se sont produites dans les maisons de retraite où vous avez organisé les placements. Tous les points où les règles n'ont pas été respectées et où la procédure n'a pas été suivie.

Elle parle sur le même ton que si elle venait de lui remettre les clés d'une voiture qu'il aurait gagnée à une tombola. Puis elle ajoute avec un sourire :

— Vous voyez, l'avantage d'éplucher la paperasserie quand on est journaliste, c'est que les administrations sont toujours les premières à enfreindre leurs règles.

L'homme en chemise blanche continue à fixer Ove. Qui, lui aussi, garde le silence. Le premier serre les mâchoires.

Patrick contourne Ove, s'éclaircit la voix et sort de la maison en sautillant sur ses béquilles, puis il désigne d'un coup de menton les papiers dans les mains de l'homme.

— Oui, si jamais vous vous demandez de quoi il s'agit, eh bien, ce sont vos relevés bancaires des sept dernières années. Et chaque billet de train et d'avion que vous avez payé par carte, et les hôtels où vous avez pris une chambre. Et tout l'historique de navigation de votre ordinateur. Et toute votre correspondance électronique, professionnelle et privée...

Le regard du fumeur va de Patrick à Ove. Il serre plus fort les dents.

— Non pas que nous soutenions que vous *ayez* quoi que ce soit à cacher, reprend aimablement la journaliste.

— Absolument pas ! renchérit Patrick avec des signes de dénégation.

— Mais vous savez... reprend la journaliste en se grattant distraitement le menton.

— Si on commence vraiment à fouiller dans le passé... poursuit Patrick en hochant la tête.

— On tombe souvent sur des choses que les gens voudraient plus que tout enterrer, l'informe la journaliste avec un sourire indulgent.

— Des choses qu'ils aimeraient... oublier, développe Patrick avec un signe en direction de la fenêtre du salon, où on aperçoit le crâne de Rune qui dépasse de son fauteuil.

La télévision est allumée. Une odeur de café filtre par la porte. Patrick tapote la pile de papiers du bout de sa béquille, mouillant de neige la chemise blanche de l'homme.

— Si j'étais vous, je jetterais un coup d'œil à l'historique de navigation.

Puis Anita, Parvaneh, la journaliste, Patrick, Ove, Jimmy, Anders, l'homme aux mégots et les trois infirmiers se regardent tous fixement, muets comme des joueurs de poker qui, ayant misé tout ce qu'ils possèdent, s'apprêtent à abattre leurs dernières cartes.

Finalement, après de longues secondes pendant lesquelles chacun retient son souffle, l'adversaire commence à feuilleter lentement les papiers.

— Où vous avez trouvé ces conneries ? siffle-t-il, le cou rentré dans les épaules.

— Sur Inter-né ! tonne Ove, en sortant de la maison, les poings sur les hanches.

L'homme en chemise blanche relève la tête. La journaliste s'éclaircit la gorge en indiquant poliment les documents.

— Mon rédacteur en chef est sûr qu'avec un bon battage médiatique, votre division en aura pour des mois de procédures judiciaires. Voire des années…

Elle pose doucement la main sur l'épaule du fumeur.

— Je crois que ça vaudrait mieux pour tout le monde si vous partiez d'ici tout de suite.

Et, à l'immense étonnement d'Ove, l'homme s'exécute. Suivi des trois infirmiers, il disparaît à l'angle de la rue telle une ombre sous le soleil de midi. Pareil à tous les gredins à la fin des contes.

La journaliste adresse un signe de tête suffisant à Ove.

— Je vous l'avais bien dit ! Personne n'ose chercher des poux aux journalistes !

Ove enfonce les mains dans ses poches.

— Ne vous avisez pas d'oublier votre promesse, ajoute-t-elle en souriant.

Ove émet un grincement digne d'une porte en bois qu'on essaie d'ouvrir après un dégât des eaux.

— Au fait, vous avez lu la lettre que je vous avais envoyée ? demande-t-elle.

Ove secoue la tête.

— Faites-le !

Difficile à dire si Ove répond « oui, oui » ou s'il souffle vigoureusement par le nez. Anders attend devant la maison, les bras ballants, avant de croiser les mains sur son ventre.

— Bonjour, lance-t-il finalement, d'une voix étranglée.

— Bonjour, répond chaleureusement la journaliste.

— Je suis... un ami d'Ove, balbutie-t-il.

— Moi aussi, dit la journaliste avec un sourire.

Et il advint ce qui devait advenir.

Ove quitte la maison une heure plus tard, après s'être entretenu un long moment à voix basse avec Rune, en privé, dans la salle de séjour. Rune et lui devaient « discuter sans interférences », a expliqué Ove d'un air revêche en refoulant Parvaneh, Anita et Patrick dans la cuisine.

Dans d'autres circonstances, Anita aurait juré que Rune avait ri plusieurs fois à gorge déployée dans les minutes qui suivirent.

36

Ove et un whisky

Reconnaître ses torts n'est pas chose facile. Surtout quand on a eu tort pendant très longtemps.

Sonja racontait souvent qu'au cours de leur mariage Ove n'avait admis qu'une fois avoir tort, quand il avait été d'accord avec elle sur un point qui se révéla ensuite faux. Bien sûr, Ove affirma que ce n'était qu'un maudit ramassis de mensonges : techniquement, il avait juste reconnu qu'elle avait eu tort, pas lui.

« Aimer quelqu'un est comme emménager dans une maison, disait Sonja. Au début, on tombe amoureux de la nouveauté. On s'étonne chaque matin que tout cela nous appartienne, comme si on craignait qu'on n'annonce qu'il y a eu méprise, que nous ne sommes en réalité pas autorisés à habiter une si belle demeure. Puis les années passent et la façade se ternit, le bois se fissure par endroits, et on commence à aimer la maison moins pour sa perfection que pour ses imperfections. On apprend par cœur chacun de ses coins et recoins ; comment éviter de coincer la clé dans la serrure quand il fait froid ; quelles lattes du parquet ploient quand on marche dessus , comment ouvrir la penderie sans faire grincer la porte. Ce sont tous ces petits secrets qui font que c'est notre maison. »

Bien sûr, Ove soupçonnait qu'il était la penderie de l'histoire. De temps à autre, quand Sonja était fâchée contre lui, il l'entendait marmonner que « parfois on ne sait pas quoi faire quand les fondations de la maison sont de travers dès le départ ». Il comprenait parfaitement ce qu'elle voulait dire.

— Je pense seulement que ça doit dépendre du prix du moteur diesel. Et de sa consommation au kilomètre, explique Parvaneh avec insouciance en s'arrêtant à un feu rouge, avant de se redresser dans son siège, le souffle court.

Ove la dévisage, profondément déçu. Il semblerait qu'elle n'a pas écouté un mot de ce qu'il vient de dire. Il a essayé d'inculquer à la femme enceinte les points principaux auxquels prêter attention quand on possède une voiture. Il a tenté de lui expliquer qu'il faut en changer tous les trois ans pour ne pas perdre de l'argent. Il a proclamé, d'un ton pédagogue, que n'importe qui sait qu'il faut rouler vingt mille kilomètres par an pour rentabiliser un moteur diesel. Et comment réagit-elle ? Elle le contredit. Comme d'habitude. Elle ergote que « ce n'est pas en achetant quelque chose de neuf qu'on économise de l'argent » et que tout dépend du « prix de la voiture ». Et elle demande ensuite « pourquoi ? ».

— Parce que ! dit Ove.

— Oui, oui, oui, réplique Parvaneh en levant les yeux au ciel, ce qui laisse penser à Ove qu'en dépit du bon sens elle ne reconnaît aucunement son autorité en la matière.

— Il faudra faire le plein sur le chemin du retour, l'informe-t-elle quand le feu passe au vert. Et cette fois-ci, c'est moi qui paie, et pas d'histoires.

Ove croise les bras d'un air de défi.

— Qu'est-ce que vous prenez d'habitude, le lourdaud et toi ?

— Quoi ? Ce n'est pas de l'essence normale là-dedans ? s'exclame-t-elle sans comprendre.

Ove la dévisage comme si elle venait de dire qu'elle voulait remplir le réservoir de guimauve.

— Je ne parle pas du genre d'essence, bon sang ! Vous allez à quelle *station-service* ?

Au carrefour, elle tourne à gauche avec tant de désinvolture qu'Ove redoute qu'elle ne se mette à siffloter.

— Ça ne marche pas avec toutes les compagnies ?

— Chez quelle station-service avez-vous une CARTE DE FIDÉLITÉ ?

Ove appuie tellement sur ces derniers mots qu'il décolle légèrement du siège. Autant il n'éprouve que scepticisme vis-à-vis des cartes bancaires et de crédit, autant une carte de fidélité chez une compagnie d'essence a toujours été pour lui l'évidence même. Parce qu'on faisait comme ça. On passait le permis, on achetait sa première voiture, puis on choisissait une chaîne de stations essence dont on ne changeait pas. Bon sang, on ne procédait pas au hasard avec des questions aussi importantes que les constructeurs et les stations-service !

— Nous n'avons pas de carte de fidélité, répond calmement Parvaneh, qui ne voit apparemment pas où est le problème.

Ove est résolument enfermé dans le silence depuis cinq minutes lorsqu'elle avance d'une voix quelque peu inquiète :

— Statoil ?

— Combien coûte le litre chez eux en ce moment ?

— Aucune idée, répond-elle avec sincérité.

Ove est tellement choqué qu'il en reste muet.

Dix minutes plus tard, Parvaneh gare la Saab sur le parking de l'autre côté de la rue.

— Je t'attends ici, dit-elle.

— Ne touche pas au réglage de mon autoradio.

— Jamais, bêle-t-elle avec un grand sourire dont Ove apprendra à se méfier au cours des semaines suivantes. C'est gentil d'être venu hier, ajoute-t-elle.

Ove émet un borborygme qui évoque des bronches encrassées plutôt qu'une phrase. Elle le tape sur le genou.

— Les filles sont super contentes quand tu viens. Elles t'adorent !

Ove sort de la voiture sans répondre. Il n'a vraiment rien à reprocher au dîner de la veille, il peut l'admettre. Bien sûr, ce n'est pas qu'il approuve les gens qui font les intéressants quand ils cuisinent, à l'instar de Parvaneh. De la viande accompagnée de pommes de terre et d'une sauce suffit amplement. Malgré la tendance de Parvaneh à tout enjoliver, Ove juge que son riz au safran est comestible. C'est la stricte vérité. Voilà pourquoi il en a mangé deux assiettes, et le chat une et demie.

Après le dîner, tandis que Patrick faisait la vaisselle, la cadette avait exigé qu'Ove lui lise une histoire avant de dormir. Ove trouvait très pénible de batailler avec elle, car ce petit lutin ne semblait pas comprendre les arguments rationnels. Il l'avait suivie dans le couloir d'un air grognon et s'était assis au bord du lit, avec « l'enthousiasme qui le caractérise », selon les mots de Parvaneh. Ove ne voyait fichtrement pas ce qu'elle voulait dire par là. Quand la petite s'était endormie, sa tête reposant sur le bras d'Ove et sur le livre ouvert, Ove avait bordé l'enfant et le chat et éteint la lumière.

Dans le couloir, il était passé devant la chambre de l'aînée, occupée à pianoter sur son ordinateur, naturellement. Ove avait compris que c'était le seul loisir des jeunes. Patrick avait raconté qu'il avait essayé de lui proposer des jeux plus récents, « mais elle ne veut jouer qu'à celui-là », ce qui avait amélioré les dispositions d'Ove envers l'enfant et le jeu en question. Ove aimait les gens qui n'écoutaient pas ce que leur disait Patrick.

La fillette avait affiché des dessins sur tous les murs de sa chambre. Des esquisses au crayon de papier, pour la plupart. Ils n'étaient pas mauvais du tout, pour des dessins réalisés avec la motricité fine et le raisonnement logique aléatoires d'une enfant de sept ans ; Ove devait le reconnaître. Aucun ne représentait des êtres vivants, uniquement des maisons. Ove trouva cela très sympathique.

Il était entré dans la chambre et s'était posté à côté d'elle. La fillette avait levé les yeux de l'ordinateur, affichant l'expression renfrognée favorite des jeunes, pas impressionnée le moins du monde par sa présence. Néanmoins, quand Ove n'avait pas fait mine de s'éloigner, elle avait fini par désigner une grande caisse en plastique retournée, sur laquelle il s'était assis. Elle avait entrepris d'expliquer à voix basse que le jeu consistait à bâtir des maisons, puis à développer des villes à partir des habitations.

— J'adore les maisons, avait-elle dit tout bas.

Ove avait regardé la fillette. Qui l'avait regardé en retour. Ove avait posé l'index sur l'écran, laissant une empreinte digitale sur la case « ville », et demandé ce qui se passait si elle appuyait là. Elle avait cliqué, et pouf ! l'ordinateur avait construit une maison. Soupçonneux, Ove s'était redressé sur sa caisse en plastique et avait indiqué une autre surface vide. Deux heures et demie plus tard, une Parvaneh furieuse avait menacé de couper le courant s'ils n'allaient pas immédiatement au lit tous les deux.

Au moment où Ove allait sortir de la chambre, la fillette l'avait retenu prudemment par la manche en montrant un dessin accroché au mur, juste à côté de lui.

— Celle-là, c'est ta maison, avait-elle chuchoté, comme si c'était un secret entre eux.

Ove avait hoché la tête. Les deux petites n'étaient peut-être pas des cas complètement désespérés, après tout.

Abandonnant Parvaneh sur le parking, il traverse la rue et pousse la porte en verre. Le café est vide. Au plafond, le convecteur tousse comme s'il fumait un énorme cigare. Derrière le comptoir, dans sa chemise tachée, Amel essuie un verre avec un torchon blanc. Sa silhouette trapue est tassée, comme s'il avait expiré trop fort. Son visage arbore une expression de profonde tristesse et de fureur obstinée que seuls les hommes de cette génération et de cette partie du monde semblent maîtriser. Ove s'arrête au milieu de la salle, et les deux hommes s'observent quelques minutes ; l'un incapable de mettre un adolescent homosexuel à la porte, l'autre incapable de s'en empêcher. Enfin, Ove s'avance avec un hochement de tête renfrogné et s'assied sur un tabouret de bar. Il croise les mains sur le comptoir et regarde Amel d'un air tranquille.

— Je n'aurais rien contre ce whisky maintenant, si vous me le proposez toujours.

La poitrine d'Amel se lève et s'abaisse au rythme de sa respiration saccadée sous la chemise tachée. Il s'apprête à répondre, mais se contient et finit d'essuyer le verre en silence, puis replie le torchon, qu'il pose à côté de la machine à expressos. Il disparaît sans un mot dans la cuisine et en ressort avec une bouteille dont Ove ne peut lire l'étiquette et deux verres qu'il place entre eux sur le comptoir.

Reconnaître ses torts n'est pas chose facile. Surtout quand on a eu tort pendant très longtemps.

37

Ove et un tas de salauds
qui se mêlent de ce qui ne les regarde pas

— Je suis vraiment désolé, marmonne Ove.
Il balaie la neige de la pierre tombale.
— Tu sais bien comment c'est. Les gens n'ont plus aucun respect pour l'intimité. Ils déboulent dans les maisons sans frapper, on n'a plus un seul instant de paix, explique t-il tout en arrachant les fleurs gelées du sol pour les remplacer par de nouvelles.
Il la regarde avec l'air d'espérer un hochement de tête approbateur. Naturellement, elle n'en fait rien. Mais le chat assis dans la neige à côté d'Ove semble, lui, appuyer ses propos. En particulier le fait qu'on ne peut même plus aller tranquillement aux toilettes.

Dans la matinée, la journaliste, Lena, est passée donner à Ove un exemplaire du journal. Son visage à l'expression renfrognée s'étale en première page. Il a tenu sa promesse, accepté l'interview et répondu à ses questions. Mais il n'avait aucune intention de sourire comme un âne, a-t-il informé le photographe d'un ton catégorique.

— L'interview est fantastique ! a souligné fièrement la journaliste.

Ove n'a pas répondu, mais elle n'y a pas prêté
attention. Elle trépignait presque d'impatience en
regardant sa montre comme si elle avait une course à
faire.

— Je t'en prie, je ne voudrais surtout pas te retenir,
a marmonné Ove.

Elle s'est mise à glousser, aussi excitée qu'une ado-
lescente.

— Anders et moi, nous allons patiner sur le lac !

Ove a hoché la tête en considérant la conversation
close, et fermé la porte. Il a étalé le journal sous le
paillasson de l'entrée. Le papier absorbe très bien la
neige que le chat et Mirsad ramènent sous leurs chaussures à longueur de journée. Il a abandonné dans la
cuisine la publicité et les journaux gratuits qu'Adrian
a délivrés avec le courrier du jour malgré l'interdiction explicite « Pas de publicité SVP ! » qu'Ove avait
inscrite en lettres capitales sur sa boîte. De toute évidence, Sonja n'a pas appris au voyou à lire ça. Probablement parce que ce Shakespeare n'écrivait pas de
panneaux, suppose Ove, qui décide de profiter de
l'occasion pour trier les papiers qui traînent dans la
maison.

Sous une pile de vieilles publicités, il a retrouvé la
lettre de Lena. Celle apportée par Adrian la première
fois qu'il avait sonné à la porte, et qu'Ove n'a toujours
pas ouverte.

« Au moins, le voyou avait sonné à l'époque. Maintenant il va et vient dans la maison comme s'il était
chez lui », se dit Ove avec humeur en tenant la lettre
devant la lampe de la cuisine, comme pour s'assurer
de l'authenticité d'un billet de banque. Il a pris un

couteau à bout rond dans le tiroir en pensant à Sonja qui devenait enragée à chaque fois qu'il ouvrait les enveloppes avec les couverts au lieu d'aller chercher le coupe-papier.

Cher Ove,

J'espère que vous m'excuserez de vous contacter de cette façon. Lena, qui travaille pour le journal, m'a raconté que vous ne vouliez pas faire toute une histoire de ce qui s'est passé, mais elle a tout de même eu la gentillesse de me donner votre adresse. Parce que, pour moi, c'est toute une histoire, et je ne peux pas passer votre geste sous silence, Ove. Je respecte votre volonté de ne pas me laisser vous remercier de vive voix, mais je voudrais tout de même vous présenter quelques personnes qui vous sont reconnaissantes à jamais pour votre courage et votre abnégation. On ne fait plus des hommes comme vous. Merci est un mot bien trop faible.

La lettre était signée du nom de l'homme en costume noir et pardessus gris qu'Ove avait secouru sur les rails quand il avait perdu connaissance. Selon Lena, les médecins avaient diagnostiqué une maladie cérébrale compliquée dont l'évanouissement était un symptôme. S'ils ne l'avaient pas découverte et soignée à temps, cette affection aurait tué leur patient en quelques années. « En fait, tu lui as doublement sauvé la vie », s'était-elle écriée d'un ton enjoué qui avait fait légèrement regretter à Ove de ne pas l'avoir laissée enfermée dans le garage quand il en avait eu la possibilité.

Il a remis la lettre dans l'enveloppe et élevé la photographie à hauteur des yeux. Trois enfants le regardaient ; un adolescent et deux autres qui devaient avoir l'âge de l'aînée de Parvaneh. Enfin, regarder n'était pas le bon mot ; ils étaient affalés en bas de la photo, chacun armé d'un pistolet à eau, et semblaient hurler de rire. Derrière eux, une femme blonde d'environ quarante-cinq ans, avec un large sourire et les bras déployés comme un oiseau de proie, tenait dans chaque main un seau en plastique ruisselant d'eau. Sous le monceau de corps, leur époux et père, vêtu d'un polo bleu tout mouillé, essayait en vain d'échapper au déluge.

Ove a jeté la lettre avec la publicité, posé le sac-poubelle noué près de la porte d'entrée, pris un aimant à la cuisine dans le tiroir du bas et placardé la photo au réfrigérateur. Juste à côté de l'enchevêtrement de couleurs dessiné pour lui par la petite de trois ans pendant le trajet du retour après l'hôpital.

Ove passe le revers de la main sur la pierre tombale qu'il a pourtant déjà débarrassée du moindre flocon de neige.

— Oui, bien sûr, je leur ai dit que tu avais peut-être envie qu'on te fiche la paix, comme n'importe quelle personne normale. Mais ils n'écoutent jamais rien, bougonne-t-il en levant les bras en signe de résignation.

— Bonjour, Sonja, dit Parvaneh derrière lui avec un signe joyeux de la main qui fait glisser ses gants trop larges.

— Bojour ! crie gaiement la petite de trois ans.

— On dit « bonjour », la corrige la fillette de sept ans.

— Bonjour, Sonja, font tour à tour Patrick, Jimmy, Adrian et Mirsad.

Ove tape du pied dans la neige et grogne en désignant d'un coup de menton le chat à côté de lui.

— Voilà. Tu connais déjà le chat.

Le ventre de Parvaneh est à présent si gros qu'elle ressemble à une tortue géante lorsqu'elle s'accroupit en s'appuyant d'une main sur la pierre et de l'autre au bras de Patrick. Ove ne se risque pas à faire cette comparaison à voix haute. Il est bien placé pour savoir qu'il y a des façons plus agréables de mourir.

— Cette fleur est de la part de Patrick, des enfants et de la mienne, dit-elle à la tombe avec un sourire chaleureux.

Puis elle ajoute une autre fleur en expliquant

— Et celle-ci est de la part d'Anita et Rune. Ils t'embrassent bien fort !

Quand cette troupe pour le moins hétéroclite décide de rejoindre le parking, Parvaneh s'attarde devant la pierre. Lorsque Ove s'en étonne, elle lui répond juste « T'occupes ! » avec ce sourire qui donne envie à Ove de lui lancer quelque chose. Rien de méchant, juste quelque chose de symbolique.

Il se contente de s'éclaircir vigoureusement la gorge et décide bien sûr qu'une discussion contre ces deux femmes à la fois est perdue d'avance. Il bat en retraite en direction de la Saab.

« Discussion entre filles », explique simplement Parvaneh quand elle rejoint le groupe et s'installe au volant. Ove se demande ce qu'elle veut dire, mais n'insiste pas. À l'arrière, la fillette de sept ans aide sa petite sœur à boucler sa ceinture. Pendant ce temps, devant eux, Jimmy, Mirsad et Patrick se sont entassés dans la voiture d'Adrian. Une Toyota. Pas vraiment ce qu'aurait choisi une personne douée de raison, a fait remarquer Ove à plusieurs reprises chez le concessionnaire. Au moins, ce n'est pas une voiture française. Et Ove a réussi à négocier un rabais de presque huit mille couronnes, et obtenu un jeu de pneus d'hiver pour le garçon. Au bout du compte, une occasion tout à fait acceptable.

À leur arrivée chez le concessionnaire, le blanc-bec avait lorgné sur une Hyundai. Donc, ça aurait pu être pire.

Sur le chemin du retour, ils s'arrêtent au McDonald's, à la grande joie de Jimmy et des filles. Et parce que Parvaneh a besoin d'aller aux toilettes. Surtout pour cette raison, en fait. De retour au lotissement, chacun s'en va de son côté. Ove, Mirsad et le chat disent au revoir à Parvaneh, Patrick, Jimmy et aux enfants et tournent au coin de la remise.

Impossible de dire depuis combien de temps l'homme à la silhouette trapue attend devant la maison. Toute la matinée, peut-être. Il a l'expression résolue d'une sentinelle au garde-à-vous devant une guérite en pleine cambrousse. Il semble taillé dans un large tronc d'arbre que les températures négatives n'incommodent pas le moins du monde. Mais quand il aperçoit Mirsad à côté de la remise, il se met à se balancer d'une jambe sur l'autre.

— Bonjour, dit-il en se redressant.

— Bonjour, papa, murmure Mirsad, qui s'arrête à trois mètres de lui, incertain quant à l'attitude à adopter.

Ce soir-là, Ove dîne dans la cuisine de Parvaneh et Patrick tandis que dans la sienne, un père et son fils parlent, dans deux langues différentes, de déception, d'espérances et de virilité. Peut-être parlent-ils surtout de courage. Sonja aurait aimé ça, Ove en est certain. Il essaye tout de même de ne pas sourire devant Parvaneh.

Avant d'aller au lit, la fillette de sept ans fourre dans les mains d'Ove un papier où est écrit « Invitation à ma fête d'anniversaire ». Ove lit la carte aussi attentivement qu'un contrat de cession d'appartement en copropriété.

— Ah, je vois. Et je suppose que tu aimerais un cadeau ? marmonne-t-il finalement.

La fillette fait signe que non, les yeux baissés.

— Tu n'es pas obligé de m'apporter un cadeau. Mais il y a juste une chose que j'aimerais bien avoir.

Ove replie l'invitation qu'il glisse dans la poche arrière de son pantalon, puis pose les mains sur ses hanches d'un air sévère.

— Ah oui ?

— De toute façon, maman dit que c'est trop cher, alors ça ne fait rien, répond la fillette en secouant de nouveau la tête, le regard toujours rivé au sol.

Ove opine du chef d'un air entendu, tel un criminel faisant signe à un complice que leur téléphone est sur écoute. La petite fille et lui jettent un coup d'œil vers chaque extrémité du couloir pour s'assurer que ni sa mère ni son père ne laissent traîner leurs oreilles indiscrètes à l'angle d'un mur. Puis Ove se penche et la fillette met les mains en entonnoir pour lui chuchoter à l'oreille :

— Un iPad.

Ove la dévisage comme si elle venait de dire « Supercalifragilisticexpialidocious ! »

— C'est une sorte d'ordinateur. Il a différents programmes de dessin. Pour les enfants ! souffle-t-elle un peu plus haut.

Les yeux de la fillette brillent. D'une lueur qu'Ove connaît bien.

38

Ove et la fin d'une histoire

En général, on peut classer les humains en deux catégories : ceux qui s'y connaissent en câbles blancs, et les autres. Jimmy appartient à la première. Il adore les câbles blancs. Et les téléphones blancs. Et les ordinateurs blancs avec un dessin de fruit. Voilà approximativement ce qu'a assimilé Ove pendant le trajet vers le centre-ville, tandis que Jimmy ressasse avec enthousiasme des choses que toute personne sensée devrait trouver extraordinairement inintéressantes. Ove finit par s'enfoncer dans une sorte de transe méditative où il ne perçoit plus du bavardage du jeune homme obèse qu'une rumeur étouffée.

Évidemment, Ove regrette d'avoir demandé l'aide de son voisin à l'instant où celui-ci s'affale sur le siège passager de la Saab, un énorme sandwich à la moutarde en main. Son opinion ne s'améliore pas lorsque Jimmy, à peine entré dans la boutique, s'en va d'un pas lourd « jeter un coup d'œil aux câbles ». On ne peut compter que sur soi-même, comme d'habitude, constate Ove en manœuvrant seul vers la caisse. Ce n'est que lorsqu'il hurle « Mais bon sang, vous avez été lobotomisé ou quoi ?! » à l'employé qui essaie de lui montrer la gamme d'ordinateurs portables que Jimmy vient à la rescousse. Pas à celle d'Ove. À celle du vendeur.

— Il m'accompagne, explique Jimmy au jeune homme avec un regard qui signifie : « Ne vous inquiétez pas, je suis des vôtres ! »

L'employé pousse un long soupir de frustration en désignant Ove.

— J'essaie seulement de l'aider mais...

— Vous essayez de me refiler un tas de CAMELOTE ! Voilà ce que vous faites ! l'interrompt Ove d'une voix forte en le menaçant d'un objet qu'il a saisi sur l'étagère la plus proche.

Ove n'identifie pas avec certitude l'article qui ressemble à une prise de courant blanche, mais il est certain qu'il sera capable de le lancer avec violence si nécessaire. Le vendeur se tourne vers Jimmy, avec sur la tempe cette palpitation d'une veine qu'Ove semble provoquer si souvent chez son entourage qu'on pourrait donner son nom à ce syndrome.

— Il ne pensait pas à mal, mec ! lance joyeusement Jimmy.

— Je lui montre un MacBook, et il me demande ce que j'ai « comme voiture », s'insurge le jeune homme, profondément offensé.

— Question parfaitement pertinente, bougonne Ove avec un signe de tête résolu à Jimmy.

— Je n'ai pas de voiture ! C'est un engin superflu, et je ne me déplace que par des moyens non polluants ! rétorque le vendeur, qui oscille entre fureur insensée et posture défensive.

Ove regarde Jimmy en croisant les bras, considérant visiblement que cela expliquait tout.

— On ne peut pas discuter avec cette personne, dit-il en secouant la tête, s'attendant de toute évidence à un soutien immédiat.

Jimmy pose une main rassurante sur l'épaule de l'employé et enjoint à Ove d'une voix posée de « se détendre un peu ». Ove rétorque, un brin énervé, qu'il est « tranquille comme Baptiste ».

— Où est-ce que tu t'étais sauvé, d'ailleurs ? le rabroue-t-il.

— Hein ? Moi ? Je suis juste allé checker les derniers écrans là-bas, tu vois, explique Jimmy.

— Tu vas acheter un écran ?

— Non, répond Jimmy, qui semble trouver la question très bizarre.

À l'instar de Sonja qui répliquait « Quel rapport ? » quand Ove demandait si elle avait vraiment « besoin » d'une paire de chaussures supplémentaire.

Le vendeur essaie de s'esquiver discrètement, mais Ove tend vivement la jambe en travers de son chemin.

— Où est-ce que vous allez ? Nous n'avons pas fini !

Le jeune homme affiche une expression de profond chagrin. Jimmy lui tape dans le dos en guise d'encouragement.

— Ove, ici présent, veut juste acheter un iPad. Vous pouvez arranger ça ?

Le vendeur considère Ove, Jimmy, puis la caisse où, un moment plus tôt, Ove a crié qu'il ne voulait pas d'une « saleté d'ordinateur sans clavier ». Il soupire et se ressaisit.

— Okaaay… Quel modèle voulez-vous ? 16, 32 ou 64 gigas ?

Ove lui lance un regard noir signifiant qu'il ferait mieux d'arrêter d'embrouiller les honnêtes gens en inventant des mots avec des consonnes choisies au hasard.

— Ce sont différentes capacités de mémoire, traduit Jimmy.

— Et je suppose que, pour ça, ils demandent un foutu supplément exorbitant, naturellement, répond Ove avec dédain.

Avec un hochement de tête compréhensif, Jimmy se tourne vers le vendeur

— Je crois qu'Ove aimerait en savoir un peu plus.

L'employé gémit.

— Vous savez au moins si vous avez besoin d'un modèle avec la 3G ?

Jimmy se tourne vers Ove.

— C'est pour l'utiliser à la maison ou elle va aussi s'en servir à l'extérieur ?

En guise de réponse, Ove pointe son index-torche sur le jeune homme.

— Elle aura ce qu'il y a de MIEUX ! Compris ?

Un peu inquiet, le vendeur recule d'un pas. Avec un sourire réjoui, Jimmy écarte ses bras épais comme pour l'étreindre.

— Ove veut seulement ce qu'il y a de meilleur, mec !

Quelques minutes plus tard, Ove soulève sur la caisse le sac contenant l'iPad en pestant : « Sept mille neuf cent quatre-vingt-quinze couronnes ! Et même pas de fichu clavier ! » Il ajoute un « Bande d'escrocs » pour faire bonne mesure en insistant sur le second mot, avant de se diriger d'un pas vigoureux vers la porte. Songeur, Jimmy s'attarde à la caisse et observe le mur derrière le vendeur en réprimant son enthousiasme.

— En fait, tant que je suis là… j'aimerais jeter un coup d'œil aux câbles.

— Bien sûr. Quel genre ? soupire le jeune homme, à bout de forces.

Jimmy se penche vers lui en se frottant les mains, avide.

— Qu'est-ce que vous avez ?

Voilà comment ce soir-là la fillette reçoit un iPad de la part d'Ove, et un câble de la part de Jimmy.

— J'en ai un pareil. J'en suis vachement content ! déclare Jimmy, enchanté, en désignant l'emballage.

Debout dans l'entrée, la fillette ne sait visiblement pas comment accueillir cette information, et se contente d'acquiescer en disant « C'est super… merci ». Jimmy lui répond d'un signe de tête enjoué.

— Il y a quelque chose à grignoter ?

La fillette indique la salle de séjour bondée où trône un gâteau décoré de huit bougies allumées, que le jeune homme bien bâti a immédiatement dans sa ligne de mire. L'hôtesse aux huit ans fraîchement révolus s'attarde dans le couloir en serrant avec étonnement la boîte de l'iPad, osant à peine croire qu'il repose entre ses mains. Ove se penche vers elle.

— Je me sentais comme ça à chaque fois que j'achetais une nouvelle voiture, dit-il à voix basse.

La fillette regarde autour d'eux pour s'assurer que personne ne les voit, puis lui fait un câlin en souriant.

— Merci, papi, murmure-t-elle avant de se précipiter dans sa chambre.

Seul dans le couloir, Ove se gratte la main du bout de sa clé. Patrick s'élance à la suite de la fillette en boitant sur ses béquilles. Il a manifestement reçu la tâche la plus ingrate de la soirée : convaincre sa fille que mettre une robe et manger du gâteau en compagnie d'adultes est plus amusant qu'écouter de la musique pop dans sa chambre tout en téléchargeant des applications sur son iPad tout neuf. Ove, qui n'a pas enlevé son manteau, fixe le sol d'un regard vide pendant près de dix minutes.

— Ça va ?

La voix de Parvaneh s'insinue doucement dans sa conscience comme s'il s'éveillait d'un profond rêve. Elle se tient à l'entrée de la salle de séjour, les mains posées sur son ventre rond en forme de planète ou d'énorme panier à linge, c'est selon. Ove lève la tête, les yeux légèrement brumeux.

— Oui, oui, je vais parfaitement bien.

— Tu veux un morceau de gâteau ?

— Non… non. Je n'aime pas les gâteaux. Je vais juste aller faire une ronde avec le chat.

Parvaneh l'observe de ses grands yeux bruns qui, ces derniers temps, se font de plus en plus perçants et mettent Ove à chaque fois mal à l'aise.

— D'accord, dit-elle, toujours soupçonneuse. On fait une heure de conduite demain ? Je viens sonner chez toi à huit heures.

Ove hoche la tête. Le chat les rejoint en trottinant, de la crème plein les moustaches.

— Ça y est, tu es prêt ? lui demande Ove avec dédain.

L'animal semble prêt, alors Ove regarde rapidement Parvaneh en tripotant ses clés et confirme à voix basse : « Oui, oui. Demain à huit heures. »

Ove et le félin s'avancent dans la rue. L'obscurité dense de l'hiver recouvre déjà le lotissement. Des rires et de la musique émanent de la fête d'anniversaire tel un épais duvet chaud entre les maisons. Ça aurait plu à Sonja, se dit Ove. Elle aurait beaucoup ri. Dieu sait combien son rire lui manque.

Il se dirige vers le parking, le chat à côté de lui. Il contrôle les panneaux à coups de pied, secoue les poignées des garages, fait un détour par les places de stationnement et vérifie le local à poubelles. Quand ils arrivent à la hauteur de sa remise, il remarque des mouvements près de la dernière maison de la rangée de Parvaneh et Patrick. Il se dit d'abord que ce sont des invités de la fillette, mais s'aperçoit vite qu'une masse se déplace près de la remise devant le pavillon des trieurs sélectifs. À la connaissance d'Ove, la famille est toujours en Thaïlande. Il scrute les ténèbres pour s'assurer que les ombres sur la neige ne lui jouent pas un tour, et pendant quelques secondes il ne voit rien du tout. Mais à l'instant où il s'apprête à admettre que sa vue n'est plus ce qu'elle était, la silhouette réapparaît. Deux autres se détachent derrière elle. Puis il entend le bruit caractéristique d'un marteau sur un carreau tapissé de ruban isolant. Ove reconnaît parfaitement ce son ; il l'a entendu aux chemins de fer, quand ils devaient retirer des vitres brisées sans se couper.

— Hé, là ! Qu'est-ce que vous faites ? appelle-t-il dans l'obscurité.

Les formes près de la maison s'immobilisent. Ove entend leurs voix.

— Non mais dites donc ! tempête-t-il en s'élançant vers eux.

Une silhouette fait un pas vers lui, une autre crie quelques mots. Ove accélère, lancé comme une fusée. Il a juste le temps de se dire qu'il aurait dû prendre un outil dans la remise pour se défendre, mais trop tard. Du coin de l'œil, il voit une des ombres brandir un objet long et fin, et décide qu'il doit neutraliser ce salopard en premier.

Quand l'objet fend sa poitrine, il pense d'abord qu'un complice a réussi à se faufiler derrière lui. Mais il reçoit un nouveau coup, pire que tout, comme si on le transperçait d'une épée, du crâne à la plante des pieds. Ove suffoque sans trouver d'air à respirer. Il s'écroule en pleine course, tombant de tout son long dans la neige. Il note la douleur sourde de sa joue éraflée contre la glace, sent l'intérieur de sa poitrine se serrer sous une étreinte implacable.

Ove entend les pas rapides des cambrioleurs dans la neige et comprend qu'ils prennent la fuite. Il ignore combien de secondes s'écoulent, mais la douleur dans sa tête est intolérable, comme une série de tubes au néon qui explosent les uns après les autres dans un déluge de verre et d'acier. Il veut crier, mais est à court d'oxygène. Il ne perçoit que la voix distante de Parvaneh entre les pulsations assourdissantes du sang dans ses oreilles. Il l'entend approcher dans la neige, trébuchant sur ses pieds trop petits pour son corps disproportionné. La dernière pensée d'Ove avant de sombrer est qu'il doit lui faire promettre de ne pas laisser les ambulanciers conduire jusqu'aux maisons.

Les voitures sont interdites dans le lotissement.

39

Ove et la mort

La mort est une chose étonnante. Les gens passent leur vie entière à faire comme si elle n'existait pas, et pourtant elle est la plupart du temps notre principale raison de vivre. Certains d'entre nous prennent conscience de la fragilité humaine assez tôt pour vivre ensuite plus intensément, plus obstinément, plus furieusement. Quelques-uns ont besoin de sa présence constante pour se sentir vivants. D'autres sont tellement obsédés par la mort qu'ils s'assoient dans la salle d'attente bien avant qu'elle n'ait annoncé son arrivée. Nous la redoutons, et pourtant la plupart d'entre nous ont peur qu'elle n'emporte quelqu'un d'autre plus qu'elle ne nous emporte nous-mêmes. Car la plus grande crainte face à la mort est qu'elle passe à côté de nous. Et nous laisse esseulés.

Les gens disaient qu'Ove était « aigri ». Mais bon sang, il n'était pas aigri. C'est juste qu'il ne souriait pas sans arrêt. Mérite-t-on d'être traité en criminel pour cette simple raison ? Ce n'est pas l'avis d'Ove. Quand un homme enterre la seule personne qui l'a jamais compris, quelque chose se brise. Le temps n'apprend pas à vivre avec ce genre de blessure.

Et le temps est une chose étonnante. La plupart d'entre nous ne vivent que pour ce qui est devant eux. Pour quelques jours, quelques semaines, quelques années. L'un des moments les plus douloureux dans la vie de chacun est sans doute l'instant où l'on a atteint l'âge où il y a plus de choses à voir en arrière que vers l'avant. Quand le temps n'est plus devant nous, nous devons trouver d'autres raisons de vivre. Le souvenir, peut-être. Les après-midi au soleil, la main d'une autre personne dans la sienne. Le parfum des plates-bandes en fleurs. Les dimanches au café. Les petits-enfants, peut-être. Nous trouvons une façon d'exister pour l'avenir d'un autre. Ce n'est pas qu'Ove est mort quand Sonja l'a abandonné. Il a seulement arrêté de vivre.

Le chagrin est une chose étonnante.

Quand le personnel de l'hôpital refuse de laisser Parvaneh suivre le brancard d'Ove dans la salle d'opération, il faut la force conjuguée de Patrick, Jimmy, Anders, Adrian, Mirsad et quatre infirmières pour la retenir en immobilisant ses poings vindicatifs. Quand un médecin lui enjoint de se « calmer » au nom de l'enfant qu'elle porte, Parvaneh lui renverse un banc de la salle d'attente sur les pieds. Et quand un autre vient leur dire avec une expression stérile et des mots secs qu'ils doivent se « préparer au pire », elle pousse un hurlement et s'effondre comme un vase de porcelaine brisé en mille morceaux, le visage enfoui dans les mains.

L'amour est une chose étonnante. Il prend les gens par surprise.

Il est trois heures et demie du matin quand une infirmière vient la chercher. Elle a refusé de quitter la salle d'attente, en dépit des gens qui ont tous essayé de l'en convaincre. Bien sûr, seul Patrick s'est abstenu, il savait que c'était peine perdue. Mais les autres ne l'ont pas vue en colère assez souvent pour savoir qu'elle n'est pas une femme à qui on donne impunément des ordres, enceinte ou pas. Ses cheveux sont une masse emmêlée, ses yeux injectés de sang sont maculés de larmes et de mascara séchés. Quand elle entre dans la petite chambre tout au bout du couloir, elle paraît d'abord si faible qu'une infirmière se précipite pour empêcher la femme enceinte de s'écrouler sur le seuil. Parvaneh s'appuie au chambranle de la porte, inspire profondément, et adresse à l'infirmière un sourire terriblement fatigué en lui assurant qu'elle va « bien ». Elle fait un pas dans la chambre, s'immobilise quelques secondes, comme si elle saisissait pour la première fois de la nuit l'ampleur des derniers événements.

Puis elle s'avance jusqu'au lit, les yeux de nouveau pleins de larmes, et martèle furieusement des deux mains le bras d'Ove.

— Espèce de SALAUD ! hurle-t-elle sans discontinuer en frappant de plus en plus fort. Je T'INTERDIS de mourir, tu entends ?!

Les doigts d'Ove bougent doucement, écrasés de fatigue. Elle les saisit à deux mains, pose le front dans sa paume et recommence à pleurer.

— Ressaisis-toi un peu, femme, souffle Ove d'une voix rauque.

Elle lui tape de nouveau le bras, et il préfère se taire. Mais quand elle étreint sa main dans les siennes, affaissée sur sa chaise avec ce mélange d'émotion, de compassion et de pure terreur dans ses grands yeux bruns, il élève l'autre main et lui caresse les cheveux. Il a des tuyaux dans le nez et sa poitrine se soulève avec difficulté sous la couverture, chaque respiration semblant raviver la douleur. Ses mots ne sont qu'un chuintement :

— Tu n'as pas laissé ces fumiers conduire dans le lotissement, hein ?

Quarante minutes s'écoulent avant qu'une des infirmières n'ose passer la tête par la porte. Plus tard, un jeune médecin portant des lunettes et des sabots en plastique, dont Ove dit qu'il a l'air d'avoir un balai dans les fesses, entre dans la chambre et se poste à côté du lit. Il baisse les yeux sur une feuille de papier.

— Parr... man ? marmotte-t-il avant de se tourner distraitement vers Parvanch.

— Parvaneh, le corrige-t-elle.

L'individu ne paraît pas faire grand cas des noms propres.

— Vous êtes nommée ici comme « plus proche parent », dit-il en considérant brièvement la femme de trente ans assise sur la chaise, visiblement iranienne, puis l'homme de cinquante-neuf ans allongé dans le lit, visiblement non iranien.

Aucun des deux ne se donne la peine d'expliquer cette bizarrerie, si ce n'est que Parvaneh pousse Ove du coude en répétant avec un sourire « Oh-oh ! Plus proche parent ! » et qu'Ove ronchonne « La ferme ».

— Ove a une malformation du cœur... annonce le médecin d'une voix monocorde avant d'ajouter une série de termes que seule une personne ayant dix ans de médecine derrière elle ou une obsession malsaine pour les séries télé a une chance de comprendre.

Quand Parvaneh le fixe, son visage en énorme point d'interrogation, il soupire avec l'impatience de bien des jeunes médecins à lunettes, sabots en plastique et balai entre les fesses quand ils sont confrontés, encore et toujours, à des gens qui n'ont pas la décence de suivre une formation médicale avant de se rendre dans un hôpital.

— Son cœur est trop gros, résume-t-il sommairement.

Parvaneh dévisage un long moment l'homme en blouse, puis observe Ove d'un air inquisiteur. Elle se tourne de nouveau vers le premier, s'attendant peut-être à ce qu'il lève des mains grandes ouvertes et lance : « Je vous ai bien eus ! »

Et quand il n'en fait rien, elle se met à rire. Ça ressemble d'abord à une toux, puis à un éternuement, avant de devenir un long gloussement. Cramponnée au bord du lit, Parvaneh s'évente d'une main comme pour éteindre son hilarité, sans résultat. Finalement, elle rit sans pouvoir s'arrêter, à gorge déployée, d'un rire clair qui résonne dans la chambre au point que des infirmières passent la tête par la porte pour s'enquérir de ce qui « se passe là-dedans ».

— Vous voyez un peu ce que je me coltine ? Hein ? murmure Ove au médecin d'une voix fatiguée en levant les yeux au ciel, tandis que Parvaneh enfouit le visage dans un oreiller, secouée de convulsions inextinguibles.

L'homme en blouse, qui n'a de toute évidence pas été formé pour gérer ce genre de réaction, finit par se racler bruyamment la gorge en tapant brièvement du pied, comme pour rappeler son autorité. Naturellement, c'est très peu efficace, mais après de nombreuses tentatives, Parvaneh se ressaisit suffisamment pour reprendre son souffle et articuler : « Ove a le cœur trop gros, vous allez m'achever. »

— C'est moi qu'ils ont failli achever, bon sang ! objecte Ove.

Parvaneh secoue la tête et sourit chaleureusement au médecin.

— C'est tout ?

Il rassemble ses papiers, résigné.

— S'il prend bien ses médicaments, nous pouvons garder la situation sous contrôle. Mais impossible de savoir comment va évoluer sa maladie. Il peut gagner quelques mois, ou quelques années.

Parvaneh agite la main d'un geste désinvolte.

— Pas la peine de s'inquiéter pour ça. Ove est intichu de mourir correctement !

Ove prend un air très offensé.

Quatre jours plus tard, Ove boite dans la neige jusqu'à sa maison. Il s'appuie d'un bras sur Parvaneh, de l'autre sur Patrick. Un avec des béquilles, l'autre en cloque, bel appui, se dit-il. Mais il évite de s'exprimer à voix haute ; Parvaneh s'est déjà assez fâchée quand Ove lui a défendu de faire marche arrière entre les maisons avec la Saab quelques minutes plus tôt. « JE SAIS, Ove ! D'accord ?! Je SAIS ! Si tu dis ça encore une fois, je te jure que je démolis ton panneau à la con ! » avait-elle crié. Ce qu'Ove avait trouvé pour le moins injustement exagéré.

La neige crépite sous ses chaussures. Les fenêtres laissent transparaître la lumière. Le chat attend devant la porte. Il y a des dessins sur la table de la cuisine.

— Les filles les ont faits pour toi, dit Parvaneh en posant le double de la clé d'Ove dans la corbeille à côté du téléphone.

Quand elle s'aperçoit qu'Ove fixe les lettres tracées au coin d'un des dessins, son regard se fait légèrement embarrassé.

— Elles... pardon, Ove, ne t'occupe pas de ce qu'elles ont écrit ! Tu sais comment sont les enfants. Mon père est mort en Iran. Elles n'ont jamais eu de... tu vois...

Ove ne lui prête pas attention. Il prend simplement les dessins et se dirige vers un tiroir de la cuisine.

— Elles peuvent m'appeler comme elles veulent. T'occupe pas de ça.

Puis il accroche un à un les dessins au frigo, en plaçant tout en haut celui où est écrit « Pour papi ». Parvaneh essaie de réprimer un sourire, sans grand succès.

— Fais-nous du café au lieu de rigoler. Je vais chercher des cartons de déménagement au grenier, bougonne-t-il en boitant vers l'escalier.

Ce soir-là, Parvaneh et les filles l'aident à nettoyer la maison. Ils enveloppent les affaires de Sonja dans du papier journal et rangent soigneusement ses vêtements dans les cartons. Un souvenir à la fois. Et vers neuf heures et demie, quand la maison est en ordre et les filles, le bout des doigts noirci par l'encre et de la glace au chocolat au coin des lèvres, sont endormies sur le canapé, la main de Parvaneh broie soudain le bras d'Ove comme des griffes en métal. Et quand Ove hurle « AÏE ! », elle hurle « TAIS-TOI ! » en retour.

Et ils reprennent la route de l'hôpital.

C'est un garçon.

40

Ove et un épilogue

La vie est une chose étonnante.

L'hiver fait place au printemps et Parvaneh obtient son permis de conduire. Ove apprend à Adrian à changer un pneu. Certes, le voyou est propriétaire d'une Toyota, mais il doit au moins savoir faire ça pour se dépatouiller un minimum, explique Ove à Sonja quand il lui rend visite un dimanche d'avril. Puis il lui montre les photos du petit garçon de Parvaneh. Quatre mois, et dodu comme un cochon de lait. Patrick a essayé de lui refiler un caméscope de poche, mais Ove ne fait pas confiance à ces engins. À la place, il a en permanence une épaisse liasse de tirages papier entourée d'un élastique dans son portefeuille. Il les montre à tous ceux qu'il croise, y compris au personnel chez le fleuriste.

Le printemps fait place à l'été et quand l'automne arrive, Lena, la journaliste toujours vêtue de sa veste trop grande, emménage chez Anders, le frimeur à l'Audi. Ove conduit le camion de déménagement. Il juge ces empotés incapables de faire marche arrière entre les maisons sans démolir à nouveau sa boîte aux lettres, alors c'est aussi bien. Lena la journaliste ne croit naturellement pas à « l'institution du mariage », raconte Ove à Sonja d'un ton dédaigneux qui laisse entendre qu'il y a eu certaines discussions à ce sujet dans le quartier. Mais le printemps suivant, il vient lui montrer une invitation à des noces.

Vêtu d'un costume noir, Mirsad tremble de nervosité au point que Parvaneh doit lui administrer un *shot* de tequila avant qu'il entre dans la maison. Jimmy l'attend à l'intérieur. Ove, qui est son témoin, s'est acheté un nouveau costume. Ils fêtent l'événement au café d'Amel. L'homme trapu essaye trois fois de prononcer un discours, mais a la gorge trop serrée pour bafouiller plus que quelques mots. Il baptise cependant un sandwich au menu de son café du nom de Jimmy, et le jeune homme déclare qu'on ne lui a jamais fait de plus beau cadeau. Il continue à habiter la maison de sa mère avec Mirsad. L'année suivante, ils adoptent une petite fille. Jimmy l'emmène toujours quand il va prendre le café chez Anita et Rune tous les après-midi à trois heures, sans exception.

La santé de Rune ne s'améliore pas. Plusieurs jours peuvent s'écouler où il répond à peine. Pourtant, à chaque fois que la petite fille se précipite dans l'entrée de la maison en tendant les bras vers Anita, son visage se fend d'un large sourire euphorique, sans exception.

On construit de nouveaux pavillons dans le petit lotissement. En quelques années, le coin perdu devient un faubourg. Patrick ne s'améliore pas pour autant dans l'art d'ouvrir les fenêtres et de monter les bureaux IKEA. Un matin, il sonne à la porte d'Ove, accompagné de deux autres hommes du même âge, manifestement pas beaucoup plus doués que lui. Ils ont chacun une maison dans le quartier voisin, expliquent-ils. Ils sont en pleine rénovation, mais ont des difficultés avec l'ossature d'une cloison. Ove, qui sait naturellement comment s'y prendre, va leur montrer, en bougonnant quelque chose qui ressemble à « empotés ». Le lendemain, c'est un autre voisin qui apparaît. Puis encore un. Et un suivant. En quelques mois, Ove a effectué des réparations dans un rayon de quatre pâtés de maisons. Évidemment, l'incompétence totale des gens lui fait systématiquement pousser des jurons. Mais seul devant la tombe de Sonja, il ronchonne que « ce n'est pas désagréable d'avoir de nouveau des choses à faire la journée, bien au contraire ».

Les filles de Parvanch fêtent leurs anniversaires, et en moins de temps qu'il n'en faut pour le dire, la petite de trois ans, avec l'effronterie propre à cet âge, est devenue une fillette de six ans. Ove l'accompagne à l'école le jour de la rentrée. Elle lui apprend comment écrire des smileys dans un SMS, et il lui fait promettre de ne jamais révéler à Patrick qu'il s'est acheté un téléphone portable. L'aînée de huit ans qui, de manière tout aussi insolente, est devenue une jeune fille de dix ans, va à sa première soirée pyjama. Leur petit frère parsème la cuisine d'Ove de ses jouets. Ove lui construit un petit bassin sur sa terrasse, mais quand les gens l'appellent « petit bassin », Ove hurle que « C'est une piscine, bon sang ! ». Anders est élu président du conseil syndical. Parvaneh achète une nouvelle tondeuse à gazon pour la pelouse derrière les maisons.

Les étés font place aux automnes et les automnes aux hivers, et un dimanche matin glacial de novembre, presque quatre ans jour pour jour après que Parvaneh et Patrick ont démoli la boîte aux lettres d'Ove avec leur remorque, Parvaneh se réveille avec l'impression qu'on lui a posé une main gelée sur le front. Elle se lève, regarde par la fenêtre de la salle de séjour, puis l'horloge. Il est huit heures et quart. La neige n'est pas déblayée devant la maison d'Ove.

Elle se rue dehors, en robe de chambre et pantoufles, en l'appelant. Elle ouvre la porte avec le double qu'il lui a donné, se précipite dans la salle de séjour, grimpe l'escalier dans ses pantoufles mouillées et entre à tâtons dans la chambre à coucher, le cœur près d'imploser.

Ove donne l'impression de dormir profondément. Elle n'a jamais vu son visage aussi paisible. Le chat est à côté de lui, sa petite tête posée délicatement dans la paume de sa main. Quand il aperçoit Parvaneh, il se lève lentement, très lentement, n'acceptant peut-être qu'à cet instant ce qui vient d'arriver. Il grimpe sur les genoux de Parvaneh. Ils restent assis ensemble au bord du lit, Parvaneh caressant les fines mèches de cheveux d'Ove jusqu'à ce que les ambulanciers lui expliquent avec des mots pleins de tact et des gestes prudents qu'ils doivent emporter la dépouille. Alors, elle se penche et souffle « Mes amitiés à Sonja et merci de me l'avoir prêté » à son oreille. Puis elle prend sur la table de nuit la grande enveloppe portant les mots manuscrits « Pour Parvaneh » et descend l'escalier.

Elle contient des documents et des certificats, les plans originaux de la maison, le mode d'emploi du lecteur de cassettes vidéo, la notice d'utilisation de la Saab. Des numéros de comptes en banque, des polices d'assurances. Le numéro de téléphone d'un notaire auquel Ove a « confié l'essentiel ». Toute une vie organisée comme dans un classeur. Le bilan d'une existence. Sur le dessus de la liasse, une lettre est adressée à Parvaneh. Elle s'assied à la table de la cuisine pour lire. Le message n'est pas très long. Comme si Ove avait su que les larmes allaient y faire des taches avant qu'elle n'arrive au bout.

La Saab est pour Adrian. Tu peux faire ce que tu veux du reste. Tu as déjà les clés de la maison. Le chat mange du thon deux fois par jour et veut qu'on le laisse sortir faire ses besoins. Respecte ça. Il y a un notaire en ville qui a tous les papiers de la banque et le reste. Il y a un compte avec 11 563 013 couronnes et 67 öre. Ça vient du père de Sonja. Il possédait des actions. Et il était avare comme un pou. Sonja et moi n'avons jamais su quoi en faire. Tes enfants auront un million chacun à leurs dix-huit ans, et la gamine de Jimmy et Mirsad en aura un aussi. Le reste est pour toi. Mais au nom du ciel, ne laisse surtout pas Patrick mettre la main dessus. Sonja t'aurait adorée. Ne laisse pas les foutus nouveaux voisins conduire dans le lotissement.

Ove

Tout en bas de la page, il a écrit « TU N'ES PAS UNE IMBÉCILE FINIE ! » en lettres capitales. Et après ces mots, il a dessiné un smiley, comme Nasanin le lui a appris.

La lettre contient des instructions stipulant que la mise en terre ne doit sous aucun prétexte tourner au « foutu carnaval ». Ove ne veut aucune cérémonie, il désire simplement être enterré à côté de Sonja, et c'est tout. « Pas d'assemblée. Pas de fioritures ! » a-t-il dicté clairement à Parvaneh.

Plus de trois cents personnes viennent à l'enterrement.

Quand Patrick, Parvaneh et les filles arrivent, des gens sont alignés partout le long des murs et dans les allées. Chacun sans exception tient une bougie allumée, gravée des mots « Association de Sonja » sur le côté. C'est ce que Parvaneh a décidé de faire de l'argent qu'a laissé Ove, une organisation caritative pour orphelins. Ses yeux sont bouffis par les larmes, sa gorge est si sèche qu'elle a l'impression de suffoquer depuis quelques jours. Mais la vue de toutes les bougies soulage un peu sa poitrine. Quand Patrick découvre la foule rassemblée pour faire ses adieux à Ove, il lui donne un petit coup de coude dans les côtes avec un sourire satisfait.

— Oh, merde. Ove aurait détesté ça, hein ?

Et Parvaneh éclate de rire. Il aurait vraiment détesté.

Le soir, elle fait visiter la maison d'Ove et Sonja à un couple de jeunes mariés. La femme est enceinte. Ses yeux brillent quand elle passe de pièce en pièce, imaginant déjà les futurs souvenirs d'enfance de sa progéniture. Bien sûr, son mari n'est pas du tout impressionné. Vêtu d'une salopette, il tourne en rond la plus grande partie du temps, l'air maussade, en donnant des coups de pied soupçonneux dans les plinthes. Bien entendu, Parvaneh sait que ça n'a aucune importance ; elle voit dans les yeux de la jeune femme que l'affaire est conclue. Mais quand l'homme s'enquiert d'un ton bourru du « fameux garage » mentionné dans l'annonce, Parvaneh l'examine de haut en bas, hoche lentement la tête et lui demande quelle marque de voiture il conduit. Pour la première fois depuis le début de la visite, le jeune homme se redresse, a un petit sourire presque imperceptible, et la regarde droit dans les yeux avec cette fierté qu'un seul mot peut véhiculer

— Une Saab.

L'auteur remercie :

Jonas Cranby. Homme de lettres brillant et gentleman distingué. Parce que tu as découvert Ove et lui as donné un nom la toute première fois, et parce que tu m'as généreusement laissé essayer de raconter la suite de son histoire.

John Hägghlom. Mon éditeur. Parce que tu m'as conseillé avec talent et exactitude sur les défauts stylistiques de mon manuscrit, et as accepté patiemment et humblement toutes les fois où je me suis froissé et les ai conservés.

Rolf Backman. Mon père. Parce que j'espère m'écarter de tes pas aussi peu que possible.

Composé par Nord Compo
à Villeneuve-d'Ascq (Nord)

Achevé d'imprimer en Allemagne
par GGP Media GmbH
à Pößneck
en juin 2015

POCKET – 12, avenue d'Italie – 75627 Paris cedex 13

Dépôt légal : avril 2015
S25476/02